식기
생련

新
식기
생뎐

이현수 장편소설

향미
LA에어 0307

문학동네

차례

신기생뎐...

부엌어멈

1

년들이 오는 소리가 들린다. 한두 년이 아니다. 두어 숨은 쉬었다가 오를 계단을 타작마당 콩 튀듯 뛰어올라 댓돌을 딛기가 무섭게 신발을 벗어던지는 모양이다. 통굽 슬리퍼들이 여기저기 함부로 구르는 소리가 들린다. 본데라곤 쥐똥만큼도 없는 년들. 행동거지가 조신하지 못하면 신발이라도 단정한 걸 신든가, 이건 하나같이 앞뒤가 뭉툭하게 생긴 통굽 슬리퍼를 신는다.

"나 기생이요, 허고 단체로 명함 내밀 일 있냐? 어째 기생년이나 다방년이나 물장사 하는 년들은 맞춘 듯이 뒤웅박 같은 신발을 꿰신고 되똥거리며 댕기는 거엿!"

부엌에서 한달음에 달려나온 타박네에게 마지막으로 들어오던 미스 민이 된통 걸렸다. 샐쭉 토라진 미스 민의 얼굴이 물을 함빡 머금어 발그레하다. 뜯어보니 그다지 밉상은 아니다. 내일 아침 속풀이로 누룽지를 끓이면 가장 먼저 숟가락을 들고 설칠 년이다. 민예나라는 가명을 쓰고 있지만 본명은 분순이나 화자 그도 아니면 옥란이나 순덕이쯤 될 것이다. 이 바닥에서 본명을 쓰는 애들은 없다. 초짜도 가명부터(본인들은 예명이라고 우기지만) 만들어가지고 나온다. 주민등록증을 까보면 가명이 화려할수록 본명은 말할 수 없이 촌스럽고 가명이 수수하면 남들이 호명해도 부끄럽지 않을 정도의 이름을 가지고 있다.

"제발 년자 좀 빼고 말하자구요. 아주 귀에 딱지가 앉겠어. 아, 그러는 할매는 담배 피는 폼이나 고치고 욕을 하던가."

"내 담배 피는 폼이 워디가 워뗘서?"

종주먹을 들이대는 타박네의 손끝에선 예외 없이 푸르스름한 연기가 피어오른다.

"바짝 쪼그리고 앉아 도둑담배 피는 것마냥 그게 뭐예요. 폼 안 나게시리."

목욕 바구니를 팽그르르 돌리던 미스 민이 기어이 타박네에게 오금을 박고 만다.

"난 담배를 피는 게 아니라 세월을 피는 거여. 내가 살아온 세월이 평생 안 그랬나. 기방 부엌에 쪼그리고 앉아 교자상을 고이며 보낸 세월이 자그만치 반백년이엿!"

타박네의 뒷말은 부서질 듯 세게 닫히는 문소리에 잘려 들리지도 않는다.

"썩을 년들, 신발짝이 멀어지면 오던 복도 나가는 법인데."

미스 민에게 맘껏 욕을 퍼붓지 못해 속이 덜 풀린 타박네는 고개를 짯짯이 세우고 세모진 눈으로 흐트러진 신발을 훑는다. 통굽 슬리퍼는 아무리 봐도 뒤퉁스럽게 생겼다. 꽃신은 못 신을망정 저런 걸 꿰고 다녀서야. 타박네는 되는대로 벗어던진 신발들의 짝을 찾아 가지런히 모아놓는다. 기생년 팔자에 복이냐고 붙여봤자지만 그래도 한솥밥을 먹는 처지에 눈먼 복이라도 있으면 챙겨주고 싶은 게 부엌어멈 마음이다.

"기생은 흥을 먹고 태에 사는 법이거늘."

하긴 요새 기생다운 기생이라곤 눈 씻고 찾아봐도 없다. 시쳇말로 프로 정신이 없다는 얘기다. 앞뜰, 평평한 정원석에 올라앉은 타박네는 담배 한 모금을 앙가슴 깊숙이 빨아당긴다. 안 그래도 굽은 허리를 더욱 둥그렇게 구부리고 북어처럼 바싹 마른 두 다리를 새가슴에 착 붙인 모양새가 청승스럽기 그지없다. 움켜쥐면 한 손에 쏙 들어오게 생긴 작은 체구다. 한줄기 연기도 밖으로 새어나가지 않게끔 야무지게 오므린 입술 주변은 조글조글 늘어진 주름살로 빈틈없이 덮여 있다. 칼칼한 성격을 여실히 드러내는 가늘고 성긴 눈썹과 개미가 지나가는 소리도 귀신같이 잡아내는 옴팍귀, 여태 말썽 한 번 부린 적 없는 어금니를 고스란히 갖고 있는 그녀로서는 옆얼굴에 총총히 박힌 검버섯이 눈엣가시다. 올해 일흔아홉으로 접어드는 타박네의 나이를 증명해주는 건 오로지 검버섯과 주름살뿐이다. 철마다 전지가위를 들이댄 흔적이 역력한 주목과 향나무 가지 사이로 타박네의 담배연기가 풀어질 즈음, 목청을 틔우는 오마담의 소리가 뒤란 대숲에서 구물구물 흘러나온다.

어허어 아흐으으 어럴럴럴러러르르르.

잡으시오, 잡으시오. 이 술 한잔 잡으시오.

불로초로 술을 빚고 신선이 사는 연못 복숭아로

안주 삼아 만수무강하십시오.

오마담의 소리는 날이 갈수록 습하고 탁해진다. 낭랑한 것보다는 물기가 돌아야 좋은 소리라고들 하지만 그것도 정도 문제다. 저렇게 축축 처져서야 듣는 이의 애간장을 어이 녹인단 말인가. 기방 부엌돌림으로만 반백년 가까이 살아온 타박네여서 첫 입문하는 기생 상판을 보면 후제 어찌 풀릴지 팔자소관까지 짚어낼 수가 있듯 소리에 옴팍귀가 트인지도 하마 수십 년은 넘었지 싶다. 그나마 오마담마저 없으면 이 바닥 소리기생의 명맥은 완전히 끊길 것이다. 오마담의 목청이 오뉴월 무더위에 겹바지 처지듯 축축 늘어지는 품으로 봐서는, 오늘도 오마담 대타로 나갈 소리하는 젊은 여자들 물색하러 다니느라, 박기사 구두 밑창 깨나 닳게 생겼다.

2

후끈한 김이 타박네의 얼굴을 텁텁하게 감싼다. 재첩이 담긴 소쿠리를 들고 키질하듯 까부는 김천댁의 등은 뿌연 김에 가려 보이지도 않는다. 김천댁의 손과 엉덩이, 머리가 어른거리는 김 사이로 설핏 보였다가 지워지곤 한다. 지금 큰솥에선 재첩국이 설설 끓고 있다. 식당에서는 재첩국이 진해 보이도록 프림을 타지만 타박네가 있는 한 부용각의 부엌에서는 어림 반푼어치도 없는 일이다. 김천댁이 소쿠리를 까불 때마다 사스랑사스랑, 조개껍질이 서로 부딪치며 쓸리는 소리가 들리고 소쿠리 밑바닥으론 재첩 알맹이가 소복하게 떨어진다. 재첩은 음기가 강해 남자에겐 더할 나위 없이 좋은 보신식품이다. 그래서 기방의 교자상엔 실파나 부추를 띄운 재첩국이 자주 오른다. 게다가 여긴 군산이 아닌가. 시장에 나가면 싱싱한 재첩이 지천에 널렸다.

"재첩이 알맞게 삶겼어요. 오늘은 조개가 잘 까지네요."

말을 하는 중에도 김천댁의 손놀림은 변함이 없다. 입만 싸지 않으면 나무랄 데가 없는 여자다. 손이 빠르고 머리가 총명해서 하나를 가르치면 둘은 깨친다.

"뚱땡이는?"

"무를 썰다가 무가 모자랐는지 가운뎃손가락 손톱도 썰었대요."

"또?"

기가 막혀 말이 나오지 않는다. 벌써 몇번짼가. 칼질을 하다가 손톱을 자르는 건 잡념이 많다는 얘기다. 젊음은 잡념을 부른다. 쯧, 혀를 차는 타박네의 왼손 가운뎃손가락의 손톱 끝도 불퉁하게 튀어나와 있다. 젊은 날 타박네도 자신의 손톱을 수없이 썰었다. 글 쓰는 사람은 오른손 가운뎃손가락 끝마디에 펜혹이 생기듯 칼질을 오래 하면 왼손 가운뎃손가락의 손톱 끝이 남아나지 않는다. 그래도 그렇지. 코빼기도 안 보이는 걸 보니 뚱땡이는 손톱 잘린 걸 핑계로 방에 들어가 싸고 누운 모양이다. 오늘 고일 교자상이 자그만치 여섯 상. 여섯시에 두 상, 일곱시에 세 상, 아홉시에 마지막 한 상이 있다. 아홉시에 특실로 들어갈 교자상엔 족편과 신선로까지 얹어야 한다. 기본인 꽃기생은 물론이고 소리기생, 춤기생까지 가외로 곁들이는 큰손님이다. 눈이 쑥 들어가게 일을 해도 시원찮은 마당인데, 아침에 배달된 음식 재료들이 수돗간에 산처럼 쌓여 있다. 복장이 터진다.

"다듬을 채소가 얼만디 방구석에 그러고 자빠졌냐!"

타박네의 불벼락이 떨어지고 나서야 마지못해 부엌방 문이 뿌시시 열린다. 시뜻한 표정으로 나오는 뚱땡이 거동 좀 보소. 엉덩이 실룩 볼 때기 불룩, 상전이 따로 없다. 예전 같으면 잘라도 골백번은 잘랐을 것이다. 기방의 부엌시다 구하기가 하늘의 별따기여서 성질 부리는 거라면 남 못잖은 타박네도 절반은 눈감고 봐주는 중이다. 그사이 김천댁은 재첩국을 끝내고 장어구이에 도전하고 있다. 타박네가 만든 양념장을 두 번씩 발라가며 장어를 뒤집는 엽렵한 품이 먼빛으로 봐도 제법 물이 올랐다. 장어는 양념장에 한 시간은 재워둬야 간이 밴다. 곱다랗게 양념장을 덮어쓴 장어는 교자상이 들어가기 십오 분 전에 숯불 위에 오를 것이다. 한정식집에선 손님이 상 앞에 앉고 나서야 장어에 불을 붙이지만, 기방에서는 장어가 자글자글 소리를 내며 노릇하게 익어 제풀에 오므러들 때 보기 좋게 받쳐들고 들어가야 한다. 기방에서는 음식과 기생이 동격이다. 맛도 좋아야 하지만 그에 못지않게 손님의 눈과 귀도 즐거워야 하는 것이다.

"장어구이 양념장은 고추장보다는 간장이 좋은데. 보기에도 시뻘건 거보다는 거무스레한 게 고급스럽구요."

김천댁은 고 입이 방정이다. 타박네를 따라다니기 전에 한정식집 주방에서 일한 경력이 있다. 해서, 그것도 견문이라고 번번이 토를 달고 나온다.

"기방 음식은 식당 음식과는 근본부터 달러. 태생이 다르다고 몇 번을 말해야 알아듣겠는가. 기방선 장어에 고추장 양념이여. 이건 고래로 내려오는 공식이니께 외워. 기방 음식이라 함은 여염집 음식보다 대

체로 간이 세야 허고 맛도 화끈해야 혀. 한마디로 간간짭짤하거나 달콤
새금하거나 알짝지근해야 된다 이 말이여. 술안주 삼아 먹는 음식이라
슴슴해야 할 것 같은디도 그렇지가 않어. 간이 슴슴해야 하는 것들은
실상 몇 가지 안 되야. 알아들어?"

말은 면박주듯 하면서도, 김천댁을 바라보는 타박네의 눈길이 한없
이 그윽하다. 누가 뭐래도 김천댁은 어엿한 수제자인 것이다. 다들 타
박네가 백수는 거뜬히 넘길 것이라고들 하지만 하루살이 노인네의 명
줄을 어느 누가 알겠는가. 기방의 교자상을 법도에 맞게 고여내는 이는
이제 그녀뿐이다. 기방이 하나 둘 없어지면서 부엌어멈들도 죽거나 소
리 소문 없이 사라져버렸다. 그녀마저 관두면 근근이 이어오던 기방 음
식의 고유한 전통의 맥이 끊길 것이다. 오마담이 이 땅의 마지막 소리
기생인 것처럼 타박네 또한 기방의 마지막 부엌어멈이다. 일흔아홉의
나이에 아직도 현역으로 뛰는 것은 그 때문이다.

얼마 전 타박네는 팔자에도 없는 티브이에 나온 적이 있다. 〈사라져
가는 우리의 전통문화〉라는 프로를 맡은 피디가 사정사정하길래 얼굴
이 나오지 않는 조건으로 인터뷰를 따게 했다. 이에 흥분한 부용각 기
생들은 요리책을 써서 남기라고 닦달을 하지만 타박네는 그럴 생각이
전혀 없다. 기방의 부엌어멈으로 평생을 돌림빵하며 살았다고 세상에
대고 광고할 일이 뭐가 있겠는가. 남우세스런 짓이다. 기방의 요리 법
도는 김천댁에게 단단히 일러두고 세상 뜰 참이다. 타박네는 다시 한번
김천댁을 넘어다본다. 굳게 닫혀 있던 양쪽 입 가장자리가 호물호물 벌
어지는가 싶더니 기어이 위로 쭉 찢어지고 만다. 어디서 저런 복덩이가
굴러왔나 싶다. 김천댁아, 널랑은 날 뛰어넘는 부엌어멈이 되거라. 조

금이라도 힘이 남았을 때 가르쳐야지. 볼끈, 치마끈으로 허리를 잡아매고 돌아서려는데 뚱뗑이가 다짜고짜 타박네의 앞길을 막아선다. 마수걸이 흥정을 붙이려고 나서는 사람마냥 목소리에 윤기가 함치르르 흐르는 품이 어째 심상찮다.

"호박전은 지가 부치면 안 될까요?"

아따, 뚱뗑이 욕심은 하늘을 찌르고도 남는다. 시다 일도 똑 떨어지게 못 하는 주제에 중간 일을 넘봐? 웬일로 심통 부리지 않고 묵묵히 찬거리를 다듬나 싶었다.

"기방 음식은 맛도 중하지만 모냥이 우선이여. 해낼 수 있겄어?"

타박을 잘 한다고 해서 타박네라는 영광스럽지 못한 별명을 얻었지만 그렇다고 아무나 타박하지는 않는다. 타박을 하는 데도 나름대로의 원칙이 있다. 조금이라도 나아질 기미가 보이는 사람에게만 하는 것이다. 그녀도 뚱뗑이에겐 두 손 든 지 오래였다. 누구나 부치는 호박전이라고 우습게 본 모양이지만, 천만의 말씀. 본디 호박전이나 달걀찜 같은 보기에 별것 아닌 요리가 더 어렵고, 또 그걸 제대로 해내는 사람이 거의 없다. 달걀찜만 하더라도 한김이 오르면 약한 불로 조절하고 냄비 뚜껑을 삼분의 일가량 열어둔 뒤에 오 분이 지나서 꺼내야 한다. 그래야 표면이 판판하고 야들야들한 달걀찜이 완성된다. 그럼에도 열에 아홉은 불 조절을 잘 못 해 윗면이 불쑥 솟아오르고 속은 구멍이 숭숭 뚫린 거칠고 된 물건을, 그것도 달걀찜이라고 벅벅 우기며 우리네 밥상에 의젓하게 올리는 것이다.

"호박전이 별건가요. 저라고 맨날 시다만 하란 법도 없구요."

기회를 잡은 뚱뗑이, 밀가루 묻힌 호박을 달걀 푼 물에 참방참방 적신다. 신이 났다. 적당히 달궈진 프라이팬에 호박을 올려놓고 고명으로 얹을 쑥갓과 홍고추도 잊지 않고 챙긴다. 거기까진 좋았다. 신바람 나게 전을 부치던 뚱땡이의 얼굴이 한순간에 일그러지고 만다.

"기상만큼은 가상하다만 모든 일엔 손이 따라줘야 한단 말이지."

그것 보라는 듯, 타박네는 뒷짐 진 손을 푼다.

"뭘 잘못했는지 알긴 알어?"

"김천댁 아줌니 하는 것과 똑같이 했는데."

숫제 울상이다.

"그런데 왜 자네가 한 것은 밀가루 옷이 반이나 벗겨지고 전 위에 얹은 고명도 김천댁만큼 맵시가 나들 않는가."

"그러게나 말이에요."

"두꺼운 옷은 뒤집으면 반드시 벗어지게 되어 있는 것이여. 요리의 생명은 색깔인디 호박의 연두색이 월매나 이뻐. 그 이쁜 색을 살리지는 못허고 뭔 생각으로다 허연 밀가루를 잔뜩 뒤집어씌워, 씌우길. 눈 뒀다 워디다 써. 꽃기생 속적삼이 두껍던가, 얇던가? 입이 있으면 말혀봐."

"얄따랗던데요."

"이, 맞어. 호박전은 꽃기생 속적삼이라고 알면 돼. 밀가루가 스친 듯만 듯, 호박에 속살이 환히 비치는 옷을 입혀야 되여. 그러고 무슨 고명을 그러코롬 많이씩 얹었냐? 갈쭉하게 잘린 홍고추 한 줄기에 얄찍한 쑥갓 한 잎을 점 찍듯이 호박 위에 살짝 찍는 거이 고명인디."

타박네의 말이 끝나기도 전에 뚱땡이는 수돗간에 털버덕 주저앉더니 칼로 당근 껍질을 벗긴다. 가만 보니 껍질을 벗기는 게 아니라 당근 속을 마구 쑤시고 있다. 또 쇠귀에 경을 읽었다. 왜 자기만 타박하냐며, 대들지는 못하고 애꿎은 당근에게 화풀이를 하는 것이다.

"미련한 것 하구는."

혀를 차는 타박네를 김천댁이 새물새물 웃으며 돌아본다. 김천댁 같으면 벌써 알아듣고 타박네의 말을 손에 마음에 잇따라 새겼을 것이다. 하긴 팔십 평생을 살았어도 엉덩이 큰 년치고 손끝 야문 년 못 봤다. 이제 뚱땡이도 자신의 주제를 알았으니 호시탐탐 중간 자리를 넘보는 일은 없을 것이다. 되레 속이 후련해진 타박네는 김천댁에게 부엌을 맡기고 밖으로 나온다. 별채로 통하는 좁장한 샛길로 들어서자 배롱나무 향내가 코를 찌른다. 사방을 돌아가며 사철나무로 테를 두른 부용각의 화단엔 여름꽃들이 한창이다. 못 본 새 자귀나무 우듬지에도 한 떨기 연분홍 꽃이 휘움하게 피어났다. 초록에 휘감긴 연분홍이라니. 타박네의 세모진 눈이 자꾸 감긴다. 천지가 아리삼삼하다. 마늘 냄새, 파냄새를 배리착지근하게 풍기고 다니는 타박네의 조막만한 몸뚱어리가 때 아닌 꽃향기에 취해 하늘하늘 풀어지려고 한다.

3

"손님들이 낙상할 정도로 반짝반짝 윤이 나게 초칠을 해라, 초칠을!"

놋대야를 두드리는 듯한 타박네의 오달진 목소리가 마루청에 쩡쩡 울린다. 사람 따라 목소리도 같이 늙어가면 좋으련만 어떻게 된 일인지 그녀의 목소리는 도무지 나이 먹을 생각을 안 한다. 붙박이로 부용각의 허드렛일을 하는 윤희네와 한나절만 쓰는 파출부 영선네의 손이 정신 없이 바쁘게 움직여도 도통 일의 매듭이 지어지지 않는다. 마루에 초칠을 하는 윤희네는 저만치 앞서가는데 초칠한 곳을 마른걸레로 문지르며 무릎걸음으로 뒤따르는 영선네는 멀찌감치 뒤처져 있다. 펑퍼짐하게 퍼진 영선네의 엉덩이가 아래위로 심하게 들썩거리는 꼴로 보아 어지간히 화가 난 눈치다.

"마루에 니스를 칠하면 편할 텐데."

작게 구시렁거리는 영선네의 혼잣말이 타박네의 옴팍귀에 여지없이 걸려들고 만다. 어쩐 일로 그녀는 영선네의 엉덩이에 눈을 하얗게 흘기고는 그만이다. 너희가 암만 쫑알거려봤자지, 하는 심산이다. 몸뻬 주머니에서 담배를 한 개비 꺼내 물더니 처진 눈두덩을 잔뜩 찌그려뜨려 실눈을 만든 후에 부용각의 마루와 기둥, 처마 밑을 뚫을 듯이 바라본다. 당장이라도 올라가 한잠 늘어지게 자고 싶은 저 마루. 부엌 열을 받아 항상 벌건 타박네의 눈. 세상사 힘들 적마다 투정하듯 마루에 드러누우면 마루 밑에서 올라오는 서늘한 기운이 가칫가칫 살갗을 건드리다가 종내에는 뱃속을 저릿하게 만들어 가슴에 얹힌 해묵은 체증을 내리게 해주었고 벌건 눈의 안압도 낮추어주었다.

어디서 저런 마루를 다시 볼 것인가. 거뭇하게 변한 마룻바닥에 얼굴을 갖다대면 지금이라도 맵싸한 건초 냄새가 콧속으로 확 달겨들 것이다. 풀무덤이라 했던가? 열두 살 안쪽, 타박네가 살았던 섬마을에 산지사방 나뒹굴던 초분. 무섭다기보다는 왠지 정겹게 느껴지던 무덤들. 삶과 죽음이 지척이라는 걸 어슴푸레 깨달은 것도 겨우 열네 살 안쪽 그무렵이었다. 초분 속 냄새가 필시 저 마루의 냄새와 닮았을 테지. 타박네의 낮은 콧등에 두어 겹 앙증맞은 주름이 진다.

널찍한 마루는 일 주일에 한 번씩 초칠을 하고 마른걸레로 닦아 해가 갈수록 빛이 난다. 나무에 골골이 팬 실금들이 품위를 더하고 늠름하게 천장을 떠받친 둥근 나무기둥에는 이곳을 거쳐간 기생들의 설움과 한숨이 배어 있다. 니스를 칠하면 오래된 마루가 내쉬는 숨이나 고운 나뭇결, 수많은 기생들이 묻힌 손때 발때가 지워지고 말 것이다. 그늘인 듯한데 그늘은 아니고 그림자인 듯한데 그림자도 아닌 것이, 오래되어 한껏 깊어진 저 마루의 색을 어떻게 표현하면 정확할까. 해거름 외진 오솔길에 더펄더펄 풀어지기 시작하는 이내의 색과 같다고 하면 엇비슷이나 할는지. 한복 치맛자락 밑으로 하얀 버선코를 슬쩍슬쩍 보이며 오가던 기생들의 걸음이 갑자기 빨라지고 창호지를 바른 문틈에서 은은한 불빛이 내비치기 시작하면 저 홀로 고적해진 마루는 소멸하듯 어둠 속으로 사라져 형체도 보이지 않는다. 마루의 시간은 가고 바야흐로 아홉 자, 열두 자 방들이 달뜨는 부용각의 밤이 오는 것이다. 기생들이 활개를 치는 시간. 연전에 서울에 사는 한 남자가 부용각의 마루를 사러 내려온 적이 있다. 북촌에 한옥을 짓는데 부용각의 마루를 뜯어다 달아야겠다며 눈이 돌아가게 높은 값을 제시했다.

"살던 마루청 뜯어 팔아먹는 사람도 있긴 있나보네."

떨떠름한 표정으로 담배만 피워대는 타박네의 거동에 이 남자, 애통터졌던 모양이다.

"우리나라에서 제일 좋은 나무로 마루를 달아드릴게요."

"그럼 장사는 어쩌고?"

"공사하는 동안 손해본 건 당연히 따로 셈해드려야지요."

"미쳤소? 요런 마루 하나에 그 많은 돈을 쓰게."

"제가 짓는 한옥엔 저 마루가 꼭 필요해서 그럽니다."

"보는 눈은 있어가지고."

그걸로 끝이었다. 부엌으로 들어간 타박네는 다시는 얼굴을 내밀지 않았다. 남자는 별수 없이 오마담을 찾았지만 오마담이야 얼굴마담일 뿐이고 부용각의 주인은 엄연히 타박네인데 무슨 거래를 할 것인가. 천금을 준다 한들 내 집이자 내 무덤이 될 부용각의 마루를 팔 것 같은가, 그렇게 지켜온 거였다. 그런 마루에 니스를 칠하자고? 패앵, 소리나게 물코를 푼 타박네가 안채에 딸린 부엌으로 들어가려다 말고 안 그래도 좁은 이마를 있는 힘껏 찌푸린다.

"귀신도 눈이 뺐지, 저놈우 인사는 안 잡아가고!"

바깥채를 지나 안채의 마당으로 들어서는 강퍅한 인상의 남자. 실제 나이는 거지반 칠십줄에 들어섰지만 꽉 죄는 청바지를 입은 탓에 오십대 후반이나 육십대 초반으로밖에 보이지 않는다. 남자는 가파른 계단을 가뿐하게 올라오고 있다. 물매 싼 바깥채의 청기와 지붕이 터질 듯한 그의 엉덩이께에 덩실하게 걸려 있고, 물 빠진 청재킷 뒤로는 푸르른 늦여름의 하늘이 가없이 펼쳐지고 있다.

"어머나, 김사장님 오시네."

소갈머리 없이, 김천댁이 반색을 하며 부엌에서 뛰어나온다.

"사장은 무신 사장. 뭔가 생산적인 일을 해야 사장이제 허는 일이라 곤 뺀들거리는 게 전부인 백수건달도 사장이여? 김천댁은 아무나 보고 사장이라 그라데."

"같이 늙어가는 판국에 너무 미워하지 마시오."

타박네를 향해 느물느물 웃고는 있지만, 김사장의 눈빛은 먹이를 노리는 살쾡이의 눈과 흡사하다.

　"오마담 욣다! 인간이라 카마 쪼매라도 양심이 있어야 안 되겠나. 뭐 뽑아먹을 기 있다고 또 왔는공. 오마담이 번 돈, 한입에 톡 털어넣은 지가 얼매나 됐다고."

　"나 못 잡아먹어 으르릉거리는 거 보니 타박네는 여전하네요."

　"인자 백구두는 시절이 갔는갑지. 젊은 아들이나 입는 청바지를 쪽 빼입은 저 꼬라지 쫌 봐라. 궁디가 안 째지고 배기는 기 용치. 돈 주고도 못 볼 구경 났다. 김천댁아, 굵은 왕소금 한 바가지 퍼오거라. 재수 없는 저 인간 궁디다 대고 소금 좀 뿌리구로!"

　타박네만 흥분해서 방방 뛸 뿐, 김천댁은 대꾸도 없이 부엌으로 들어가고 안색이 붉으락푸르락해야 할 김사장은 휘파람을 불며 오마담이 기거하는 뒤채로 느릿느릿 사라진다. 이런 일이 어디 하루 이틀인가. 손님이 없는 낮이면 타박네가 상대를 갈아가며 질리도록 연출하는 풍경이다. 그래서 타박네가 안팎으로 인심을 잃었느냐? 아니다. 인기로 치자면야 타박네도 부용각에서는 기생 못지않게 인기가 있다.

　예나 지금이나 타박네의 옷차림은 한결같다. 여름이면 흰 모시적삼에 삼베몸뻬요, 겨울에는 누비적삼에 솜을 넣은 검정몸뻬를 입는다. 손님 방으로 들어갈 때만 비단으로 지은 진초록색 몸뻬로 정성껏 단장을 한다. 비단몸뻬를 걸쳤다고 해서 때깔이 나는 것도 아니다. 못생긴 얼굴이야 타고났으니 도리가 없다손 치더라도 체수라도 크고 육덕이나 푸짐하면 덜 볼썽사나우련만 남 축에 못 끼는 구색은 가지가지로 갖추다보니 타박네에겐 도대체 어울리는 옷이 없다. 누구나 입는 개량한복조차 어울리지 않는다. 해서, 몸뻬 차림을 벗어나지 못하는 것이다. 세상 참 별일도 다 있다. 손님들은 오히려 몸뻬 차림의 타박네를 좋아한다. 타박할매가 긁어주는 누룽지를 먹으러 왔다며 먼 곳에서 일부러 찾아오는 할 일 없는 사람들도 많다. 그럴 때면 타박네도 기생들과 함께 교자상을 받쳐들고 손님 방으로 들어갈 수밖에 없다. 방에서 타박네가 하는 일이야 별반 없다. 손님 곁에 앉았다가 기생들의 큰절이 끝나고 나면 밥이 담긴 주발 뚜껑을 열어주며 "요시는 전어철이니 전어구이나 한 볼때기 묵고 가소. 요놈은 뼈째 묵어야 지 맛이니 좋은 치아로 뽀도독뽀도독 소리나게 씹어잡소", 그 다음부터는 타박네답게 일체 반말투로 "장사는 쫌 되나? 박선생은 지난번보다 얼굴이 좋아졌네" 하는 인사조의 말을 건넨다. 눈썰미가 있는 타박네여서 한번 온 손님은 이름뿐만 아니라 면면을 세밀히 기억하고 있기 때문에 가능한 일이다. 모모한 기업체의 사장이거나 내로라하는 대학자거나 중소기업의 엔지니어라 할지라도 타박네 앞에 앉으면 그 순간부터 누구나 평등한 장사꾼이 되어버린다. 타박네는 사람을 부리거나 나라를 다스리거나 사람을 가르치는 일도 장사와 다름없다고 믿는 사람이다. 장사란 말이 재미있어 타박네의 말귀를 눙치며 "할매, 장사가 안 돼 죽겠는데요" 했다가는, "그렇다고 나라에 바칠 세금을 떼묵고 종업원 월급이나 뒤로 미루고 그럼 못써, 이!" 하는 구박이나 받기 십상이다. 타박네가 툭툭 던지는 두어 마디 말로 인해 방 안 공기는 더없이 부드러워지고 자연 기생들의 노래와 춤은 뒤로 밀리게 된다. 이에 발끈한 기생들 중 하나가 눈을 위로 치켜뜨면 가만있을 타박네가 아니다.

"아나, 요년아."

나가면서도 눈 흘긴 기생의 뒤통수에 대고 욕을 해야 직성이 풀린다. 사실 타박네는 발끈하는 기생이 미운 게 아니다. 발끈하는 기백이라도 있어야 기생으로서 꽃다이 오래 살아남는다. 물에 물 탄 듯 술에 술 탄 듯 물러터지면 종내에는 오마담 꼴 나는 것이다. 그래도 일단 욕은 하고 본다. 손님들은 욕하는 타박네를 보고 있노라면 돌아가신 외할머니를 보는 것 같단다. 욕을 하는 순간, 타박네의 몸에서 훈김이 물씬 나고 그녀의 좁은 등이 호남평야보다도 넓어 뵌다니 참으로 알 수 없는 게 사람의 눈과 마음이 아니겠는가. 얼굴이야 오종종하거나 말거나 하여간에 인복은 타고났다.

4

분주하게 움직이던 타박네와 김천댁이 한숨 돌리려는 듯, 부엌 안 평상에 나란히 앉아 있다.

"힘들제?"

"오늘은 방마다 여섯 상이나 들여야 하니 힘에 부치긴 하네요. 마음 같지 않게 일손은 뜨고 옆구리까지 결리고. 날은 저리도 좋은데 무슨 영화를 보겠다고 푹푹 찌는 부엌에서 손에 물 마를 새 없이 사나 싶기도 하고. 제가 늦바람이 들어도 되게 들었나봐요."

"부엌일을 하다보면 누구에게나 한두 번은 그런 고비가 찾아오는 법이여."

키 큰 선풍기 두 대가 쉴새없이 돌아가고 있긴 하지만 부엌 안의 열기를 식히기에는 역부족이다. 김천댁은 얼굴과 목 언저리에 흐르는 땀을 수건으로 닦기 바쁜데 같이 일을 한 타박네의 얼굴은 보송보송하기만 하다. 사람이 별나 그런가, 강단이 있어서 그런가. 김천댁은 땀 한 방울 흘리지 않는 타박네가 신기해서 그녀의 옆얼굴을 빤히 쳐다본다.

부용각의 부엌은 다른 부엌에 비해 넓은 편이어서 타는 듯한 초복에 들여다봐도 속이 툭 트인다. 디근자로 붙은 조리대와 개수대는 여느 가정집의 것보다 두어 배가량 크고, 물일을 서서도 하고 앉아서도 할 수 있게끔 벽과 바닥엔 타일이 깔려 있다. 그릇 헹군 물이나 나물 씻은 말간 개숫물을 타일 바닥에 좍좍 뿌리면 목욕을 한 것마냥 어찌나 시원해지는지 미끄러운 바닥에 넘어져 허리를 삐어도 돌아서면 그뿐, 부엌일을 하던 세 사람 중 누군가는 또 물을 뿌리고야 만다. 조리대와 개수대 반대편, 그러니까 부엌 뒷문 가까이에 나무평상이 놓인 게 다른 부엌과 다르다면 다를 것이다. 평상은 교자상을 고일 때 쓰인다. 숫자대로 교자상을 고여서 들여보낸 밤이면 상을 물릴 때까지 부엌어멈들이 앉아서 쉬기도 하고, 낮에는 김치거리를 다듬거나 조리할 재료를 쌓아두는 곳으로 사용되기도 해서, 평상은 부용각의 부엌에서 없어서는 안 될 요긴한 물건이기도 하다.

"실지 따지고 보면 일 중에 질로 거칠고 고된 것이 부엌일이여. 남들은 몸에 밧줄을 감고 빌딩의 유리창을 닦는 게 훨씬 힘들다고 말할랑가 모르지만 그건 척 보면 힘든 표시라도 나제. 이건 허리가 부서지도록 일해봤자 벨 표시도 나지 않고 아주 사람만 잡는당께. 한 고비 넘고 또 한 고비를 숨이 턱에 차게 넘다보면 평지도 나오고 지름길도 보이고 허는 맛에 힘든 건 잊어뿔고 다시 손을 놀리게 되는 기 이 일이기도 허지만 말이여."

"언제쯤이면 제 눈에도 평지나 지름길이 보일까요?"

"급허게 마음먹들 말어. 자꾸 보채면 부대끼기나 하지 뭔 일이 되간? 내가 자네만했을 적엔 이만하면 가차이 왔겠다 싶어 눈을 들고 앞을 보면 안즉도 갈 길이 구만리나 가아맣게 남았더라구."

"다른 건 바라지도 않아요. 제발이지 음식의 간이나 한 번에 딱딱 맞췄으면 좋겠어요."

"간을 맞추는 기 바로 손맛인디 무다이 애를 써야 간이 맞어. 이것도 웬만큼 하면 이골이 나게 되제. 눈 감고 대충 넣어도 지절로 간이 맞을 때가 와. 그런다고 마음을 놓고 설렁설렁했다가는 금세 내리막을 타는 거이 손맛이여. 늘상 마음 한 귀를 여물게 붙잡고 있어야 손맛이 하냥 보존되야."

"세상에 쉬운 건 아무것도 없네요."

"자네도 이치를 쪼매씩 깨닫는갑만. 음식을 잘 맹글려면 간 맞추는 것도 중하지만 뭣보다도 불 보는 눈이 있어야 햐. 불만 잘 볼 줄 알면 도가 통햐. 도가 뭐 그리 거창한 것이간? 도를 통한답시고 계룡산이다 지리산이다 명산대찰만 대고 찾아다니더라만, 도란 것은 이 콧구멍만한 부엌에서도 얼마든지 통할 수 있다 그 말이여. 남자는 늙어도 애 같단 말이 있제. 왜 그런 중 아는가?"

"글쎄요."

"부엌일을 안 해봐서 그려. 손에 물 한 방울 묻히지 않고 사는 여자들, 부엌일을 모리는 여자들이 암만 나이를 먹어도 철 안 드는 것과 같은 이치제."

"에이, 아무려면요."

"부엌에서 한 삼십 년만 늙어봐라. 그까짓 것이사 절로 알기 되지."

여간해선 부엌에서 담배를 피우지 않는 타박네가 부스럭거리며 주머니를 뒤진다. 손질한 재료들의 밑간만 봐놓은 상태, 즉 정식으로 요리에 들어가지 않아서 담배에 불을 붙이는 것이리라. 줄곧 담배를 끼고 살다시피 하는 타박네도 요리를 시작하면 혀를 둔하게 만든다며 담배를 피우지 않는다. 요리를 하기 전에 물을 마셔 입 안을 헹궈두는 건 기본이다. 간을 보는 중요한 부위라고 얼마나 끔찍하게 혀 간수를 하는지 옆에서 보는 김천댁이 놀랄 정도다. 강도가 들어와 사지를 자른다고 하면 다른 부위는 내줘도 요리를 하는 데 꼭 필요한 손과 혀만은 끝까지 지킬 사람이다.

"우리집에 불 조절을 잘 못 해 천날만날 넘치는 물건이 있어 문제지. 요리가 넘치면 어디 요리만 버리간. 냄비도 버리고, 가스레인지도 버리고, 행주도 버리고, 물도 버리는 법인디 이 인사는 그걸 통 몰러."

"오마담 말이지요?"

"그 인사보다는 하루라도 오래 살아야 될 꺼인디. 오마담이 눈에 밟혀 이승을 쉽게 못 뜰 것 같어. 영 마음에 걸린단 말시."

"오래 사실 거예요. 다들 장수할 상이라고 그러잖아요. 오마담과 일한 지가 햇수로 얼마나 됐어요?"

"보자, 그기…… 진주 권번에서 알아주던 교방선생이 내가 있던 오성에 동기 두 명을 데리고 왔었거등. 그 동기 중 한 명이 오마담이라."

오성의 목간통. 둘둘 말아올린 속바지 밑으로 드러나던 푸른 가시오이처럼 소름이 돋은 오마담의 애동대동한 종아리가 타박네의 눈에 잡힐 듯 그려진다.

"동기였는디도 오성의 기생들 중 오마담의 인물이 질로 빼어났네. 해반주그레한 얼굴이며 초승달처럼 가냘픈 목덜미는 보는 이의 마음을 절로 애릿하게 맹글고, 삼단 겉은 머릿단은 얼매나 검푸르고 소담스럽던지……"

"인물이야 지금도 고운 축에 들잖아요."

"어데? 술에 곯고 사내에 곯아서 전에다 비하마 택도 없제. 오마담을 처음 본 기 어제만 같은디 벌써 반백년이 지나부렀어. 총알처럼 빠른 기 세월이라드만. 기방 안의 세월은 민간의 세월보담 세 배는 빨리 간다고 보면 되야."

"세 배씩이나요?"

"민간에서는 아침과 점심, 저녁이 구분되는데 기방에서야 밤과 낮뿐이 더 있어. 낮이야 밤을 위한 준비시간이라 여우볕보다도 짧고 주로 밤이 그날의 전부잖어. 그래서 기방의 하루는 쏜살겉이 가는 게지. 우리네 부엌어멈들은 교자상 차리는 기 손에 익었다 싶어 허리를 필라카마 고마 허리가 기역자로 굽은 꼬부랑 할마씨가 안 돼 있나. 참말로 허망한 기 인생이제."

옛날에도 지금처럼 세 명씩 조를 짜서 기방의 부엌일을 하러 다녔다. 부엌어멈을 부르기 편하게 오야, 중간, 시다로 구분해서 불렀다. 월급은 오야붕이 받고 중간과 시다의 월급은 오야붕이 알아서 나눠주었다. 중간과 시다의 월급은 오야붕의 능력에 따라 다르다. 오야붕은 일류와 이류, 삼류 하는 식으로 요리 솜씨에 따라 등급이 나눠지는데 월급의 액수가 천차만별이었다. 흔히 그렇듯 일류 오야붕 밑에는 중간과 시다가 남아돌고 갓 등장한 오야봉은 부엌일은 뒷전으로 미루고 걸핏하면 그만두는 중간과 시다를 구하러 사방팔방 뛰어다녀야 했다. 호시절, 타박네는 제법 크다는 기방이란 기방은 죄 훑고 다니며 부엌마다 지문을 남겼다. 서울, 부산, 대전, 진주, 광주, 전주…… 안 가본 곳이 없다. 타박네의 말에 여러 지방 사투리가 섞인 것도 그 때문이다.

기방 뜨락엔 사철 흥이 넘치고 정이 넘치고 돈도 넘쳤다. 갓 짠 참기름 냄새가 진동하던 곳. 도둑의 소굴처럼 어둡고 길쭉해서 도시 정이 붙지 않던 대화루의 부엌. 장정 여섯이 산판에서 져 날랐다는 통나무가 천장을 가로지르고 있어서 금방 잡은 돼지나 소의 다리도 매달았지만 사랑에 실패한 기생들이 심심찮게 목을 매달던 명성각의 부엌. 부엌 옆에 골마루 깔린 찬방이 붙어 있어, 햇빛이 어른어른 비껴드는 오후에 골마루 방에 누우면 물 속에 누운 듯 어지럽다가 끝내는 몸살을 앓고야 말던 오성의 왜식 부엌. 햇밀가루를 발라놓은 듯 설탕을 뿌려놓은 듯, 벽과 천장이 그처럼 새하얀 부엌은 그때 처음 봤다.

오성은 일제시대 때 지은 기방으로 생김새부터가 수상했다. 외딴 숲속에 들어앉은 것 하며, 부엌일의 절반이 장작불을 때는 거라는 말을 듣곤 황당하기가 이를 데 없었다. 불목하니를 구하지 무엇 때문에 부엌어멈을 구하나 싶기도 했다. 마담의 안내로 별채를 돌아보고 나서야 의문이 풀렸다. 기방의 가장 외진 곳에 일자형 별채가 있었고, 다닥다닥 붙은 문이 열세 개나 되었다. 일렬로 늘어선 문들 중 그 첫번째 문을 열었을 때, 타박네의 세모진 눈은 둥그렇게 변하고 말았다. 말로만 들었던 목간통이 기방 안에 버젓이 있을 줄이야. 서너 평이 될까 말까 한 좁은 공간에 옹기로 만든 큼직한 항아리가 하나씩 들어앉아 있었다. 사찰에서 된장이나 간장을 담그는 큰 독만한 크기로 아가리가 독에 비해 두어 배가량 넓었다. 항아리 밑으로는 장작불을 때게끔 아궁이가 뚫려 있었다. 요즘 찜질방에 깔린 바닥재와 비슷한, 폭이 좁은 나무발판이 항아리의 앞면과 옆면에 넓게 깔려 있고 항아리에서 흘러넘친 물은 발판 아래로 빠져 밖으로 나가게 만든 특이한 구조였다.

"얼래, 이기 바로 목간통인개비네."

물때가 끼어 검고 미끈덩한 나무발판을 밟으며 타박네는 벌린 입을 다물 줄 몰랐다. 희한한 세상이었다. 그럴 줄 알았다는 듯, 치마꼬리를 가슴팍에 끌어모은 마담은 눈을 착 내리깔고 살똥스레 말했다.

"그런 건 알 것 없고, 넌 물이나 열심히 길어나르고 불이나 연기 나지 않게 때면 돼."

그때 타박네가 본 것이 우리나라 최초로 만들어진 개인 욕탕이었을 것이다. 오성에서 불목하니 노릇을 하며 묶여 있는 바람에 시다에서 중간으로 올라갈 시기를 놓친 타박네가 애면글면 속을 끓이던 무렵에 만난 사람이 오마담이었다. 지금도 타박네는 잊지 못한다. 목간통이 있던 별채 7호실에서 오마담을 만났던 그 밤을.

1호실에서부터 차례차례 아궁이에 장작불을 넣고 나면 별채에서의 일이 모두 끝나게 되어 있었다. 목욕물이 데워지면 적당히 술에 취한 손님들이 마담의 안내에 따라 1호실에서부터 13호실까지 줄줄이 들어가고, 등을 밀어줄 기생들이 속옷 바람으로 손님의 뒤를 따라 들어가거나 말거나 그 안에서 무슨 일이 벌어지거나 말거나 부엌어멈 중에서도 끝자리인 시다이자 불목하니였던 타박네가 관여할 일이 아니었다. 그런데 그날은 왜 그랬는지 모르겠다. 공연히 별채가 궁금해졌다. 설거지를 하다 말고 나간다고 쌍소리를 하는 중간을 뒤로 하고 별채로 돌아갔더니 7호실 쪽에서 희미한 비명소리가 들렸다. 발꿈치를 들고 7호실 앞까지 다가간 타박네는 문틈으로 안을 들여다보았다. 파랗게 질린 동기가 오십대 중늙은이를 피해 좁은 욕탕 안을 이리저리 뛰어다니고 있었다. 한 손에 부지깽이를 든 알몸의 중늙은이가 동기를 잡으려고 몸을 틀 때마다 아래로 늘어진 오겹의 뱃살들이 파도를 타는 것마냥 출렁거렸다. 물벼락을 맞았던가, 젖은 속치마가 동기의 전신에 휘감겨 있었으며 채 여물지 않은 젖꼭지와 분홍의 젖꽃판이 찢긴 속적삼의 앞섶 새로 활짝 드러났다 가려지곤 했다. 동기의 두 다리에는 붉은 상처가 사선으로 줄을 그은 것처럼 나 있었다. 왜 부지깽이를 아궁이 옆에 두고 나왔을까? 문 밖에서 발을 구르는 사이 동기가 그만 나무발판 위에 주르륵 미끄러지고 말았다. 엎어진 동기의 속치마를 걷어올리는 중늙은이를 보곤 타박네가 잠긴 문을 부수었다. 작은 몸에 무슨 힘이 그리도 뻗쳤던 것인지, 돌덩이로 내리치자 날림으로 지은 별채의 문이 문틀째 내려앉았다. 안으로 뛰어들어간 타박네는 활활 타는 장작을 집어들고 알몸의 중늙은이에게 휘둘렀다.

"그날 중늙은이와 마담의 면상을 장작불로 지져놓을라카다 말았다."

"세상에, 옛날인데도 그런 곳이 있었네요."

"요시로 치마 터키탕의 원조인 셈이지. 그질로 오마담을 데리고 진주 권번으로 밤도망을 칠제 눈은 왜 그리 퍼붓던지…… 정신없이 도망가는 판국에도 오마담은 배가 고프다카더라. 그 꼴을 당하고도 먹을 기생각나는 걸 보면 애기기생은 애기기생인 기라. 턱을 덜덜 떨미 꾹꾹 뭉쳐온 누룽지를 깨무는데 무신 원수가 졌다고 눈은 그리도 쏟아져 앞길을 막던공. 발목까지 푹푹 빠지는 눈길이라 발짝을 띠기가 어렵더라. 한참을 가다본게 눈보라도 그치고 달빛이 어찌나 곱게 비치던동. 사금파리처럼 반짝거리는 눈밭에 네 줄로 졸로리 찍힌 발자국을 보니 이 동기랑은 예사 인연이 아니다 싶더라."

"……"

"미자발 빠진 놈이 비역질 하더라고, 내가 딱 그 짝이 났제. 내 가랭이도 석 자는 찢어진 터에 돌을 던져 오마담을 빼냈으니."

"오성의 그 마담, 사람도 아니네. 젖가슴도 덜 여문 걸…… 동기는 손님 방에 들여보내는 거 아니잖요."

"왜 아니라. 그래서 교방선생한테 일러바쳤다. 그후로 조합에선 기생을 보내지 않았는데도 오성이 영업을 계속한 걸 보마 지나가는 여자들 아무나 불러들였던 모양이라."

"그때부터 오마담이랑 같이 다녔어요?"

"암만, 초반에는 오마담 인물에 얹혀 내가 부엌어멈 자리를 쉽게 구했고 중반 이후부텀은 내 음식 솜씨에 오마담이 얹혀다녔제. 오마담이 머리를 얹을 때도 옆에 있었고 첫사랑에 실패해서 목을 맸을 적에도 그 목줄을 내가 안 끌렀나. 그것도 길 닦은 기라고, 그뒤로도 오마담은 툭하면 목을 매 내 피를 말렸다. 오마담만 목을 매마 괜찮게? 그때 기생들 십팔번이 목매는 거 아이가. 생각만 해도 언슨시럽다. 요시 기생년들은 모가지가 굵어 그런가 질겨서 그런가 목매는 년 하나 없대."

"아이고매, 할매도 바랄 걸 바래야지요. 요즘 애들이 어떤 애들인데 목을 매요. 뱃속부터 까져서 나오는지 발랑 까져가지고 어리숙한 남자들 돈 알겨먹을 생각이나 하지. 걔들에게 그런 말 해봤자 콧방귀도 안

꿜걸요."

"목맨 기생들 목줄 푸는 기 우리네 부엌어멈들의 또다른 일거리였지. 목을 매도 계절을 가려서 매야제 땀띠가 쏟아붓는 염천에 목맨 년은 미워서 밥도 안 줬다. 목을 매고 축 늘어진 기생들이 얼매나 무거운 중 아나? 부엌어멈 셋이 달려들어도 끌어내리기가 쉽잖았지. 줄을 풀고 나면 더러 숨이 끊긴 기생도 있었니라."

애애앵, 구급차의 사이렌처럼 방정맞은 모기 소리가 들리자 타박네가 말을 끊고 주위를 두리번거린다. 옆에 있던 김천댁이 번개처럼 오른손으로 자신의 왼팔뚝을 찰싹 내리친다. 손 자국이 붉게 난 김천댁의 왼팔뚝에는 피떡이 된 모기 한 마리가 납작 눌린 채 뻗어 있다.

"자네는 입만 빠른 중 알았더니 손도 겁나게 빠르구만."

어느 사이 부엌 안으로 꾸역꾸역 밀려든 석양빛이 곱게 눈을 흘기는 김천댁의 얼굴을 붉디붉게 물들인다.

5

예약한 손님들이 들이닥칠 시간은 다가오는데 기생들의 방에선 짝짝, 화투 치는 소리가 들린다. 쌌다는 둥, 두 번이나 흔들었다는 둥, 이러다간 피박을 쓰겠다는 소리가 화투짝을 내리치는 소리 틈새로 간간이 섞인다. 씩씩거리며 마루로 올라간 타박네는 일부러 숨을 참으며 기다렸다가 "엄마야, 쓰리 고!" 하는 비명이 터지는 순간 방문을 왈칵 열어젖힌다. 담요를 중심으로 둥그렇게 둘러앉아 있던 기생들이 화들짝 놀란다.

"팔랑개비겉이 손을 놀리미 분단장을 해도 바쁠 시간에 화투짝이 웬 말이고!"

분기탱천한 타박네가 화투판을 뒤집기 무섭게 돌아앉아 버선을 신는 년, 고쟁이부터 입는 년, 내가 딸 때마다 판을 엎는다며 삐친 년, 분통만한 방에서 난리도 아니다.

"미스 주가 안 보이네."

"내 정신 좀 봐. 미스 주, 피부과에 갔어요. 박피하러 간다며 할매한테 전해달라고 했는데."

"전에 안 했더나."

"이번엔 해초박핀지 뭔지, 하여간 박피하러 간 건 분명해요."

"가는 끄떡하면 낯짝 갈러 댕기더라. 아무리 갈아싸도 원판 불변설이라는 말이 있구마는. 잘못하다 갈아 만든 배 되는 거 아이가."

"춥다, 할매. 썰렁하네."

한복을 입을 적엔 가슴이 없어야 태가 난다며 치마말기로 싸매라고 입이 닳도록 얘기를 했건만, 가슴이 불룩한 기생이 타박네의 눈에 띈다. 가당치도 않게 스펀지를 덧댄 브래지어를 했는지 불룩해도 여간 불룩한 게 아니다. 저고리 앞섶이 벌쭉 들린 게, 한복이 몸에 붙지 않고 겉돈다.

"설 삶은 말대가리겉이 참으로 가관이네. 너, 젖통 속에 뭘 집어넣었제?"

"부라자밖엔 한 게 없는데 할매는 괜한 나만 잡아."

"빨랑 젖싸개 벗어라, 이. 젖통 큰 기 무신 자랑이라고 가슴을 앞으로 내미나, 내밀길. 한복을 입으마 수굿하게 등을 구부려야 맵시가 난다고 그만큼 일렀거늘."

그 꼴에 한밑천 잡아 이 바닥을 뜨는 거라니. 에라 이년아, 사내가 골이 비었냐? 꼴값하고 있네, 하는 말이 곧 입에서 튀어나오려고 한다.

"내 젖통 큰 데 할매가 보태준 것 있어요? 칫, 실리콘 값이라도 주고 그런 말을 하면."

아유 조년, 주둥이 튀어나온 것 좀 봐라야. 타박네의 눈에 불이 화르르 붙는다.

"쳤다, 이년아! 쳤다, 이년아!"

볼끈 동여맨 옆구리로 기생을 들이받으며 한 발짝씩 앞으로 나아간다. 타박네에게 떠받혀 뒷걸음질치는 기생의 키가 타박네보다 곱절은 크다. 두 사람의 발에 무참히 짓밟힌 비, 풍, 초, 유월 목단의 색은 곱기도 하지.

"아침마둥 저녁마둥 니년들 먹을 밥 해 댔으면 되었지. 얌통머리 없이 바래긴 뭘 더 바래!"

타박네의 말에 한복으로 갈아입던 기생들이 키들거리며 웃는다. 미스 주가 결근을 했는데도 타박네는 그다지 싫은 기색이 아니다. 기생들을 따라 빙그레 웃기까지 하는 걸 보면 젖 큰 기생에게 한 건 일종의 푸닥거리였던 모양이다. 타박네의 등뒤에서 기생들끼리 서로 신호를 보내며 눈을 찡긋거린다. 타박네만 모르는 뭔가 있는 게 분명하다.

부용각엔 두 종류의 기생이 있다. 별채에서 숙식을 하는 기생과 출퇴근하는 기생. 숙식하는 기생이야 별 문제가 없지만 출퇴근을 하는 나이든 기생들이 항상 문제다. 기생이라는 특수한 신분과 독특한 업무를 빌미로 지각을 밥 먹듯 한다. 비록 타박네가 노인이기는 해도 눈치가 얼마나 빠른지 눈치 코치를 합하면 도합 석 단쯤은 된다. 거기다 타박네의 서슬 퍼런 기상은 군산 바닥에 짜르르 소문이 나 있어, 밖으로는 거칠기로 소문난 군산의 주먹패들로부터 부용각을 굳건히 지키고 안으로는 제멋대로 나대는 기생들을 한 손아귀에 움켜쥔 것처럼 보여도 딱 한 군데 무른 구석이 있다. 기방에서만 살아 버릇해 그런지 기생들의 아름다움을 위하는 일이라면 물불을 가리지 않는다. 자고로 여자와 가구는 가꿔야 빛이 난다는 말을 하늘처럼 받들고 사는 사람이다. 성형외과나 피부과, 미장원엔 하루에 세 번을 간다 한들 입 한 번 떼는 법이 없다. 요즘 기생들이 누군가? 옳다구나, 하고 순번대로 돌아가며 피부과나 미장원에 간다고 적당히 둘러대곤 부용각을 빠져나간다. 제아무리 댕돌 같은 타박네라곤 해도 기생들이 단체로 짜고 나오는데야 어쩌겠는가. 지금쯤 미스 주는 발정난 암캐처럼 분내를 풍기며 동서남북 가리지 않고 실컷 싸다니고 있거나, 군산 앞바다에서 뼈꼬시 안주를 한 접시 시켜놓고 눈물을 졸졸 짜며 소주나 홀짝거리고 있을지도 모르겠다.

한바탕 소란을 피운 뒤, 마루 끝에 나와 앉은 타박네는 궁상맞게 몸을 옹그리고 지는 해를 멀거니 바라본다. 하루 중 이맘때가 가장 을씨년스럽다. 해가 지고 사위가 어둑어둑하면 부용각의 밤이 시작되는데도 타박네는 꿈쩍도 하지 않고 몸을 잔뜩 옹송그리고 있다. 뼛속 깊이 파고드는, 자신의 가슴속에서 불어오는 건지 밖에서 불어오는 건지 진원지를 알 수 없는 그놈의 바람 때문이다. 마음을 딴딴히 여미지 않고 내버려뒀다간 바람의 찬기에 몸마저 까라지기 십상이다. 부용각엔 해질녘에 까라지는 인사가 타박네 말고 또 있다.

끄응, 작달막한 키 탓에 마루기둥을 부여잡고 내려선 타박네는 털 것
도 없는 허리춤을 탈탈 털더니 뒤채로 돌아간다. 벌써 갔는지 살쾡이
김사장의 구두가 보이지 않는다. 기생들의 방문을 열어젖힐 때와는 딴
판으로 오마담의 방문을 여는 타박네의 손길이 무척이나 조심스럽다.
아니나 다를까, 오마담은 금방 빨아서 집어던진 빨래처럼 보료 위에 널
브러져 있다. 가까이 다가가자 확 끼치는 술냄새.

"찬물 끼얹기 전에 눈 좀 떠봐라이! 너, 술 먹었제? 또 그놈에게 넘어
갔더나."

"이번엔 내가 먼저 먹자 그랬소."

"오냐, 그래. 잘난 서방이 하자는 대로 불구덩이든 똥구덩이든 들어
가뿌리라!"

"성, 참말이오. 그 양반이 말리는데도 고 당시를 못 참고 내 손으로
술병을 따고 말았소."

개개풀린 눈으로, 그것도 서방이라고 덮고 나오니 한껏 열이 뻗친다.

"족제비처럼 좁아터진 낮짝에 눈구녕이라곤 도끼로 카악 쪼사놓은
것마냥 울로 째졌는디, 그 인간이 머이 좋다고 감싸고 도는지 내사 니
속을 알다가도 모리겠다. 사람 눈은 각각이란 말이 똑 들어맞네."

"그 양반이 보긴 그래도 속은 안 그래요. 속이 얼매나 여리고 고운
디."

"부용각에 열녀 났다, 열녀 났어. 춘향이가 왔다가는 삐대보지도 못
하고 쫓겨갈 형국이라. 이걸 우짬 좋나."

이런 와중에도 타박네는 오른손에 기름걸레를 꾹 거머쥐고 있다. 간
신히 몸을 추스리고 벽에 기대앉은 오마담에게 한마디 퍼붓곤 기름걸

레로 자개장롱을 쓰윽 문지르고, 또 한마디 쏘아붙이곤 장롱을 한번 더 닦는 식이다. 어차피 죽으면 썩어 없어질 몸. 살아 숨쉬는 동안은 부지런히 몸을 놀리자는 게 타박네의 생활철학이다.

"솔직히 말해봐라. 그놈한테 니 밑으로 적금 붓는 거 있다고 했나, 안 했나?"

"성이 통장과 도장을 가지고 있는데 그런 말 해서 뭐 하요."

"걱정이 돼서 안 그러나. 쥐새끼겉이 생긴 낯짝을 보마 통장과 도장 없이도 돈을 빼묵게 생긴 인간이라 그러제. 대흥동 아파트 전세금만 먹고 떨어질 인사가 절대 아이라. 고놈 눈구녕을 봐라. 그기 성에 차겠나."

"자꾸 나쁘게 말하지 마소. 김사장, 그런 사람 아니오. 그땐 회사가 부도나게 생겨서 어쩔 수 없이 그런 것이제."

"지나가는 소가 웃겠다. 회사는 무신, 그놈 회사에 가봤더나? 니가 그런 식으로 당한 기 대체 몇 번이고. 열 손가락으로 다 꼽을 수도 없다. 곗돈 타온 그날로 들고 튄 부산의 작은 윤가, 봉명동 연립을 통째로 팔아먹은 큰 윤가, 원앙금침 덮고 자다가 니 패물 훔쳐서 토꼈던 쩨쩨한 송가놈, 내 죽은 뒤엔 여관이라도 지어서 세 받으며 살라고 질가로 난 판판한 밭뙈기 하나 사줬더니 석 달 반 만에 홀랑 팔아가지고 나른 기 박가더나, 이가더나?"

"박사장이오."

"이럴 때 보마 기억력 하난 디기 좋네."

"성, 나는 그 양반들 원망을 한 번도 해본 적이 없소. 나는 그들 모두를 첫정처럼 똑같이 사랑했거든. 혼신의 힘을 다해, 모든 걸 바쳐서 사랑했기 때문에 난 원도 한도 없소."

"부모 자식 간의 사랑도 아이겠고, 넘넘간의 사랑인데 아무리 사랑
이라 캐도 경우가 있어야 안 되겠나. 우째 니 사랑은 허구헌 날 퍼 앵겨
야 유지가 되나 그 말이다."

"그들이 갖고 간 돈은 세금 낸 셈 치기로 했구먼요. 그리 생각하니 마
음도 편하고."

"뭔 세금?"

"사랑세라 이름 붙이면 어떻겠소."

"머시라, 사랑세? 수도세도 아이고 전기세도 아이고 사랑세? 듣다
듣다 이젠 별 개뼉다구 같은 소릴 다 듣누만. 그래서 니가 물러터져도
한참 물러터졌다고 하는 기다. 그만큼 당했으마 정신을 차려야제 한 놈
갔나 싶으마 또 한 놈 오고. 물간 생선에 끓는 건 똥파리밖에 없다드
만."

"성이 아무리 그래싸도 난 천생 기생은 기생인 모양이오. 성한테는
미안한 말이지만 내는 밥 없이는 살아도 사랑 없인 못 사요."

"평소엔 멀쩡하다가도 사랑 얘기만 나오면 사람이 이상해지는 통에
내가 미치겠구만. 어이, 봐라. 인자 정신이 들긴 드나!"

허공에 떠다니던 눈동자가 제자리를 찾았는가, 타박네는 오마담의
눈을 자세히 들여다본다. 언제 봐도 시원하게 생긴 눈이다. 둥글고 큰
눈망울엔 촉촉하게 물기가 배어 있어 또록또록 눈알을 굴릴 때면 금방
이라도 터질까봐 겁이 난다. 세상에는 알 수 없는 게 쌨기도 쌨지. 시난
고난 몸뚱이는 늙어도 눈동자는 젊을 때와 장 한가지네. 저 눈에 물기
가 마르면 그놈의 징글징글한 사랑샘도 마르려나.

"내 말 똑똑히 들어라. 니한테 남자는 김사장인지 뭔지 하는 놈이 마지막이지 싶다. 그놈에게 적금 붓는 거 있단 소리 하면 그질로 끝이다 이. 고거 털어묵으마 뒤도 안 돌아보고 내뺄 놈이라."

"내도 아요. 그래서 그 사람이 더 애틋하다 그 말이오."

어이구우, 이 축구등신아. 전생에 니가 내 빚인 중은 진주 권번으로 밤도망칠 제 알아봤다.

"내가 이러고 있을 때가 아니지. 손님 방도 들여다봐야 하고, 술 취한 손님들 대리기사도 불러야 하고."

흐트러진 머리카락을 매만지기 위해 두 팔을 위로 들어올릴 제, 오마담의 목에 힘줄이 불끈 선다. 황새처럼 긴 오마담의 목을 보곤 타박네는 눈길을 급히 다른 곳으로 돌려버린다. 어찌나 배들배들 말랐는지 목 아랫부분, 세모꼴로 파인 쇄골에 좁쌀 두 홉을 부어도 흘러내릴 성싶지 않다. 타박네는 목이 메는데, 눈치 없이 안채에선 노래방 기계음이 왕왕 울린다. 비 내리는 호남선 남행 열차에 어쩌구 하는 노래가 시작되자마자 단체로 흔드는지 뛰는지 쿵쿵거리는 소리가 뒤채까지 들린다. 저러다가 방구들 꺼질라.

"둥기덩, 가야금 가락이 울려퍼져야 할 기방에 저 싸가지 없는 소리 좀 들어봐라. 이기 기방이가? 도떼기 시장이지."

"놔두소. 우리가 시절 따라 맞춰 살아야지, 시절을 우리한테 맞출 수야 있겠소. 성…… 사실은 말이오. 아무래도 내 목이 간 것 같애. 이젠 나도 어쩔 수 없이 유행가나 불러야 하는갑소."

끝이 갈라질 대로 갈라진 오마담의 목소리. 풀 죽은 오마담을 보자 타박네가 우지끈 어금니를 깨문다.

"고런 소리 마라. 니 소리가 우떤 소린데. 피를 한 바가지나 쏟으며 얻은 소리 아이가. 이 여름이 가고 가을, 겨울도 무사히 닝기고 새봄이 오마…… 뒷산 생강나무에 노란 꽃이 피마…… 그땐 니 목도 돌아오고 술도 끊기 될 끼다."

"새봄이 오면 소리가 찾아질까…… 성 말대로 술을 끊을 수 있을까……"

"죽기로 작정하고 달려들마 지까짓 기 안 떨어지고 배기겠나."

나이가 들면, 몸에 붙은 살이 헐렁해지고 윤기 있던 피부에 주름살이 덮이는 대신 세상을 보는 눈이 깊어질 줄 알았다. 내주는 게 있는 만큼 받는 것, 얻는 것도 있을 줄 알았다. 그래서 타박네는 늙는 걸 두려워하지 않았다. 한 살 한 살 먹어가는 나이를 오히려 인생의 훈장으로 여긴 적이 많았다. 그러나 그것은 오산이었다. 늙는다는 것은 철저히 손해보는 장사였다. 일흔아홉의 타박네를 기다리고 있는 건 버려도 될 굳은 습관과 쓸데없는 잔소리, 조금씩 풀리는 손목의 힘처럼 근육이완으로 생기는 요실금의 기미들뿐.

늙음의 끝은 완전한 소멸이었다. 적요한 소멸의 늪에 빠지기 전까지는 마지막 남은 힘을 다해 거슬러올라야 하지 않겠는가. 세모진 눈을 한층 날카로이 벼려 세상을 바로 보고 부단히 손을 놀려 손맛을 잃지 않는 길, 내리막길로 치닫지 않고 더디게 가는 길은 그 길뿐이라는 걸 타박네는 안다. 누가 타박네에게 강단이 있다고 했던가. 단 한순간도 그녀는 고단하지 않은 적이 없다. 낮잠을 자면 깨어나지 않을 것 같고 기대기 시작하면 눕고 싶을까봐 시시때때로 허리를 불끈 잡아매고, 담배를 피울 때도 나무에 기대지 않고 평평한 정원석에 되똥하게 올라앉는 것도 다 그런 이유 때문이다. 엄마의 치맛자락을 놓친, 길 잃은 아이 같은 오마담의 손을 언제까지 잡아줄 수 있을까. 오마담의 손을 끌고 가는 이 길이 과연 옳은 길인가. 깊이 생각할수록 길은 오리무중이요 눈앞은 첩첩산중이다.

"난 성만 믿소. 죽어가는 날 살려낸 기 한두 번이오. 환장할 것 같은 내 맘을 매번 붙들어준 것도 성이고."

자신의 어깨에 기댄 오마담의 등을 가만가만 두드리던 타박네의 입에서 가늘고 긴 한숨이 피리 소리처럼 새어나온다.

오마담, 아니 연분아. 나도 너처럼 무언가에 환장을 해보고 싶다. 환장한 순간만은 구름에 발을 디딘 듯 물살에 몸이 실린 듯 그리 살아지는 게 아니더냐. 잠시라도 그 무게를 잊는 것이 아니겠느냐. 폭폭한 이생을 단 일 초라도 좋으니 내 것이 아닌 양 아무도 모르게 땅바닥에 살짝 부려놓을 수만 있다면.

테두리가 이지러진 달이 부용각의 처마 끝에 걸린 때는 음력 유월 스무이레, 유시. 한지 바른 장지문에 그림자를 길게 드리운 뒤란 대숲은 한정없이 깊고 울울하다.

1

"나는 과부의 딸이었다."

크지도 작지도 않은 목소리가 대숲 속으로 가만히 흩어질 제, 발맘발
맘 오마담의 뒤를 따르던 미스 민은 잠시 걸음을 멈추었다. 댓잎이 바람
에 흔들리는 소리라고 여길 만큼 가늘게 떨리는 목소리였기 때문이다.

"증조할머니도 과부였고, 할머니도 과부였고, 내 어머니도 과부였
지. 고모들도 전부 과부들이었어. 작은삼촌마저 마흔을 넘기지 못하고
세상을 뜨자 털썩 주저앉아 땅을 치며 울던 큰고모의 통곡 소리가 지금
도 귀에 생생하게 들린단다. 아이고오, 줄과부 떼과부 났고나아."

쌔액 쌕, 매미 소리에 말을 끊은 오마담은 대숲을 헤치며 두어 걸음
더 앞으로 나아간다. 오마담이 딛고 간 자리만 골라 딛던 미스 민이 문
득 고개를 젖힌다. 어둡고 축축한 대숲에서 보는 하늘은 늘 보던 그 하

늘이 아니다. 까마득히 멀고도 좁게 보인다.

"다듬이 소리가 끊긴 깊은 밤이면 애젊은 청상과부에 설늙은 과부, 할머니 과부들이 피워대는 담배연기에 절어 비틀비틀 자라던 날 자진해서 권번에 떠맡긴 게 우리 어머니였어. 감히 팔자도망은 생각지도 못하고 하나 있는 딸마저 과부로 늙힐까봐 지레 겁을 먹었던 게지. 담배연기에 평생을 날려보낼 정숙한 과부보다는 천한 기생이라도 그 팔자가 낫겠다 싶어 그리 하셨다 하더라. 진주 권번의 솟을대문 앞에서 어머니는 박달나무 참빗과 비단으로 만든 사향주머니를 품속에 넣어주셨지. 세 겹으로 된 나뭇결이 물결무늬로도 보이던 참빗은 다산과 부귀를 상징하는 것이라는데, 길가의 버드나무요 담 밑의 꽃인 노류장화 기생에게 다산이 가당키나 했겠니. 그래도 어머니는 내게 물려줄 것이라곤 그것뿐인 눈치셨어. 비단으로 만든 사향주머니는 생과부였던 둘째고모가 준 건데 남자의 사랑을 받는 데는 더없이 좋은 것이라고 말씀하셨다. 여덟 살짜리인 나는 그 말이 무슨 말인 줄도 모르고 남색 실과 붉은 실로 수를 놓은 비단주머니가 너무 고와, 손에 쥐고 만지작거리다보면 집 떠나 낯선 곳에 왔다는 설움조차 생기지 않더라. 줄과부 떼과부 등천하는 집구석일랑 싹 잊어버리고 너만이라도 훨훨 새처럼 자유롭게 한세상 살다 가거라, 그것이 내 어머니의 마지막 말이었다."

미스 민의 눈은 하늘에 붙박여 있다. 국자 안에 든 설탕이 끓을 때 소다를 한 숟갈 넣어 저으면 실처럼 하얀 선이 이리저리 생기듯 하늘에 구름이 꼭 그 모양으로 떠다닌다. 눈물을 참느라고 눈에 잔뜩 힘을 주어 그렇게 보이는지도 모른다.

"그후로 권번에서 교방선생을 수양어미 삼아 뼈 굵고 살 붙어 얼굴

피어났고나. 과부였던 어머니와 고모들의 주술과 염원이 담긴 사향주머니와 참빗을 품에 품고서 말이다. 기왕지사 입문을 했으니 기생다운 기생으로 살자, 작심하고 볼 꼴 못 볼 꼴 죄 보며 기방 안에서만 늙었느니. 내가 왜 이런 말을 하는가 하면……"

"알아요, 무슨 말이 하고 싶은지. 마담엄마가 걱정하는 게 뭔지도 알구요."

미스 민의 말이 오마담의 가슴을 무겁게 밟고 지나간다.

"그래, 넌 영리한 아이니 모쪼록 내일 밤은 무사히 마쳐야 한다."

"걱정 마세요, 마담엄마."

씩씩한 대답과는 달리 고개를 푹 숙인 채 신발 앞부리로 땅을 후벼파는 미스 민을 보고 있자니 사륵사륵, 비질하는 소리가 들린다. 언제부턴가 오마담은 마당에 비질하는 소리를 세상에서 가장 슬픈 소리로 알고 있었다.

"저년, 궁디에 빵빵하게 바람 든 것 쫌 봐라. 쳐다보기만 해도 정신 사납네. 어데 잡아돌릴 끼 없어 식전 댓바람부터 궁디를 그래 사정없이 잡아돌리나!"

질그릇이 모가 난 기둥에 부딪쳐 박살이 나는 듯한 소리가 부엌 쪽에서 들렸던 게 조금 전이었다. 니년 낯바닥은 우째 된 기 갈아붙이는 데만도 이틀씩이나 걸리나 으이, 하는 말 끝에 물총 쏘는 소리가 난 걸 보면 피부과에 박피하러 간다던 미스 주가 이틀 밤을 지새고 들어오다가 하필 수도꼭지 앞에 있던 타박네에게 걸려 고무호스로 물벼락을 맞는 모양이었다. 걸음아 나 살려라, 죽기 살기로 뛰는 달음박질 소리와 미스 주가 문 닫고 들어간 지 하마 오래인데도 한지 바른 장지문에 투두

둑 물줄기 떨어지는 소리가 세차게 들렸던지라, 오마담은 미련없이 뒤란 대숲으로 방향을 튼 참이었다. 쉽게 가라앉을 소음이 아니었던 것이다. 삼십 분은 너끈히 왜자길 타박네가 아니던가. 요니러 가이내. 굳게 닫힌 장지문을 향해 된욕을 퍼붓던 타박네는 오마담의 기척에도 돌아보지 않는다. 암팡지게 입술을 깨물고 얼마나 물을 뿌려댔던지 장지문 앞은 한강이 따로 없다.

"성의 성질은 늙지도 않네."

"내 성질이 늙으마 죽을 날 받아놓은 기나 진배없응께 그때는 오마담 니가 땅 팔 준비를 해야 될끄르."

심란해 못 살겠네. 한숨을 내쉬며 마루 끝에 앉는 오마담을 따라 타박네도 엉덩이를 붙이기가 무섭게 와? 머시 그키 심란한데? 세모난 옴팍눈을 빛내며 묻는다.

"쟈가 채련이를 꼭 닮았소."

채련이? 타박네는 대숲에서 나오는 미스 민을 찬찬히 훑어본다.

"허기사, 자진자진 감아들어가는 춤사위하며 오목조목 생긴 저 얼굴이 닮기는 닮았지."

"고 맵차디맵찬 채련이 성깔은 닮지 않았응게 안심이요."

"까지고 까진 요시년인디 뭔 사단이 있을라고, 걱정 붙들어매라."

어두운 얼굴이면서도 타박네의 말투는 여전히 씨억씨억하다.

"화초머리 올리는 걸 애인인가 뭔가 하는 놈이 쌍지팡이를 짚고 반대한다카더라만 아나, 천만의 말씀 만만의 콩떡이다. 목도 아무나 매는 중 아나? 쟈, 관상을 보마 그놈 땜에 목맬 년은 절대 아이다. 조래 뺴도지 실속은 꼭닥시리 채릴 년이거등. 전에 미스 민 애인이라는 놈을 봤는데, 풍신나두만."

"성 눈에 풍신나지 않은 남자가 어디 있겠소."

"없기야 왜 없겄나. 내 눈에 안 띄서 그런 기지."

"대사를 앞두고 예민해져 그런가, 자꾸 신경이 쓰이네."

"정 그라마 미스 민을 불러서 다시 한번 다독거리봐라."

별채로 들어가려던 미스 민을 마루로 불러올린 오마담은 그녀에게 나직하게 이른다. 내 동무 중에 채련이라고 하는 아이가 있었단다. 기생수업을 받지 않던 날뜨기 시절부터 알고 지낸 동무였네라.

"우리 오마담은 키가 훤칠하니 크고 살빛이 희어 한눈에 쑥 들어오는 현대판 미인이었고, 아리잠직한 채련이는 조막만한 얼굴에 눈, 코, 입이 꽉 들어찬 토종 미인이었제. 인물로 치마 둘이 어슷비슷해서 서로 견주기가 힘들었다."

"채련이는 너처럼 춤기생이었는데 교태미와 기교미가 있는 이매방류였니라. 넌 국악학교에서 배운 가락이 있어놔서 그런지 담백한 한영숙류로 보여지더라만."

"고년은 예기가 아니라 예인으로 나서야 될 년이었제. 지금껏 살았으마 살풀이로 사방천지 이름을 크게 떨치고도 남았을끄르. 오마담 너 맹이로 물러터지지도 않고 아조 야무진 년이었응게."

"성, 죽은 채련이한테 욕 좀 그만 하소."

"채련이 년이야 살았을 적에도 내 욕을 신물나도록 들었으이 저승에서도 주기적으로 욕을 먹어야 등허리가 따땃해질걸."

오마담의 말에 초 치듯 토를 달던 타박네, 더운지 부채질을 시작한다. 활활, 은 오마담의 부채에서 나는 소리요, 파락파락, 은 타박네의 부채에서 나는 소리다. 오마담이 한 번 부칠 때 타박네는 성질대로, 서너 번도 더 부치는 것 같다. 타박네의 부채는 금방이라도 꺾일 듯 낭창하게 휘어졌다 펴지기를 반복한다.

"으이, 고년. 조갑지처럼 작은 입을 딱 다물고 있으면 한여름에도 찬바람이 쌩쌩 났다. 그런 년이 춤만 출라치면 사람이 백팔십도로 달라져부러. 백여시 둔갑한 것맨쿠로 눈 가생이가 샐그시 풀어지면서 구운 꽁치에 참기름 발라놓은 것마냥 화개살이 몸 전체에 자르르 흘렀다니께. 그년 춤추는 것 보고 넋 뺀 놈이 어디 한두 놈이었간. 쳐다만 봐도 온몸이 보들촉촉해지는데 워쩔 것이여."

어려서부터 한 이불을 덮고 잤어도 좀체 곁을 주지 않던 아이였다. 가까이 다가가려고 하면 달팽이처럼 몸을 말아 딱딱한 껍질 속으로 숨던, 손 차가운 아이.

"그때만 해도 풍물잽이는 상전이었다. 기생이 춤과 노래를 할라카마 풍물이 따라조야 안 되나. 기생들이 뜯는 가야금만으로는 버티기 힘들었는 기라. 그래서 기방마다 쓸 만한 풍물잽이를 찾느라 눈을 까뒤집고 덤비던 시절이었제."

허름한 복색에 단소 하나 달랑 들고 목포의 기방 문을 두드리던 사내가 있었다. 그는 어떠한 조건도 달지 않았다. 비 그을 처마 밑에서 먹여주기만 하면 기한 없이 머무르겠다던, 세상물정이라곤 통 모르게 생긴 사내였다.

"그놈을 덥석 들인 게 사단이었다. 짐작할 수 없는 게 남녀간의 정분이라더이, 시상 얄궂제. 고 살찬 년이 그런 천하 불상놈과 눈 맞을 중 누가 알았씰꼬."

"팔척장신에 부리부리한 눈을 가진 사내였네라."

"딱, 소도적같이 생긴 놈이라. 좋게 봐줘야 지리산 땅꾼이나 낙동강 뱃사공쯤 될라나."

"말수 적고 속 깊었지."

"응큼하게 생긴 낯짝에 속에는 구렁이가 열 마리도 넘게 들어앉은 놈이었제."

"성격 털털하고, 행동은 시원시원했었다."

"추저버도 추저버도 그래 추저분한 놈은 조선천지 다시 없을 끼다. 간 맞추니라꼬 천한 티꺼정 줄줄 안 흘렀나."

"단소의 명인이었지. 가슴 메어지고 오금 저리게 불어 절로 눈가에 눈물 맺혔다."

"기방으로 돌아친 단소잽이치고는 쪼깨이 부는 텍이었지."

마지막에 겨우 두 사람의 의견이 일치하자, 시종 듣고만 있던 미스 민이 웃음을 터뜨린다. 오마담과 타박네, 채련이가 있던 목포의 기방은 지금의 부용각과 같은 이름이었다. 부용각의 문을 열고 나서면 눈앞이 탁 트인 바다였다. 뒤로는 작은 산과 구릉이 어깨를 겯고 있어서, 열린 듯하면서도 닫힌 안온한 곳에 터를 잡고 있었다. 기방 손님은 뱃사람이 주종을 이루어 거칠기는 했으나 들어오는 돈이 제법 쏠쏠했다. 한창 기방이 주가를 올리던 그 시절, 소리기생과 춤기생은 몸이 열 개라도 모자라던 때였다. 하물며 오마담과 채련이야 말해 무엇하랴. 기방 안은 물론이고 기방 밖으로 불려나가는 일이 비일비재했다. 술이 센 오마담은 걱정이 없지만 술 약한 채련이는 그 자리에서 정신을 잃고 쓰러지기 일쑤였다. 쓰다 달다 군말 없이, 쓰러진 채련이를 주야장천 업어나른

게 단소잡이 사내였다. 제아무리 힘이 항우장사요 키가 팔척장신이라 할지라도 축 늘어진 채련이를 그처럼 가뿐하게 업었을 때 알아챘어야 했다. 업은 사람이나 업힌 사람이나 자기 자리를 찾은 것마냥 어쩜 저리도 편안해 보일꼬, 하는 생각이 들지 않은 것은 아니었다.

"채련이 꼴 좀 봐라. 영판, 황소 잔등에 달라붙은 밥풀떼기 안 겉나."

눈 밝은 타박네의 말을 귀담아들었어야 했다. 추색이 완연한 가을 한 낮. 산 밑 누각으로 채련이를 데리러 간 적이 있었다. 곱게 빗어넘긴 머리에 붉은 댕기 물려 쪽을 찐 채련이, 단소잡이의 가락에 맞춰 살풀이를 추고 있었다. 넘실거리는 춤사위에 자신을 내맡긴 채 태산과 같은 장중함으로 소슬바람을 치마 가득 품고 지그시 돌아설 제, 이제 막 한창인 연보랏빛 들국화가 채련의 어깨 위로 흐드러지고 그녀의 발 아래로는 못다 진 희디흰 연꽃 숭어리 소리도 없이 이울었다. 단소잽이 사내는 등을 돌리고 앉아 단소를 불고 있었는데도, 허공에 뿌려졌는가 하면 어느새 등뒤로 나붓이 감기는 수건자락의 아름다운 곡선과 명주수건을 두 손으로 받쳐들고 사뿐사뿐 나아갈 때 보일 듯 말 듯한 채련의 새촘한 이마며 아래로 내리깐 눈길을 세세히 들여다보고 있는 듯했다. 채련이 팔을 들어 단소잡이의 시나위 가락을 맞는 솜씨 또한 일품이었다. 들어올린 팔로 시나위 가락을 휘감아 뿌릴 제는 오마담의 팔에 소름이 오소소 돋기도 했다. 고요하고 슬프게 변주되다가 굿거리장단으로 옮겨지고 다시 빠르게 변하는 가락은 춤에 비해 넘치지도 처지지도 않았다. 누각에 앉고 선 두 사람은 여기와 저기에서 몸 없이도 몸으로 충일하여, 춤사위와 시나위 가락만으로 어우러지고 설크러지다가 한데 감겨들어 우렁우렁 교접을 하고 있는 듯 보였다. 채련이를 부르러 간 오마담은 입도 떼지 못하고 제풀에 얼굴을 붉히며 누각에서 돌아오던 그때도 설마, 했다. 연못에 어룽어룽 비치던 산그림자나 고인 물 위로 맥없이 떠다니던 단풍의 붉은 기운이 자신에게 스미어 그렇게 느꼈을 거라고 도리질만 했다.

"오마담 쟈가 본디부터 맹한 구석이 안 있었나. 살째기, 내 옆구리만 찔러줬어도 채련이 고년 물귀신은 면하는 긴데."

큰 배만 네 척이나 가지고 있던, 목포에서도 한다 하는 선주가 채련이에게 눈독을 들였다. 기생어미와 선주의 오랜 실랑이 끝에 화초머리를 얹는 날이 정해졌다. 그날, 흰 고무신을 벗어두고 앞바다로 걸어들어간 채련은 끝내 물 밖으로 나오지 않았다.

"기방 법도가 추상같이 엄했던 시절이라 해도 정분난 사내가 있다는 말만 했으면 기둥서방이라도 삼아줬을 텐데. 목포 부용각의 기생어미가 그런 정리는 아는 사람이었거든. 어쩌면 머리를 얹어줄 남자가 원체 대단해놔서, 말해봤자 허사다 싶어 그랬는지도 모르겠다만. 채련이 그리 되고 나서 독하기로 소문난 진주 권번장이 눈물을 흘리더라. 당신 생전에 그처럼 재주있는 아인 다시 만나기 어려울 거라며."

"죽는 데도 세월마다 패션이 다른 기라. 지금이사 높은 데서 떨어져 죽는 기 유행이지만도 그때는 물에 빠져 죽는 기 유행했었다. 우린 채련이 장례도 못 지냈다 아이가. 물에 불은 시체를 건지긴 했는데 단소 잽이 그놈이 덕석으로 둘둘 만 시체를 지게에 지고 도망을 가삐렀다. 단군 이래로 시체를 도적질한 놈은 아매 그놈이 첨일 끼다."

한낱 기생의 무덤이 어찌 번듯하길 바랄까마는, 어딘가에 외따로 버려졌을 채련의 무덤이 눈에 선하다. 임자 없는 무덤들이 흔히 그렇듯 수북수북 잡풀이 돋고 봉분마저 씻겨내려가 무덤인지 아닌지 구별하기도 힘든 건 아닌지, 아카시아의 질긴 뿌리가 채련의 무덤을 휘감고 있는 건 아닌지 오마담은 잔뜩 마음이 쓰인다. 한 사랑에 목맨 기생이 치러야 할 대가라고 고쳐 생각해봐도 풀잎에 벤 것처럼 마음이 쓰라기긴 마찬가지다.

"그 이듬핸가, 실성을 해서 돌아댕기던 놈을 누가 기방으로 데불고 왔더라. 한마디로 사람 몰골이 아이라. 따신 밥이나 한술 믹일라고 부엌으로 들어간 새 이 썩을 놈이 물가로 안 갔더나. 채련이가 빠져 죽은 자리에서 종당에는 저도 물귀신이 되고 말더라. 에이, 베라묵을 놈. 죽을 때 죽더라도 채련이 무덤자리는 갈쳐주고 죽어야 될 꺼 아이라. 합장도 못 하고 벨 도리 없이 채련이가 남기고 간 고무신 한 켤레, 흰 속치마에 돌돌 말아 그놈 관 속에 넣어줬다. 글서 인간이라카마 우짜든동 머리는 좋고 봐야 하는 기라. 본데 그놈이 씰데없이 힘만 뻑시지, 머리가 나쁜 탓에 살아 품은 소망 죽어서도 못 풀고. 애달픈 두 물귀신이 시방도 구천을 막 떠댕길 기다."

지금도 칠석날이 되면 타박네는 부엌 한쪽 구석에 두 사람을 위한 제상을 어김없이 차린다. 정성과 욕을 정확히 반반씩 섞어서.

목포 부용각에서 한밑천 단단히 잡은 기생어미는 일찌감치 그 바닥을 떠버렸다. 부용각이 다른 사람의 손에 넘어가자, 오마담은 현판을 떼어내 고이 간직했다. 새 주인이 목포 부용각을 음식점으로 개조하면서 이름을 바꾸었기 때문이었다. 타박네와 오마담은 세 군데의 기방을 더 거친 후에야 부용각의 현판을 군산에 내어걸 수가 있었다. 부용각의 현판을 싸들고 이 기방 저 기방으로 전전할 때, 툭하면 눈물바람인 오마담에게 타박네는 말하곤 했다.

"쫌만 참고 기다리래이. 돈이 얼추 아구가 맞아간다. 기방을 사면 제일 먼저 현판부터 떡하니 걸어놓자. 너랑 나랑은 거그서 눈감을 요량으로 살마 안 되겠나. 그라마 우리가 사는 동안은 영원히 부용각이 되는 기고, 니가 동기간처럼 여겼던 채련이 년이나 단소잽이 그 얼띤 놈도 현판 속에 살아 있는 기 되는 기다."

물론 군산으로 이사온 첫해부터 두 사람의 제사를 지낸 것은 말할 것도 없다. 기왕 죽을 거면 한날한시에 물에 빠져 죽었으면 기일도 헷갈리지 않고 오죽이나 좋겠냐만, 제각각 다른 날에 죽었으니 저승에서도 서로를 찾아 헤맬까 심히 염려되어 무싯날 다 놔두고 칠석날에 이들의 제사를 지내기로 한 것이다. 칠석날은 헤어진 연인들이 재회하는 날이니, 이날만이라도 부용각의 부엌에서 마음 편히 만나라는 오마담과 타박네의 깊은 배려에서였다. 그런데 부용각의 부엌에서 지내는 채련과 단소잽이 사내의 합동 제사는 그 풍경이 다소간 희한하기는 했다.

여염의 제사 규칙은 여자에게 불리하게 되어 있다. 순전히 호적에 이름 석 자를 올렸다는 이유만으로, 얼굴도 본 적 없는 시댁 조상을 위해 며칠 전부터 허리뼈가 내려앉고 손가락뼈가 무르도록 음식을 장만해 제상을 차려내도 여자이기 때문에 제사 참례는 꿈을 꿔볼 수도 없는 게 엄연한 현실이다. 한 거라곤 고작 밤톨 몇 낱 까고 끝난 지방 한 장 써붙인 게 전부인데도, 남자들은 다 차려놓은 제상에 대고 절 한자리 넙죽 올리고는 제사는 자신이 지냈다 주장하니 폐일언하고, 그간 여자들 속 터지고 열불나게 했던 게 세간의 제사였다. 고생한 놈 따로 있는데 당신들은 손 안 대고 코 풀었네이, 따위의 뼈 있는 말 한마디 던질 생각도 하지 못하고 제주가 그렇다고 하니까 그런개비다, 뭔가 상당히 억울하긴 하지만 내색도 못 한 채 어물쩍 넘어가는 게 여염의 아낙들이었다.

그에 비하면 부용각의 제사는 적어도 불평등하지는 않다. 여자들이 차리고 여자들이 지내는 기생 제사였으니까. 칠석날 아침부터 부엌 문턱이 닳도록 드나들며 '파 마늘 넣지 마라, 귀신 쫓는다' 따위의 잔소리가 타박네의 입에서 터져나오는 것도, 김천댁이 정성스레 부친 전을 생각 없는 뚱땡이가 한 귀퉁이 뚝딱 떼어먹어 부정이라도 탈세라 가뜩이나 세모진 눈에 쌍심지를 돋우느라 아예 꺾쇠 모양이 된 눈으로 타박네가 전 채반을 줄기차게 지키는 것도 여느 집과 다름없는데 제사 풍경만은 독특했다.

부용각의 겹처마 팔작지붕이 어둠에 휩싸이면 손님이 든 방마다 도도한 흥취 살아나고, 낮 동안 고요 속에 갇혀 있던 안뜰 바깥뜰 할 것 없이 부용각의 모든 부속물들이 덩달아 수런거리며 깨어나 기방의 정취에 한 부조 하는 게 보통이었다. 그러나 채련과 단소잡이의 제사가 드는 칠석날은 달랐다. 방과 방 사이의 어간마루에 물린 교자상이 한둘 나오기 시작하고 조촐한 술상이 재차 들어간 다음이면 눈치껏 이 방 저 방에서 술 취한 기생들이 비틀비틀 쏟아져나온다. 누군지도 모를 선배 기생의 제사 참례를 위해서다.

그 시각, 부용각의 부엌 안에서는 향내가 자오록하게 퍼지고 있다. 타박네의 지휘하에 평상에는 교자상 대신 제상이 차려진다. 기방의 부엌이야 지천으로 넘쳐나는 게 음식거리여서 여염집처럼 제물 마련에 곤란을 겪지는 않는다. 그렇다고 해도 바쁘기는 매일반이다. 뚱땡이는 뒤뚱뒤뚱, 김천댁은 동동거린다. 홍동백서, 좌포우혜의 격식에 따라 조

율이시와 나물떼며, 과일서껀 빠짐없이 제상에 올라와 있다. 물론 퇴줏
그릇과 맑은 술도 제상 아래 자기 자리를 차고 앉았다. 훑어보면 가풍
있는 양반댁 제상 못지않은데 단지 알량한 부엌제사라는 게 옥에 티요,
흠이라면 흠이다.

제주 격인 기생어미 오마담이 소복으로 갈아입고 제상 옆에 오도카
니 서 있다. 얼굴이 뽀얀 걸 보면 가상하게도 술 한 방울 입에 대지 않
은 눈치다. 그런데 제상 위에 붙어 있어야 할 지방이 없다. 예로부터 기
방에 기생의 제사가 아주 없지는 않았다. 이름난 기생이나 기생어미,
교방선생의 제상을 드물게 기방에서 차리기는 했으되 지방은 쓰질 않
았다. 기생학교에서 삼 년간 착실히 공부했던 옛 기생들은 가무 외에도
시서화(詩書畵)를 배우고 삼강행실도(三綱行實圖), 여사서(女四書),
계녀서(戒女書)에, 의기열전(義妓列傳)까지 익혔으니 그깟 지방을 써
붙이는 게 무에 그리 어려울까만, 본도 모르고 정확한 이름조차 모르는
기생이 허다한지라 만부득이하게 지방을 생략한 모양이다.

제상이 거지반 차려지면 부용각의 기생들이 부엌으로 몰려든다. 제
사에 참례한 기생들을 볼작시면, 딴에는 의리를 지킨다고 나오긴 나왔
으되 그 행색이 실로 가관이었다. 저고리 고름이 풀린 년, 저녁참에 덧
바른 립스틱이 입술 위로 번진 년, 대취하여 눈이 게슴츠레하게 풀린
년, 치마 말기에 돌돌 말린 만원짜리 지폐를 꽂은 채로 뛰어와 저고리
앞도련이 불쑥 솟아오른 년, 울긋불긋한 물색 한복이 민망했던지 겉옷
을 벗어던지고 속치마 속저고리 바람으로 등장한 년, 절하다가 엎어져
코 골며 자는 년, 타박네 말마따나 별의별 년이 다 있었다. 그러거나 말
거나 오마담은 한치의 거스름도 없이 제주로서의 본분을 다했다.

밤바람에 후르르 제상 위의 촛불이 떨리면 채련이 너 왔고나, 오마담의 눈가가 촉촉히 젖어들었다. 간다는 말도 못다 이르고 간 불쌍한 내 동무야. 오늘 밤엔 부디 살도 풀고 맺힌 맘도 풀고 살아생전 그리던 임과 합궁 못 한 원도 풀고 가거라. 기어이 오마담의 눈에선 닭똥 같은 눈물이 뚝뚝 듣는다. 눈물이 흔키도 흔코, 쎘기도 쎘고만. 타박네의 구박에도 오마담은 개의치 않는다. 이미 기구망측했거나 앞으로도 충분히 기구망측할, 제 팔자를 떠올린 기생들이 오마담을 따라 단체로 눈물 콧물을 훌쩍거려 부엌 안 기생 제사는 금세 울음바다가 된다. 젊은 날 단소잡이 사내에게 욕바가지깨나 퍼부었지만, 타박네는 채련이보다 놈에게 더 정이 갔다.

밤바람에 후르르 제상 위의 촛불이 또 한번 떨리면 왔나? 떠꺼머리, 타박네는 소리내어 중얼거린다. 느그도 알쟈? 부모복 없는 연놈들이 제사복인들 있을 끄나. 시월 잘못 만난 풍신에 비하마 이 정도도 호강인 것을. 견우 직녀는 삐까번쩍한 오작교에서 일 년에 한 번씩 폼나게 만나지만 느그들이야 우째 그 복을 바랠 끼고. 인간처럼 불공평한 게 천지간에 또 있을까. 살아 정승은 죽어서도 정승이라고, 저승이라 평등할까. 지방 없는 제사라 목매달아 죽은 기생들 떼거리로 몰려왔다고 투정 부리지도 말고 장소가 변변찮은 부엌자리라고 타박도 말아라. 일 년에 한 번, 이렇듯 채련이를 쪽닥하게 만날 장소가 주어진 것만도 오감한 줄 알고. 아무리 저력 있는 물귀신이라도 마음보를 곱게 써야 저승에서도 대접받는데이. 오마담은 칼끝으로 명치를 후비듯 아프게 채련과 단소잡이 사내를 맞이하는 반면, 타박네는 반 협박조로 그들을 맞고 보내곤 했다.

"오마담이 원래 헤프지는 않았는데, 채련이 그리 된 후부터 사램이 바뀌뿟다. 지딴에는 몸보시 살보시를 할라꼬 작정하고 덤비는가는 몰라도, 어째 골라도 골라도 고런 흑싸리 껍데기, 빨간사리 쭉자만 족족 골라잡는동. 그래놓고 지가 든 패가 역시기 좋은 긴 중 알고 벌벌 떠는 걸 보면 고마 눈꼴이 시고 내 속이 있는 대로 디비지는 기라. 그것 때메 만날 쟈랑 안 싸우나."

삼베와 명주를 모아쥐고 한 시간만 비벼보아라. 거친 삼베야 아무 상처가 없지만 보드라운 명주는 금세 올이 나가거나 실밥이 터지고 만단다. 타박네가 오마담의 면전에서 죽자고 외우던 말.

"몸 가는 데 마음 가니 난들 어쩌란 말이오. 아무려나 흠뻑 젖어 구름에 달 가듯 거침없이 한세상 살아볼라요."

"오이야. 잘해봐라. 장구 치고 박수까지 덤으로 소리나게 쳐주마."

강단 있는 타박네도 말리지 못한 오마담의 행보였다. 키 작은 남자는 아담해서 좋고, 뚱뚱한 남자는 든든해서 좋고, 말라빠진 남자는 예민해서 좋고, 성격 나쁜 남자는 박력 있어 좋고, 얼굴이 찌그러진 남자는 아무도 좋아할 것 같지 않아 좋고, 돈 없는 남자는 청빈해 보여서 좋은 게 오마담이었다.

"니 속에 뭐가 들어 있는지 함 들어가봤으면 똑 좋겄다."

"이 세상 과부들의 억눌린 살 내 생전에 모다 풀어주고, 이승에서 이루지 못한 애끓는 사랑일랑 싸그리 짊어지고 살라고 그카요."

"오지랖이 포대자루처럼 넓으마 바람이 숭숭 들어와 한여름에도 가슴 시리고 등짝이 써늘할 때가 있을 긴데?"

"대바늘에 손 찔릴까봐 떨어진 고무신짝 못 본 체하는 땜쟁이는 없소."

"터진 입이라고 말은 답쑥답쑥 잘도 한다."

타박네와 오마담의 대화를 옆에서 듣고 있으면 추임새를 넣거나 장단을 주고받는 것처럼 손발은 맞는데 결과는 늘 말발 센 타박네가 오마담의 염장을 지르는 것으로 끝이 나곤 했다.

"이제라도 늦지 않았다. 미스 민, 네가 싫다면 우리야 안 해도 상관이 없다. 기방 법도도 무너질 대로 무너져 기생이 화초머리 없다고 주목받을 세상도 아니고. 더구나 니 애인이 그렇게 반대를 한다면서?"

"아뇨, 마담엄마. 저, 그냥 머리 올릴래요."

"그리여, 기생은 사랑에 목매면 볼장 다 본 거여. 몸 따로 마음 따로, 이것이 기생이 나아가야 할 방향이고 지켜야 할 규칙이여. 오마담처럼 몸 가는 데 세트로 마음꺼정 따라가마 끝장나는 기다. 알것쟈? 느들이야 퓨전 기생입네 어쩝네 해싸도, 지금껏 손님들이 부용각의 기생을 업수이 여기지 않고 다르게 대하는 것은 옛 기방의 전통을 버리지 않고 허술한따나 근근이라도 이어온 탓일 게여."

예…… 미스 민은 기어들어가는 소리로 대답을 하곤 별채 쪽으로 사라진다. 돌콩처럼 또박또박 말대꾸를 하던 예전의 미스 민이 아니다. 목소리냐고, 원. 부채질을 하는 타박네의 손에 더욱 힘이 들어간다. 그 바람에 타박네의 부채는 허리가 절반가량 꺾여, 산산이 부서진 부챗살이 언제 허공으로 튀어나갈지 알 수 없는 지경이 되고 말았다.

"성, 우리가 잘하고 있는 건지 모르겠네."

이마에 갈매기꼴 주름을 만든 채 입을 꾹 다물고 부채질에만 전념하는 타박네와는 달리, 오마담은 숫제 좌불안석이다.

"와따따따, 요년들 양말 밑바닥 시커먼 것 쫌 보래이. 누가 보마 연탄 장시 마누랜 줄 알것네."

모처럼 해바라기를 하겠다고, 졸린 눈 비비며 마루 끝에 일렬로 앉아 간댕간댕 다리를 흔드는 기생들의 발등을 타박네가 회초리로 훑듯이 때리며 돌아다닌다.

"어여, 양말들 몬 갈아신나!"

"할매는 우리가 편한 꼴은 잠시도 못 보지."

저년을 기양…… 입 내미는 기생에게 때리는 시늉을 하던 타박네, 들고 있던 회초리를 마당 가에 던진다.

"사람으 음양이 만날 적에, 버젓하게 육례(六禮)를 갖추고 정실부인이 되는 년이 있는가 하믄 그러들 못 허고 넘으 소실이나 기생노릇을 헐 수배끼 없는 년도 있는 뱁이거등. 넘으 사내를 잠시 잠깐 새참으로라도 넘볼라카마 우야든동 지 몸 지 낯은 가꾸고 봐야 하는 기다. 오마담 쟈가 딴 건 못해도 고거 하난 기가 맥히게 잘하니라. 느들은 낯짝을 갈고 째고 세우다 볼장 다 보더라만 오마담은 얼굴에 찍어바르다 한 시절 다 보냈다. 오이는 천 평짜리 밭뙈기 서너 개쯤은 좋이 해묵었을 기고. 꿀, 그건 몇 통이 될지 셀 수도 없을 지경이고 계란은 양계장을 통째 도리를 할 정도로 지극정성 발라재꼈다. 그래서 오마담의 얼굴이 천년만년 팽팽할 중 알았드이, 시월은 못 속이제. 지도 벨수 없이 눈가에 주름 잡히고 입가에 고랑은 패이더라."

누구도 타박네의 말을 귀담아듣는 눈치가 아니다. 어제 봤던 저녁노

을의 붉은빛이 영원하지 않다는 것쯤, 지금 부용각의 안중문 위에서 눈부시게 빛나는 햇살도 오후 네시가 되면 별채 뒷마당으로 슬그머니 물러나 볕기가 풀린 채 맥없이 어른거린다는 것쯤 모를 그들이 아니다. 스물한둘에서 많아야 스물여덟. 영원히 끝날 것 같지 않은, 뻘처럼 질척한 이십대를 통과하는 것만으로도 충분히 지겨운 그들이다. 그네들은 오로지 오늘 밤 팁으로 몇 장의 지폐가 가슴에 끼워질지, 거기에만 관심이 쏠려 있다.

"살이 오 킬로그램만 빠졌으면 좋겠어. 그럼 또 누가 아니, 팁이라도 팍팍 들어올지."

"난 오 킬로그램까진 바라지도 않아. 이 킬로그램만 빠져도 감지덕지하겠다."

"우린 안주 땜에 살 빼긴 힘들 거야, 그치?"

속닥속닥, 기생들끼리 하는 귓속말을 타박네가 옴팍귀로 귀신같이 듣고야 만다.

"비쩍 마른 년을 보마 빈티 나고 성질만 지랄 같아 보이더만 그기 머시 좋다고 다들 살 빼는 데 혈안이 되어 있는동. 듣자 하니 아조 신흥종교가 되어부렀대매? 살다살다 별꼴을 다 보네이. 몸에 살이 오르마 연분홍빛이 감도는 기 보드레해서 만질 맛도 나구마는 우째 그걸 싫다 할꼬. 느들 목욕탕에 함 가봐라. 폭신하게 살이 오른 년은 살살 밀어도 때가 동글동글 말리는 기 때 색깔도 보얀 반면, 비쩍 마른 년은 피부도 질기빠지고 살갗도 거칠해서 때밀이 손목에 힘만 잔뜩 씨이게 맨든다. 때도 시커멓게 나와 때밀이들이 을매나 싫어하는데."

"할매 앞에선 뭔 말을 못해. 표현을 해도 꼭……"

"시끄럽다, 요년들아! 보자, 그랑께 엊저녁에 수박 한 입 비먹다 만 년, 갈치 반 토막만 처묵고 냉긴 년은 누고? 말카 자수해라!"

때 없이 부르르 끓어오르는 타박네 앞에서 새삼 주눅드는 기생은 눈 씻고 찾아봐도 없다. 체로 거른 듯 투명한 햇살 아래 모처럼 드러낸 알 종아리를 그냥 두고 놀릴 수야 없지 않은가. 기생들은 발끝으로 서로의 발등을 툭툭 치는 발장난에 열중하고 있다.

"묵는 거 버리마 죄받는 거 모르나. 내는 딴 건 봐줘도 음식 천시허 는 꼴은 몬 본다. 시방맹이로 배지 내밀고 살다가는 망해묵는 거 잠깐 이다. 지발 존일하고 조디 급수 쫌 낮추고 살그래이."

타박네도 안다. 자신의 말을 년들이 좋게 생각할 때는 아침조회 때마 다 하는 학교장의 훈화말씀이나 스님의 독경, 목사의 설교요, 나쁘게 생각할 때는 뻔한 잔소리로 들어 좌우지간 귀 밖으로 절반은 흘려버린 다는 것을. 그래도 입에 붙어버린 게 잔소리여서 귀 밖으로 새거나 말 거나 타박네는 기어코 하고야 만다. 타박네가 일장연설을 하는 동안, 마루 위에 앉은 두 년은 발가락 틈새에 휴지를 꽃처럼 끼운 채 발톱에 페디큐어를 바르느라 고개를 가랑이에 처박고 있다. 한 대 콕, 쥐어박 고 싶지만 참는다. 발장난이 시들해진 나머지 년들은 안뜰의 정원수에 물을 주는 박기사의 똥똥한 아랫배를 쳐다보고 있다.

"박기사 아저씨, 여기도 물 좀 뿌려줘요."

한 년의 말이 끝나기가 무섭게 사람 좋은 박기사는 앞마당에 물을 뿌 린다. 어, 시원타. 이제 마당 쓸어도 먼지 안 나겠네. 타박네가 묶었던 허리띠를 풀어 볼끈, 잡아맨다. 박기사는 부용각의 유일한 남자 직원이 다. 말이 기사이지, 남자 손이 가야 하는 부용각의 온갖 궂은일을 도맡아 한 지 이십 년 가까이 된다. 땜빵 전문 기생이나 대학생 알바 기생을 실어나르는 일로 하루를 열면 술 취한 손님들 대리운전에, 정원사 겸직은 물론이요, 막힌 변기나 하수도 뚫기는 기본이다. 때때로 비가 새는 기와를 갈거나, 머리끄덩이를 잡고 싸우는 기생들 떼어놓는 일도 박기사의 몫이다. 손님들의 술주정은 기방에서 잔뼈가 굵은 오마담이 척척 받아내고, 사내들끼리 치고받는 거친 싸움은 부엌어멈 타박네 전문이다. 세모난 눈을 까짓것 위로 치뜨고, 어금니 꽉 깨물고 나서면 천하의 망나니도 한 방에 제압된다. 초반에 기선제압이 되지 않으면 타박네는 대뜸 마당의 바지랑대를 빼들고 설친다. 그럴 때 보면 겁난다. 일흔아홉 노인은 간곳없다. 가끔 타박네가 바지랑대를 잘못 휘둘러 상대방의 머리를 깨기도 하는데, 그 뒷설거지는 입 싼 김천댁이 맡고 나온다.

"고소를 한다고요? 얼매든지 해보소. 힘이 펄펄한 장정이 팔십 먹은 할매한테 뚜디리맞아가 박 터졌다카마 누가 믿어주겠나. 다만 몇 푼이라도 치료비를 준다고 할 때 받아챙기는 기 댁한테 이득일 끼라요."

타박네의 수제자 김천댁은 성질난 사람 어르고 달래는 데는 가히 명수라 할 만하다. 이처럼 부용각은 네 사람의 분업에 의해 지극히 평온한 하루하루를 유지하고 있다.

"사이소, 사이소."

야지랑을 떨며 안중문으로 들어서는 이는 다름아닌 일수쟁이 김여사다. 전국의 기방에 기생 옷을 전문으로 대주는 사람이다. 전국이라고 해봐야 열 집 남짓이나 될까. 하지만 옷과 일수 외에 기방에 떠도는 소문을 물어나르는 일도 겸하기 때문에 김여사는 항상 전국적으로 바쁘다.

"뭘 사라고 맨날 사이소, 사이소, 염불을 하고 댕기나?"

"내일 춤기생 화초머리 얹는다매요? 그라마 살 끼 한두 가질까."

"발쎄 거그꺼정 들어갔더나. 소문 디기 빠르네."

"하무요. 부용각에 구경 온다고 다들 난리났으요."

"기방의 기생이 화초머리 얹는 기사 당연한 기지. 기방 풍속 버리고, 누가 돈 되는 여자장사로 돌아서리야. 세상이 미쳐 날뛴다고 따라 깝칠 때는 언제고 이제 와서 귀경은 무신 귀경, 억시기 할 일들도 없는갑다. 자네는 시방 어데서 오는 길이가?"

"대구 집에서 온다 아입니꺼."

"그럼 여기서 자고 내일 화초머리 얹는 거 귀경하고 가마 되겠네."

"어데예, 오늘 저녁에 서울로 들어가야 한다 아잉교. 밀린 수금도 있고."

"종로 유진암?"

"야."

"그 할마씬 서울 돈 다 벌어서 머 할랑가."

"유진암 할매는 주말마다 부용각에서 서울 손님 죄 끌어간다꼬 얼매나 지끼쌌는데. 타박할매야말로 그 돈 다 벌어 얻다 쓸 긴데?"

"무신 말을 이래 해쌌나? 나 돈 읎다."

"아이고, 군산 앞바다 물이 마르마 마르까 타박할매 주머니에 돈 마를 날은 없을 꺼네. 들어오는 웃돈 때매 아랫돈은 눌리서 숨도 못 쉰다꼬 소문난 지가 은제쩍인데."

"야가 질래 사람 잡겠다이. 니가 눈으로 봤더나?"

"전주에서도, 부산에서도 타박할매 돈주머니 궁금해해예."

"참말로 빌일들이대이. 장사나 착실히 할 일이지 왜 남으 일에 코 빠뜨리고 앉았다냐. 유진암은 안즉도 아들 때매 속 끓이제?"

"세운상가 모티에서 전구다마 장시 한다던 그 아들 말이제요. 그것도 하다 엎었는가, 요전앞시 아들 메누리 빈몸으로 쫓아냈다카데예. 중고등학교에 댕기는 손자 둘만 딜고 산다캅디더. 그 에미 애비 속에서 나온 자슥치고는 알라들이 신통하게 공부를 잘한다크데예."

"손자라도 공부해서 지 할매 속을 쫌 풀어조야 할 낀데. 유진암이 사대째 내려오는 기생집 아이가. 그 할매씨, 씨갈이를 해볼 끼라고 메누릴 돈으로 사오다시피 안 했나. 이름난 대학자 집안과 사돈 맺었다고 어찌나 뻐시고 댕기든동, 눈 뜨고는 못 봐줄 지경이었다. 나중 알고 보이 대학자 집안은 무신, 시골 국민핵교 훈장 딸이더라. 그 훈장 딸이 명품 좋아해서 기둥뿌리 빼묵을 중은 유진암 지도 몰랐을 끼구마는."

"그케 말이라요. 신분상승이 오데 쉽겠습니꺼."

"듣다보이 니 말에 까시가 있는 거 겉네. 기생집이 우때서? 우리가 도적질을 해묵고 사나, 남을 쎅이기를 하나, 으이! 구린 돈 아이고 땀 흘리 번 돈이마 됐지. 유진암도 유진암이다. 직업에 무신 귀천이 있다고 평생 그 난리를 치고 사는동. 그기 말카 허욕인 중도 모리고."

느닷없이 쏘아붙인 타박네. 팽, 하니 바람을 일으키며 부엌으로 들어간다.

"하이고 마, 가재는 게 편이라고 말 한마디 잘못했다 코 띨 뻔했네. 찌르면 피는커녕 맬간 물만 나오게 생긴 저 할매랑 사니라꼬 자네들이 억수로 고생한다."

김여사의 바퀴 달린 천가방에서 끝도 없이 나오는 물건들. 끈 달린 브래지어, 끈 없는 브래지어, 삼각팬티, 꽃버선에, 하늘하늘한 속치마,

요샌 구경하기도 힘든 댕기와 옥비녀, 떨잠에, 족두리까지. 그래도 기생들의 손을 가장 많이 타는 것은 한복과, 한복을 입을 때 신는 굽 높은 가죽신이다. 불시에 부용각의 안채 마루엔 잡화전이 차려지고, 별채에 있던 기생들까지 우르르 몰려나온다. 타박네에게 카드를 몰수당한 부용각의 기생들이 믿을 데라곤 일수쟁이 김여사뿐이다.

"또랑창에 대가리 박고 칵 디져삐리지, 무단시 이래 살아 뭘 하겠나! 요노무 카드. 보기만 해도 몸써리가 쳐진다, 몸써리가!"

기생들 앞으로 온 카드대금 고지서를 보고 기함을 한 타박네, 카드란 카드는 모조리 빼앗아 가위로 반토막을 내버렸다. 독재정권도 이렇지는 않았다며 목청 큰 기생들이 수차례 부엌으로 몰려가 항의도 해봤지만, 그때마다 배 터지게 얻어먹은 건 '멀쩡하게 있다가 하루아침에 소 잡아먹을 년들'이라는 타박네의 오진 욕뿐이었다. 카드를 보고 거품을 물던 타박네도 김여사의 일수만은 봐준다. 년들의 막힌 숨통을 한 군데쯤은 뚫어주어야 뒤탈이 없다는 게 타박네의 생각이다.

"아까부터 어금니를 빼놓은 것처럼 뭔가 허전하다 캤디만 마담언니가 빠졌다, 그쟈?"

정신없이 물건을 팔던 김여사, 둘레둘레 오마담을 찾는다.

"지금 뒤채에서 소리수업중인데요."

"눈 걸어 비씨고 찾아나서도 그만한 선생 찾기 힘들지를. 마담언니 실력이야 이 바닥에서 알아준다 아이가. 국악으로 이름깨나 날리는 사람들도 부용각의 오연분이라카마 깜박 안 죽나. 말 한마디를 해도 따뜻하게 하는 사람이라 배우는 자네들도 재미있을 끼다. 있지, 내는 시방도 모르겠는 기 타박할매와 마담언니 사인기라. 이따만한 돌띠로 쌔리

삐리도 팽글 미끄러지기만 하지 기스도 안 나는 씨호도처럼 땡글땡글 야물어빠진 타박할매와 사람이 좋아도 너무 좋아가 물러터지다 못해 질크러진 마담언니가 본드로 붙인 것마냥 평생을 달라붙어 사는 기, 자다 일어나 생각해도 요상타. 내는 바람벽을 타마 탔지, 저 씨호도 겉은 할매랑은 단 십 분도 같이 몬 산다. 노백이 경끼할 작정을 하마 몰라도. 그카고 보마 마담언니가 디기 무던한 사람이데이. 그 언니, 술은 여전히 묵제?"

"손이 떨려 끊기 힘든가봐요."

그케…… 기방 입문 오십 년에 남은 거라고는 골병 든 몸띠뿐이구마. 김여사의 혼잣말을 들은 기생들, 물건 집던 손길을 멈춘다. 시끌벅적하던 안채 마루가 일순 숨막히도록 고요한 정적에 휩싸인다.

3

하필이면 내쏘듯 선명한 연둣빛이다. 흰 피부가 아니고는 도저히 입어낼 수 없는 연둣빛 스란치마 앞자락, 세운 한쪽 무릎을 감싸듯이 부드럽게 타고 내려오다가 복사뼈 언저리께에 넌지시 걸려 있다. 그 밑으로 갸우뚱, 고개를 내민 뾰족한 버선코와 명주 속치마는 희디흰 순백이다. 눈부시다. 자주로 끝동을 댄 잿빛 저고리 고름이 잘게 흔들린다 싶더니, 오마담이 손에 쥔 북채를 들어 방바닥을 연해 두드린다. 도도도, 북채 소리 경쾌하다.

"목소리가 너무 떴다."

이른 봄, 햇살이 좋을 때 콩물을 먹인 종이장판은 니스를 한 겹 둘러 쓰고 있어서 유난히 반들거린다. 시간이 지남에 따라 노르스름한 콩장판은 한결 어두운 노랑으로 깊어지고, 부풋하게 들뜬 곳 두어 군데 시나브로 생겨나리라. 방바닥을 디디면 살캉살캉, 장판이 들뜬 곳에서 들리는 허전한 발소리를 오마담은 좋아한다.

"사람의 목이 몇 가지 소리를 낼 것 같으냐?"

들쇠에 걸어올린 분합문 너머, 대숲 그늘이 성큼 올라와 시원해 보이는 대청마루에 한눈을 팔던 소리기생. 놀란 듯 어깨를 쭉 편다.

"서른 가지도 넘는다. 떡목, 노랑목, 마른목, 굳은목, 생목, 속목, 겉목, 감는목, 찍는목, 푸는목, 짜는목, 미는목, 방울목, 된목, 파는목, 훑는목, 떼는목, 마는목, 엮는목, 끊는목, 너는목, 튀는목, 군목, 긴목, 젖힌목, 엎는목, 느린목, 조으는목…… 다음엔 네가 소리 한 자리 해보그라."

오마담은 밀쳐두었던 북을 세운 무릎 앞으로 바싹 끌어당긴다. 두번째로 일어선 소리기생, 한창 유행인 드라마 〈명성황후〉 테마곡을 부르기 시작한다. 이제 소리를 찾는 손님은 거의 없다. 오마담의 눈이 사뭇 깊어진다.

쓸쓸한 달빛 아아래 내 그으림자 하아나아아 생기거드으은. 그때 말해볼까아요, 이 마아으음 들어나아아 주라아고오오오. 문득 새애벼억을 알리이이느은 그 바아라암 하나가 지나아거드으은 그저어 하안숨 쉬듯 물어보올까요. 나는 왜애 살고 이있느은지이.

오마담이 북을 짧게 끊어 세 번 친다.

"초란이 방정맹이로, 목이 공중에서 널뛰듯 노랗게 뛰면 어쩌냐? 설움이 밀려들게 불러야지. 계면조는 애원처창(哀怨悽愴)한 것이다. 이 계면조를 상성(商聲)이라고도 하는데, 상조(商調)는 금성(金聲)이거든. 무슨 소리냐 하면 이빨에서부터 나오는 소리란 얘기여."

부르는 노래는 현대요, 가르치는 방식은 옛 방식이다. 과거와 현재가 분리되지 않고 뒤죽박죽 섞인 채로 공존하는 부용각. 거기에 몸을 담고 사는 소리기생이어서 오마담의 말을 척척 알아듣는다.

"지나치게 맑고 깨끗한 소리를 양성이라고 하는데, 이건 도무지 깊은 맛이 없어. 노랑목도 못쓰지만 양성도 못쓰느니라. 소리가 깊을라면 축축한 맛이 있어야 헌다. 목이 쉰 것처럼 컬컬하면서도 거침없이 탁 트인 소리가 수리성으로 이 소리에는 그늘이 드리워져 있다. 애원성(哀怨聲)이 가미된 맑고 고운 소리를 천구성이라고도 하는데 수리성은 천구성과 대조적으로 쓰일 때 그 진가가 드러난다. 이 노래는 수리성으로 부르는 기 맞을 끼다. 무엇이든 할라면 평생을 걸고 지대로 해봐야지."

나, 스을퍼도 살아야아 하아네에. 나아 스으을퍼도 살아야 하아네에.

"빡빡하고 탁해서 듣고만 있어도 힘이 씨이는 소리를 떡목이라고 하는데, 지금 니가 낸 소리는 수리성이 아니고 떡목이니라. 단전에 힘을 주고 수리성으로 뽑아보그라."

나아 가고 기이어억하는 이, 내 스을프음까지도 사랑했다아아아아 말해애주우기이이.

"어떻게 불러야 삭고 익은 가락인지 본도 보일 겸 내가 그 노래를 불렀으면 싶다만…… 모든 것이 마음뿐이지……"

말을 맺지 못한 오마담은 열린 문으로 고개를 돌린다. 난만한 늦여름의 햇살이 뒤란 마당에 차오르고 있다.

"내 목은 이미 갈라졌고, 무엇보다…… 나는 높은 음을 내지 못한다……"

막 노래를 마친 소리기생, 오마담의 심상찮은 기색에 눌려 엉거주춤 구부린 자세로 앉지도 서지도 못한 채 어쩔 줄을 모른다.

"고음을 잃어버린 기생은 엄밀히 말하면 소리기생도 아니란다."

"……"

"소리란 허망한 것이다."

뒤란 마당에 퍼지던 햇살이 쭉쭉 뻗은 대나무 위로 숨막히게 차오르더니 오마담의 가슴팍으로 왈칵 쏟아져들어온다.

"소리기생에게 소리도 떠나고 사랑도 떠나면 무엇이 남을 것 같으냐?"

"……"

"나도 모른다."

"……"

"그걸 확인하고 싶어 끝까지 가보는 사람도 있단다…… 뜨겁게 달군 모래를 바싹 마른 혀에 수북이 얹고…… 혀가 타는지, 목이 타는지, 가슴이 타는지도 모르는 채…… 전신에 화근내를 풍기면서…… 온몸이 한줌 재로 타버릴 때까지…… 가야만 하는 사람도 있단다……"

난만히 차오르던 늦여름의 햇살은, 햇살이 아니라 눈물이었던가보다. 오마담의 눈물은 늘 그렇게 기습적이다. 양쪽 눈꼬리에 뿌옇게 습기가 서리기 시작하면 그렇게 눈물 맺힐 틈도 없이 뚫린 지붕으로 장마비가 새듯 한꺼번에 주르륵 떨어졌다.

"느들 눈엔 내가 매인 데도 없이, 만화방창(萬化方暢) 천변만화(千變

萬化) 흐드러진 젊은 날에 호랑나비, 범나비, 노랑나비, 흰나비, 한바탕 어우러져 여한없이 놀았던 것으로 보일 게다."

어정쩡한 자세로 선 소리기생을 옆에 있던 기생이 잡아당겨 자리에 앉힌다. 약속이나 한 듯 찢어진 청바지를 입은 두 소리기생. 몸 둘 데는 찾았으나 눈 둘 데를 찾지 못해 앉아서도 쩔쩔맨다.

"기생은 마음에 굳은살이 배겨 송판처럼 딱딱해져야 온전한 기생으로 완성이 된단다. 송판처럼 딱딱해진 다음에야 몸도 마음도 물처럼 부드럽게 열릴 수가 있는 법이거든. 정을 둔 곳이 있고 없고는 나중 일이다. 나는…… 남자를 믿지 않았다."

"예?"

말도 안 된다는 표정으로 합창하는 소리기생들. 그도 그럴 것이 오마담으로 말할 것 같으면 전국에 퍼져 있는 기방을 통틀어, 늙고 젊은 기생들을 대표하는 연애전문가가 아니던가. 질이냐 양이냐를 놓고 고락을 같이해온 타박네와 평생 동안 견해가 갈리기는 했지만, 어쨌거나 기생어미 오마담은 자신들이 보기에도 이 바닥에서 알아주는 연애통인 것만은 분명했기 때문이다.

"남자를 믿은 적이 없으니 그들이 날 버려도 배반을 해도 난 언제나 모든 걸 내줄 수가 있었다. 남자를 부정하고 나니 모든 남자를 받아들일 수 있는 너른 품이 생기더라. 이게 내 사랑의 방식이었느니. 느들 보기엔 내 사랑이 물 위에 뜬 거품처럼 부질없어 보였는지 몰라도."

"……"

"뜬금없이 들리겠다만, 철새들이 한 철 머물다 가는 철새도래지라고 있지 않냐? 사계절 먹이가 풍부하고 추운 겨울에도 물이 얼지 않아서 철새들의 쉼터나 잠자리가 되어주는 을숙도나 주남저수지 같은 곳 말이다. 나는, 내 무릎이 남정네들에게 철새도래지 같은 그런 도래지가 되었으면 싶었구나."

담쟁이가 타고 올라간 낮은 토담벽엔 푸른 이끼가 드문드문 끼어 있다. 햇빛이 비낀 자리마다 껑충하게 돋아난 담 밑의 잡초들. 오늘따라 담 너머 대숲에선 그 흔한 바람조차 불어오지 않는다. 사방이 적막하다.

"그래도 평생을 기생으로 늙어갈 적에 바닥이 닳은 고무신을 신고 절벽 위에 선 것마냥 가슴 저리고 서늘할 때가 많았다. 새가 되어버렸으면, 한 마리 괭이갈매기가 되어 훨훨 날아올랐으면 싶게 갑갑헐 적도 많았고. 정처 없는 이내 팔자, 어젯밤에 만난 님 오늘은 속절없고, 금석같이 굳은 맹서 돌아서면 희롱인 걸 진작 알고 있었어도, 구들 없는 방에 누운 듯이 등이 허전할 때도 있었다. 이걸 견뎌내지 못하면 나처럼 새들새들 속병이 들고 만단다."

방금 노래를 마친 기생은 청바지 구멍 속으로 손가락을 집어넣어 애먼 무릎만 긁적거린다. 다른 소리기생 역시 찢어진 청바지 틈새로 비어져나온 올을 자꾸만 잡아당기고 있다. 안 그래도 올이 풀린 청바지를 너덜너덜한 걸레조각으로 만들 모양이다.

"나이 든 사람들이 왜 찢어진 청바지를 안 입는지 아느냐? 유행과는 담을 쌓고 살아서 그런다고 생각하냐. 아니다. 찢긴 바지 틈으로 보이는 늘어진 살덩이가 미워서 못 입는단다. 살아보니 나이를 보탤수록 점점 감추고 여밀 것이 많아지더라. 기생에겐 세월이 죽음이나 다름이 없다. 〈청춘가〉에도 나와 있지 않든. 사람이 늙기는 바람결 같고, 덧없는 세월에 백발이 되누나. 그 설움의 사정을 뉘다려 말하겠느냐고 장탄식

이 이어지지. 기생의 속사정을 대목대목 잘 짚은 민요다. 그러니 느들
도 여기 오래 있을 생각일랑 아예 하지도 말아라."

"……"

"술이라도 한잔 마셔야겠다. 허방을 짚은 듯 마음이 아래로 꺼질 때
는 술보다 좋은 약이 없단다."

귀신은 속여도 내 코는 못 속이제. 오마담의 방에 들어올 때마다 낮
은 콧등을 찡그리고 킁킁 냄새를 맡는 타박네. 니가 술을 어디에 감추
는지 손금 보듯 빠삭하게 다 안다. 감춰둔 술병을 벽장이나 이불 속에
서 하나씩 찾아낼 때마다 턱도 없이 의기양양하다. 그러나 타박네가 찾
아낸 것들은 미끼에 불과할 뿐. 늙은 소목장에게 해웃값으로 받은 화각
이층문갑 뒤쪽에, 진짜가 숨겨져 있다. 절반가량 남은 위스키를 꺼내
병째 들이마시는 오마담. 목을 훑으며 식도를 타고 내려가는 짜르르한
이 첫 느낌. 절로 어깨가 떨린다.

"오늘 저녁엔 손님 방에 들지 말고 미스 민과 같이 있거라. 그 속이,
속이 아닐 것이네."

참았던 술을 한꺼번에 마신 오마담은 보료 위에 누워버린다. 옆으로
오그리고 누워 있어서 파리한 몸피가 한복 위로 고스란히 드러난다. 목
침을 베고 누운 오마담의 얼굴이 발갛게 달아오르기 시작한다. 비로소
얼굴이 친숙한 제 색깔을 찾았다. 빨래판처럼 쪼글쪼글한 목은 움켜쥐
면 한줌이나 될까? 저 가늘고 긴 목으로 퍼올린 소리는 얼마나 많고 다
양했을 것이며, 저 목을 타고 들어간 술 또한 얼마나 많고도 다양했을
까. 오마담을 바라보던 소리기생들, 코끝이 시큰한 눈치다.

"내일 실수하지 않으려면 노래 연습을 좀더 해야겠더라. 누워서라도

들을 테니 같이 불러보는 게 어떻겠냐?"

북으로 장단을 맞추는 소리기생. 아무도 모르게 고인 소리가 일시에 가죽을 찢어발기고 튀어나오는 듯 시작부터 우렁차다. 북채를 잡은 손에 신명이 지핀다. 빠르고 경쾌한 리듬에만 신명이 오르는 건 아니다. 무거운 리듬에 맞춰 는적는적 좌우로 고갯짓 어깻짓이다. 느린 리듬은 깊게 들린다. 군데군데 황갈색 염색물이 남은 긴 머릿단이 출렁, 흔들린다. 노래가 북을 타고 폭포처럼 쏟아진다.

나 슬퍼도 살아야 하네. 나아 스으을퍼도 살아야 하아네. 이 삶이 다 하고 나야 할 텐데. 내가 세상에 다녀간 그 이유. 나 가고 기억하는 이, 내 슬픔까지도 사랑했다아아아아 말해주우기이이.

"으따, 그 북소리! 이제야 뭉쳤던 게 내려가는 것 같고나."

오마담의 말은 노랫소리에 파묻혀 들리지도 않는다.

"쟈들, 뒤채에서 뭐 하고 있는 기고. 악을 쓰누만, 악을 써."

홍어가 삭는 고리탑탑한 냄새를 피해 부엌에서 나온 타박네, 뒤채를 향해 매운 눈을 흘긴다. 빠른 입 못지않게 눈치도 빠른 김천댁은 금방 무친 홍어회를 치마 뒤에 감추고 냅다 뒤채로 달려간다. 어디선가 날아온 검은댕기해오라기 한 마리가 달리아 꽃밭에 사뿐히 내려앉는다. 목이 꺾여 버려진 달리아 꽃무더기. 여태도 새빨간 핏빛이다.

"참 이쁘데이."

안채 마루에서 일수를 찍다 말고 중얼거리는 김여사. 오른쪽 눈은 정상인데 왼쪽 눈을 모로 뜨는 외짝 사팔뜨기여서 해오라기를 보고 하는 말인지 달리아를 보고 하는 말인지 도통 알 수가 없다. 뒤채에서 둔중하게 울리기 시작한 북소리와 노랫소리는 물결처럼 너울너울 파장을 타고 퍼져나가 안채와 별채는 물론이고, 부용각을 중심으로 반경 이백 미터 안팎에 존재하는 모든 사람들의 귓속에 아련히 파고든다. 노랫소리는 처음부터 끝까지 그만그만하게 들리는데 북소리는 리듬에 따라 커지기도 하고 작아지기도 한다. 마루 끝에 걸터앉은 기생은 자신의 입이 벌어진 줄도 모르고 있다. 종종종 달리아 꽃밭을 거닐던 해오라기, 별안간 커진 북소리에 놀라 푸드득 날아오른다. 무심한 저 해오라기도 때가 되면 을숙도나 주남저수지를 찾아가겠다. 가는 길을 잊지는 않았으려나. 골다공증에 걸린 오마담의 무릎은 나날이 야위어만 가는데.

1

 나끝순. 도대체 성의라곤 찾아보려고 해도 찾아볼 수가 없는 이름이다. 얼굴을 붉히지 않고 본명을 말해본 적이 생애 단 한 번이라도 있었던가. 본명을 댈 수밖에 없는 불가피한 일이 생길 적마다 속옷을 벗다가 들킨 것처럼 빳빳하게 몸이 굳고 얼굴은 확 달아오른다. 그런 상태에서 용기를 내어 말해도 소리가 터무니없이 작거나 우물거려 상대방은 알아듣지 못한다. 뭐라구요? 번번이 이어지는 반문에 미스 민의 얼굴은 꺼지려는 속불꽃을 되살려놓은 것마냥 다시 화끈 달아오르게 마련이니 이것은 누구의 잘못인가? 그녀인가, 그 이름을 준 장한 아버지인가? 아니면 또다른 무엇?

 어머니의 따뜻한 뱃속에서 평화롭게 지내다가 엄청난 힘의 가속도에 밀려 몸 밖으로 뚝 떨어졌을 땐 그녀도 세상의 모든 아기들과 똑같았을 것이다. 그러나 나끝순이라는 멋대가리 없는 이름이 이맛전에 철썩 들러붙던 순간부터 그렇고 그런 하잘것없는 인생으로 규정지어졌을지도 모르겠다. 아들이여, 딸이여? 태고의 은은한 고성이 울려퍼지자 불학무식한 아버지는 성별부터 물어봤을 것이다. 얼굴이 워치케 생겼어? 라거나 손발은 다 있는겨? 라고 고상하게 물어보면 어디가 덧날 것도 아니건만, 새 생명에 대한 어떤 궁금증도 나타내질 않고 단지 고추인가 조개인가에만 관심을 기울였을 것이다. 미스 민은 태어나던 찰나, 얼굴도 가슴도 다리도 없이 오직 성기로만 존재했을 것이다. 또 조개여? 즈이 언니가 종순이니께 갸는 끝순이라고 해여. 조개라는 말에 부아가 치민 아버지는 유황내 나는 성냥을 다악. 그러면서 생각 없이 이름을 붙였을 것이다. 어쩌면 손에 든 아리랑 성냥갑을 훔켜잡곤 불뚝거렸을지도 모르겠다. 니기미, 올 농사도 망쳤네. 양볼에 연지곤지를 찍고 족두리를 쓴 아리랑 성냥갑의 눈 똥그란 모델은 그날 얼굴이 완전히 짜부라졌을 것이다. 까딱하면, 이참에 조개씨를 말리고 말겠다는 아버지의 의지가 좀더 확고했더라면, 나끝순이 아닌 나종말이 될 뻔했으니 그만하길 다행이라고 위안을 삼을 때도 있기는 하다. 품위 없는 걸로 치자면 끝순이나 종말이나 거기서 거기지만 그래도 한끝 차이가 어디냐고 또 닥거리면 미스 민의 마음이 약간 순해지는 건 사실이다.

이름에 대한 수난사가 이러했으니 민예나라는 가명을 갖게 되었을 때 그 흥분과 떨림이 어떠했겠는가. 그때까지 쓰고 있던 미운 오리새끼의 허물을 벗고 비로소 백조의 반열에 오른 것 같았다. 그래서 그녀는 기생이라는 자신의 직업을 좋아한다.

2

오늘은 민예나가 아닌 나끝순으로 살아야 하는 날이다. 아침에 부용 각을 나설 때 타박네가 쥐여준 보따리의 무게가 만만찮다. 어깨가 자꾸 오른쪽으로 기운다.

"순서가 뒤바뀌도 한참 뒤바꼈다만, 오늘은 집에 다니러 가는 기 아 니고 신행을 가는 텍이다. 신랑도 없이 혼자 가는 신행이라고 백지 울 적해하들 말고."

타박네가 준 보따리 속에는 갈비와 떡, 약식, 각종 전과 해산물이 들 어 있다. 이바지 음식이 든 대바구니를 쌀 적에 냄새가 밖으로 새어나 갈까봐 보자기의 네 귀퉁이를 단단히 여미던 타박네의 거칠고 투박한 손만 보지 않았다면, 미스 민은 서울에 도착하자마자 남의 집 대문 앞 에 음식 보따리를 버리고 줄행랑을 쳤을 것이다. 그러고는 물 좋은 신 촌이나 홍대 앞 락카페에서 신행 기분을 팍팍 냈을 것이다. 어허 물렀 거라, 길을 비켜라. 오동씨만 보아도 춤춘다는 부용각의 일패기생 춤기 생 납시었다. 모처럼 제대로 된 조명발 받으며 뼈 없는 연체동물처럼 흐물흐물한 웨이브댄스 매직댄스로 신촌 애들 코를 납작하게 눌러주는 건데. 니들, 21세기 이 첨단의 시대에도 기생이라는 예스런 직업이 존 재한다는 사실 알고나 있니? 오! 그런 눈으로 쳐다보지는 말아. 누군 뭐 태어날 때부터 기생이었는 줄 알아. 춥고 고독하고 앞이 보이지 않 는 무형문화재 전수생으로 견딜 자신이 없어 보다 쉬운 길로 접어든 것 뿐이야. 플로어 중앙 무대에서 맨발의 이사도라처럼 미친 듯이 춤을 추 었다면 마음이 조금은 시원해졌을까.

삼천리아파트 앞에서 내리는 게 아니었다. 택시기사에게 천왕슈퍼까지 가자고 말했어야 했다. 차를 돌리기가 힘들다고 투덜거릴 기사의 얼굴이 보기 싫어 음식 보따리를 들고 널름 내린 것이 잘못이라면 잘못이다. 삼천리아파트 앞으로 즐비하게 늘어선 고춧가루 공장과 고물상은 자취를 감추고 못 보던 영풍아파트가 들어서 있어 일대가 제법 번화한 고층 아파트 단지로 변모해 있었다.

미스 민은 초등학교와 중학교 내리 구 년 동안 이곳을 지나다녔다. 지금의 삼천리아파트 자리도 원래는 삼천리표 연탄공장이었다. 비라도 오는 날이면 산처럼 쌓인 석탄더미에서 흘러내린 질척한 구정물이 도로를 뒤덮고, 바람이 부는 날에는 공중에 흩날리던 석탄가루로 인해 코밑과 손과 목덜미가 흙감탱이처럼 새카매지곤 했다. 그것으로도 모자라 건너편의 다닥다닥 붙은 고춧가루 공장에서 뿜어져나오는 매운내에 눈을 뜰 수조차 없던 길. 연탄공장과 고춧가루공장을 간신히 지나왔나 싶으면 이번에는 고물상 앞 말뚝에 묶인 송아지만한 개가 앞을 막고 물어뜯을 듯이 덤볐다. 깜짝 놀라 뒷걸음질을 치면 까칠한 함석담에 등이 쓸렸다. 함석담의 바깥으로 뾰족하게 튀어나온 양철조각이나 쇠붙이가 개 대신 등을 물어뜯어 손을 뒤로 돌려 만져보면 스웨터의 올이 세로로 풀렸거나 교복의 천이 위로 쭈욱 딸려올라간 채 미어져 있었다. 불길하거나 나쁜 일은 무엇이든 그냥 지나가는 법이 없었다.

함석으로 담을 친 고물 야적장에는 문짝이 떨어진 구식 장롱, 고장난 전기밥통, 찌그러진 깡통, 헌 박스 따위가 한데 엉켜 있었다. 그것들은 붉은 녹이 슬었거나 곰팡이가 피었거나 틈이 벌어져 내장이 튀어나온 몰골이었고, 물에 빠진 쌀자루를 건져 아무 데나 방치했다가 자루를 풀

때 맡게 되는 퀴퀴하고 역한 냄새가 났다. 흰 옷과 흰 운동화가 금기시되던 유년기와 청소년기, 미스 민이 본 세상의 풍경은 그러했다. 미스 민은 생각했다. 앞으로 펼쳐질 세상도 이럴 거라고. 녹이 슬었거나 곰팡이가 피었거나 내장이 튀어나와 있을 거라고. 따끔따끔한 고추 매운내에 눈은 뜰 수조차 없고, 조심해서 걸어가도 별수 없이 발은 구정물에 빠지고 말 거라고.

가스 충전소를 지나자 철로 건널목이 나타났다. 미스 민은 건널목을 건너지 않고 곧장 철로 위로 올라섰다. 이 길은 하루에 세 번 화물열차가 다니는 한적한 철로이기도 하지만 집으로 가는 지름길이기도 하다. 침목과 침목 사이에 깔린 자갈 위로 깨진 병조각과 담배꽁초가 흩어져 있고 철롯둑 자투리땅에는 들깨와 호박, 콩, 수수가 띄엄띄엄 심겨져 있다. 이민을 가면 근처 빈 땅에 상추씨부터 뿌리고 이삿짐을 푸는 민족이어서 그런가. 노는 땅은 두고 보지 못하는 근성이 지질 나쁜 철롯둑까지 손을 뻗게 만들었을 것이다. 고층 아파트 단지와 동부제강 담을 겸한 소음 방지용 철제벽이 사라지자 서울특별시에도 이런 동네가 있나 싶을 만큼 빈한한 산 밑 동네가 올망졸망 펼쳐진다. 그린벨트에 묶여 집을 마음대로 고치지도 못하는 곳. 겨우 한 블록 간격을 두고 부와 빈의 경계가 확실히 그어진다. 미스 민은 손에 든 보따리를 내려놓고 철로 위에 주저앉는다. 오른팔이 빠질 것만 같다. 등과 겨드랑이가 땀에 흠씬 젖었다.

예상대로 집엔 아무도 없다. 집 안으로 들어가는 부엌 문에는 자물통이 매달려 있다. 마당을 철로에 내어준 열한 평짜리 집. 안방 벽과 부엌 문이 철로와 면해 있고, 부엌 문 옆으로는 나무판자로 덧대어 이은 푸세식 변소가 철로 쪽으로 일 미터쯤 튀어나와 있다. 벌어진 나무판자 사이로 어지러이 찍힌 발자국들과 변기에 묻은 채 검고 딱딱하게 말라가는 똥들과 분주히 날갯짓을 하며 위로 솟구쳐오르는 똥파리들이 보인다. 이 모든 살벌한 풍경과는 거리를 두려는 듯 아주까리와 맨드라미 몇 그루, 철롯가 장독대를 곱다시 지키고 있지만 그것마저도 볼품없긴 마찬가지다. 꽃을 심어도 일부러 볼썽사나운 것들로만 골라 심은 것 같은 인상을 풍긴다. 장독대 곁엔 필시 어디서 주워온 듯 보이는 안락의 자가 생뚱맞게 놓여 있다. 세상없이 좋은 것들도 집 앞에만 두면 그 즉시 고물처럼 보인다. 의자의 쿠션이 꺼져 엉덩이가 배기거나 다리에 금이 갔거나 갈라져 몸이 옆으로 기울어져야만 자기 집 의자다운데 앉아보니 의외로 편안하다. 남이 쓰던 물건이어서 그런 모양이라며 다리를 뻗치니 발이 철로에 닿을락 말락 한다.

미스 민은 굴왕신같은 이 집에서 태어났다. 잠이 들라치면 꽤액, 화물열차가 지나가는 소리에 천장이 울리고 벽이 떨리고 방바닥이 흔들렸다. 철로에 마당을 내어준 죄로 하루에 세 번씩 울리는 천둥과 지진을 기꺼이 감수해야만 했다. 사람들은 타박네의 고함을 기차 화통 삶아먹은 소리라고들 하지만, 그건 기차 화통이 얼마나 끔찍한 소리를 내지르는지 몰라서 하는 말이다.

기차 소리에 선잠이 깬 겨울밤이면 작은방에서는 한두 차례씩 이불 전쟁이 벌어지곤 했다. 외풍이 센 방에서 요 두 채와 이불 한 채로 딸 넷이 긴긴 겨울밤을 나야 했는데 굴비 두름처럼 몸과 몸을 바싹 붙여야만 이불을 덮을 수가 있었다. 자다보면 양 끝에 누운 사람중 한 사람의 몸에는 이불이 덮여 있지 않았다. 이불이 없는 이쪽 끝 사람이 이불 자락을 잡아당기면 저쪽 끝에 누운 사람이 또 잡아당겨 이불은 천막을 친 것처럼 팽팽해진다. 가운데 누운 두 사람이라고 편할 턱이 없다. 팽팽하게 당겨진 이불 틈새로 바람이 사정없이 들어오기 때문에 어깨가 춥긴 마찬가지다. 잠이 든 사이 저쪽에서 이불을 끌어갈까봐 양 끝에 누운 언니들은 이불 자락을 이빨로 물고 자곤 했다. 위로 두 언니는 밤마다 이불을 깨물고 자서 그런지 앞니가 점점 안으로 구부러들더니 나중에는 옥니박이가 되었다.

물론 미스 민의 집에 이불이 한 채만 있었던 건 아니었다. 쓰지 않는 이불이 안방의 장롱 속에 들어 있었지만 어머니가 꺼내지 못하게 했다. 이불을 빨기도 개기도 귀찮아서 그랬을 것이다. 한번은 큰언니가 어머니 몰래 이불 한 채를 가져왔는데 자릿내가 나고 눅눅해 아무도 그 이불을 덮지 않았다. 어느 해 겨울인가 종순 언니의 발이 동상에 걸린 적이 있었다. 어머니는 얼음은 얼음으로 빼야 한다며 발을 콩자루 속에 넣고 자라고 했다. 콩자루에 발을 넣은 종순 언니는 냉동실에서 얼린 것처럼 발이 차고 간지럽고 화끈거린다며 밤새 앓았다. 고통스레 몸을 뒤척일 때마다 자루 속에서 콩들이 다글다글 구르는 소리와 종순 언니의 훌쩍이는 소리, 신음소리로 나머지 세 딸들도 잠을 자지 못해 눈이 떼꾼하게 들어가 있었는데, 잠을 너무 많이 자서 눈두덩이 퉁퉁 부어오른 어머니가 아침상을 들고 들어왔다. 기가 막혔다.

안방 벽에 걸린 결혼 사진을 보면 아버지와 어머니의 모든 것을 엿볼 수가 있다. 사모를 쓴 아버지는 눈을 감았고, 족두리를 쓴 어머니는 눈을 지나치게 번쩍 떠서 눈동자가 위로 쏠려 있었다. 카메라 플래시가 터지는 순간 아버지는 아들이 없는 앞으로의 세상은 보고 싶지 않아 눈을 질끈 감았을 테고 어머니는 뭐에 크게 놀란 게 분명했다. 결혼 사진을 찍을 때처럼 어머니는 평생 얼이 빠진 채로 살았다. 꼭 필요한 양념을 빠뜨린 요리처럼. 요컨대 어머니는 현재와 미래에 대해 일절 관심을 끄고 산 사람이었다.

기왕에 요리 얘기가 나왔으니 하는 말인데, 같은 재료를 써서 요리를 해도 어머니가 한 것은 맛이 없거나 덜 익었거나 질겼고 금방 한 음식을 접시에 담을 때도 꼭 누가 먹다 남긴 것처럼 담아내었다. 그런 어머니도 철도귀신 얘기를 할 때면 온몸에 생기가 돌았다. 칭얼거리며 잠을 자지 않거나 언니들끼리 싸움이 붙어 씩씩거리면 어머니는 쇳소리가 섞인 작고 끈적이는 목소리로 속삭이곤 했다.

"기차에 허리가 잘린 앉은뱅이 귀신이 온단다. 잘려나간 하체를 쇠사슬로 묶고서 절그럭절그럭 이리로 온단다."

어머니의 말을 증명이라도 하듯 꽤액, 기차가 지나가고 기차 바퀴가 레일 위를 굴러가는 소리 뒤끝에 실제로 쇠사슬이 절그럭거리는 소리가 들려왔다. 어린 네 딸들은 진저리를 치며 이불을 덮어썼다. 어머니는 꿈과 희망과 세상에 존재하는 아름다운 것들에 관해 말하는 대신 무섭고 오싹한 것들을 일찍부터 주입시킴으로써 네 딸들이 인생에 대해 더이상 놀라는 일이 없도록 미리 방비하셨다.

안개가 짙게 끼는 늦가을 새벽이나 저녁 무렵이면 유난히 철도사고가 잦았다. 두런거리는 소리가 들려 문 밖으로 나가면 자욱한 안개 속에 사람들의 등이 둥둥 떠밀려 흘러가곤 했다. 흐르는 등을 따라 철롯길을 한참 걸어가다보면 어딘가엔 반드시 가마니에 덮인 시신 한 구가 놓여 있기 마련이다. 철도사고가 나야지만 철롯가 산 밑 동네에 사는 주민을 모두 만날 수가 있었는데, 소식을 듣고 먼저 온 어른들은 다들 경직된 얼굴로 팔짱을 끼고 있거나 뒷짐을 진 채 시신 주위를 서성거렸다. 기차에 허리가 잘렸나 안 잘렸나, 차후에 앉은뱅이 귀신이 될 것인가 말 것인가, 가마니를 들추고 시신을 확인하고 싶은 생각이 굴뚝같았지만 어른들의 무거운 침묵에 눌려 슬그머니 뒷전으로 물러났다. 그러고는 습관처럼 레일 위에 올라서서 뒤로 걸었다. 팔을 벌리고 한 발씩 뒷걸음질을 치면 시신과 시신을 둘러싼 사람들이 조금씩 작아지고 멀어졌다. 떨어지면 안 돼. 두 팔과 다리로 아슬아슬하게 균형을 잡으며 레일 위에서 보고 느낀 것들. 흑백으로 보이는 희미한 시야, 이슬이 맺힌 철롯가의 잡풀들, 사람들의 입에서 끝없이 뿜어져나오는 하얀 입김, 속옷까지 젖게 만드는 지독한 안개. 미스 민은 뼈가 다 자라기도 전에 뼈가 시린 것이 어떤 느낌인지 그것부터 알게 되었다.

이토록 열악한 환경 속에서도 세 언니들은 꿈을 꾸었다. 열두 개의 산과 열두 개의 들과 열두 개의 내를 건너 먼먼 곳으로 가면 빛나는 미래가 기다리고 있을 거라는 씨도 안 먹히는 꿈. 꿈 얘기를 할 때면 옥니박이 두 언니들은 슈크림처럼 부드럽고 말랑말랑해졌다. 밤마다 이불을 잡아당기고 자느라 잡아당기는 데는 도가 튼 둘째언니가 머리를 지나치게 세게 잡아당겨 갈래로 땋아주는 바람에 눈이 옆으로 째진 종순 언니는, 위로 살짝 쳐들린 턱밑에 두 손을 모으고 꿈에 대해서 말하곤 했다. 언니들의 꿈 얘기를 듣고 있노라면 한순간이나마 가슴이 자릿자릿해졌고 무슨 얘기든 거들고 싶었지만 미스 민은 떡시루에 두른 시룻번처럼 딱딱하게 굳은 얼굴로 입을 다물고 있어야만 했다. 삼천리 연탄 공장을 지나며 본 것들, 붉은 녹이 슬었거나 곰팡이가 피었거나 내장이 튀어나온 고물들과 번번이 발을 빠뜨리고 말 구정물을 실토할까봐, 일찍이 간파한 생의 비밀을 누설해 언니들의 꿈을 산산조각낼까봐, 이기적인 욕망이 솥과 떡시루 사이로 빠져나가려는 수증기처럼 밖으로 새지 못하도록 그녀는 입술을 꼭 다물어야만 했다.

3

한 시간이 지났건만 미스 민의 아버지와 어머니는 돌아오지 않는다. 어딘지 모르게 몸이 불편하다. 안락의자에 앉은 상태에서 다리를 뻗어 흔들기도 하고 기지개를 켜보기도 하지만 시간은 더디 흐른다. 두 시간 이상은 기다리지 않을 것이다. 한 시간 후엔 단호하게 일어서서 이 집과 산 밑 동네를 벗어날 것이다. 보나마나 아버지는 약수터 아랫배미 비닐하우스 안에서 오이를 따고 있을 것이고 어머니는 어제 딴 오이를 이고 나가 시장 노전에 풀어놓고 있을 것이다. 오이를 사라고 지나가는 아주머니들의 바짓가랑이를 붙잡고 늘어져도 함지를 비울까 말까 한데, 어머니는 시장바닥의 먼지만 잔뜩 덮어쓴 채 딴전이나 부릴 게 분명하니 해전에 돌아오긴 애당초 글렀다. 아버지를 찾아 비닐하우스로 가는 게 빠르다는 걸 알면서도 미스 민은 의자에서 일어날 생각을 않는다. 비닐하우스 안에서 아버지를 만나기는 싫다.

미스 민의 아버지는 그토록 소망하던 아들을 끝내 보지 못하고 말았다. 그렇다고 해서 아내를 구박하거나 섣부르게 바람을 피우는 짓거리로 자신의 체통을 깎아내리지도 않았다. 아버지와 어머니는 표나게 금실이 좋은 건 아니었지만 결정적일 때 부부끼리 똘똘 뭉칠 줄도 알았다. 이따금 귀한 반찬이 밥상에 올라오면 아버지는 젓가락을 집게처럼 벌리고 네 딸들의 젓가락이 그 반찬그릇에 닿지 못하도록 막았다. 살아갈 날이 많은 너희들은 먹을 기회가 잦을 터이니 이쪽으론 고개도 돌리지 마라며 당신들 앞으로 반찬그릇을 당겨놓고 사이좋게 나눠 먹었다. 다리 밑에서 주워온 딸들 대하듯 매정해 보여도 듣고 보면 사리에 맞는 말이었다. 네 딸들은 얼이 빠진 아내를 살뜰하게 거둬 먹일 줄 아는 아버지를 적당히 어려워하며 자랐다. 그런 아버지에게도 도저히 이해할 수 없는 버릇이 있었다.

아버지의 직업은 농부다. 세금이 비싼 서울특별시에서 농사를 짓고 산다는 게 일견 이상해 보일 수도 있겠다. 하지만 엄연한 사실이다. 그린벨트에 묶여 몇십 년씩 지주들이 방치해둔 땅을 도지로 얻어 벼농사를 짓거나 여러 동의 비닐하우스에 밭작물을 재배하며 물쩍지근히 살았다. 산 밑 동네엔 아버지 말고도 여러 명의 농부들이 있었다. 비닐하우스에서 생산한 농작물을 농부의 아내들이 시장에 내다팔아 생계를 유지했다. 미스 민은 아버지의 직업이 조금도 부끄럽지 않았다. 학년이 바뀔 때마다 쓰는 가정환경조사서에 아버지의 직업을 농부로 당당하게 적어내곤 했으니까. 다만 이름을 쓰는 칸에서 손이 한참 동안 움직이지 않았을 뿐이다. '나끝순, 아버지가 농부시니? 정말로 이 서울 땅에서 농사를 짓고 사신단 말야?' 귀밑에 솜털이 보송보송하게 난 여선생들이 놀라워하긴 했다. 이어 빠르게 표정을 바꾼 선생님이 '여러부운, 우리는 농부들이 흘리는 땀과 수고를 잊지 말아야겠지요오' 따위의 뻔한 말로 마무리 멘트를 할 때면 좀 지겨워지기도 했다.

아버지는 농사를 잘 짓는 축은 아니었다. 그럴 수밖에 없는 것이, 당신이 가꾸는 농작물에 대고 온갖 욕을 퍼부어댔기 때문이다. 아들이 없는 부당한 현실을 잘 견뎌내다가도 논이나 밭에 나가면 속엣말을 모조리 쏟아냈다. 가슴에 차곡차곡 쌓인 불평불만이 욕이 되어 밖으로 폭죽처럼 터져나오는데, 쌍욕도 그런 쌍욕이 없었다. 다른 아버지들처럼 술로 풀어버리면 좋으련만 얼굴이 좁고 키가 작달막했던 꼼꼼쟁이 아버지는 말 못 하는 농작물에게 화풀이를 하곤 했다. 타박네의 욕에는 온기가 서려 있어 욕을 먹어도 기분이 과히 나쁘지 않은 데 반해 아버지의 욕은 서릿발같이 차고 매정했다. 아버지는 당신이 처한 상황에 따라 욕의 레퍼토리를 수시로 바꾸었다. 한번 한 욕은 절대 리바이벌하는 법이 없고 욕을 다루는 테크닉이나 기교 면에서도 타박네보다 월등하게 뛰어났다. 욕을 할 때마다 취하는 특유의 자세, 힘주어 숙변 보는 자세로 쪼그리고 앉아 논밭 작물에 대고 욕을 퍼붓는 아버지를 멀리서 지켜보면 투덜거리는 것처럼 보인다고 해서 동네 사람들은 미스 민의 아버지를 '투덜이 나서방'이라고 불렀다. 파종 때부터 비료 먹듯 허구한날 욕만 먹고 자란 농작물이 어찌 잘 크기를 바라겠는가. 때깔도 좋지 못하고 모양새도 투깔스러운 게 하나같이 잘거나 개중 잘된 것이 중쑬쑬한 크기였다. 그런 농작물을 얼렁뚱땅 팔아넘기는 수완을 가진 어머니를 만나지도 못했으니 돌아보면 늘 지난한 살림살이였다.

대부분의 사람들은 고향을 그리워한다. 지지리 궁상으로 갖은 고생을 하며 살았을 게 분명한 사람들이 삼삼한 눈을 해가지고 고향의 풍광을 부풀려 얘기하거나 그 시절에 맡았던 똥장군의 분뇨 냄새조차 그리워하는 걸 보면 가증스럽기 짝이 없다. 그들에겐 고향의 풍광이나 바람이 상처가 되었을 법한데, 돌아보고 싶지 않아야 마땅할 터인데, 누추한 고향의 기억을 조각조각 꿰매어 푸닥지게 간직하려고 애쓰는 걸 보면 측은한 생각마저 들 정도다. 이런 점에선 미스 민의 세 언니도 마찬가지다. 멀리 가지도 못하고, 뜯어먹을 것 하나 없는 친정 언저리에 돌래돌래 붙어 산다. 언니들은 장사에 포원이 진 사람들처럼 셋 다 고만고만한 구멍가게를 꾸리며 살고 있다.

자매들의 장삿길을 터준 사람은 큰언니였다. 바느질에 소질이 있었던 큰언니는 시장 안의 코딱지만한 가게를 얻어 나갔다. '쓰봉 기장 늘임'과 '애리 줄임'이라고 쓴 아크릴 판 두 개를 간판 대신 내걸고 하루종일 실밥과 옷먼지를 먹으며 재봉틀을 밟았다. 하굣길에 가게 안을 들여다보면 이빨로 실을 끊고 있을 때가 부지기수여서 저러다가 큰언니의 옥니가 잇몸 안에 붙어버리면 어쩌나, 어린 마음에도 걱정이 될 정도였다. 한창 데이트에 열 올릴 천방지축 꽃다운 나이에 큰언니는 칠십노파처럼 각각 다른 색 실이 꿰인 바늘을 머리에 서너 개씩 꽂고 재봉틀 앞에서 하루하루를 살아냈다. 바람이 후르르 시장바닥을 휩쓸고 지나가면 무슨 신호처럼 유리문을 두드리던 '쓰봉 기장 늘임'과 '애리 줄임'. 허공에 날아다니던 구겨진 신문지나 검은 비닐봉지들이 길쭉한 아크릴 판에 휘감겨 바람에 들썩이다가 스타카토 음률로 유리문을 두드릴 때도 있었다. 이, 렇, 게, 살, 지, 말, 아, 라. 제, 발, 이, 렇, 게, 살,지, 는, 말, 아. '쓰봉 기장 늘임'과 '애리 줄임'이 교대로 문을 두드리곤 했지만 낡은 성에 갇혀 끊임없이 실을 짜야 되는 신화 속의 여인처럼 언니는 고개도 들지 않고 바느질에만 매달렸다. 결혼을 한 큰언니가 형부네 광명세탁소 옆에 '양복 수선'이라고 쓴 금속 간판을 새로 달 때까지 미스 민은 '쓰봉'과 '애리'가 주는 아릿한 슬픔에서 벗어날 수가 없었다. 미스 민은 그후에도, 국악고등학교 공납금을 얻으러 수선가게에 갈 때마다 '쓰봉'과 '애리'가 가진 그 슬픈 발음을 오래도록 잊지 않았다.

물덤벙술덤벙인 둘째언니의 가게는 마르거나 상한 채소들로 넘쳐났다. 하루에 얼마큼의 채소를 팔 수 있는지 계산도 하지 않고 대중없이 물건을 들여왔다. 남은 채소를 떨이로 팔아치우는 배짱도 단골들에게 한움큼씩 덤으로 얹어주는 인정도 없이 흘미죽죽하게 장사를 했던 둘째언니는 가게세도 간신히 꺼나가는 눈치였다. 둘째언니에 비해 그악스럽고 야무졌던 종순 언니의 구멍가게는 좀 되는가 싶더니 인근에 들어선 대형 할인마트의 등살에 파리만 날렸다. 가게 한쪽에서 파는 담배와 로또복권마저 없었더라면 문을 닫네 마네 징징거렸을 게 뻔하다. 시장 사람들은 세 언니를 흔히 그러듯 누구네 엄마나 가게 이름으로 부르지 않고 '철롯가 삼 자매'라고 불렀다. 형부들 또한 '철롯가 삼 자매'의 첫째나 둘째남편으로 불리워졌다. 아이들도 자매끼리 서로 품앗이를 하며 시장통에서 복닥복닥 키워냈다. 친정엄마에게 아쉬운 소리를 하지 않는 대신 고린 동전 한 닢 친정에 보태지도 않았다. 언니들에겐 최소한의 여유도 없었다. 그런 언니들이 인문계 고등학교에 비해 공납금이 비쌌던 국악고등학교를 선뜻 보내주었던 것은, 싫은 내색 없이 미스 민의 자질구레한 뒷바라지를 해주었던 것은, 아마도 꿈 때문이었을 것이다. 열두 개의 산과 열두 개의 들과 열두 개의 내를 건너 먼먼 곳으로 가면 빛나는 미래가 기다리고 있을 거라는 꿈.

4

별채에 새로 들인 목욕탕은 깔끔했다. 오마담이 고른 아이보리색 타원형 욕조도 미스 민의 마음에 들었다. 욕조에는 물이 칠부 가량 담겨 있고 검붉은 장미 꽃잎들이 빽빽하게 떠 있다. 목욕물에는 아로마 오일과 해수소금을 풀었을 것이다. 미스 민은 욕조 턱에 머리를 기대고 모로 누웠다. 새콤한 장미향이 훅 끼쳤다. 스파. 기방에서 대대로 전해내려오는 이 목욕법의 이름을 스파라고 알려준 것은 알바 기생 미스 윤이었다.

이내 손은 문고리인가 이놈도 잡고 저놈도 잡네. 이내 입은 술잔인가 이놈도 핥고 저놈도 핥네. 이내 배는 나룻배인가 이놈도 타고 저놈도 타네.

땜방으로 투입된 첫날부터 괄괄한 목소리로 〈여사당 자탄가〉를 어찌나 크게 부르며 돌아다니는지 타박네가 기겁할 정도였다.

"그 노래 한 번만 더 불러라이! 저놈우 조디를 꾸매든가 봉하든가 해야지, 원. 요시로는 배운 것들이 더 한다카이."

타박네의 으름장도 별 효과가 없었다. 손님 방에 들어가면 술 취한 남자들의 손이 가슴에 들어오기도 전에 제가 먼저 벗어부치고 덤볐다. 룸살롱에서나 하던 행실을 어디 와서 할까보냐고, 타박네에게 부지깽이로 얻어맞고 쫓겨났던 대학생 미스 윤은 손님보다 기생들에게 인기가 좋았다. 오만원짜리 스파부터 일 년 회원권만도 칠천만원이나 하는 초호화판 스파가 서울 청담동에 있다는 말도 미스 윤에게 들었다. 향긋한 허브 산소를 들이마시는 산소 테라피나 귀에 기다란 아로마 양초를 꽃아 불을 붙이면 양초가 타들어갈 때 미세한 진동을 주어 스트레스를 푸는 데 효과적이라는 이어 테라피가 덤으로 제공되긴 한다지만 어쨌든 스파의 기본은 꽃잎목욕이다.

"스파? 뭐 말라빠진 기 스판지는 몰라도 기방에서는 예전부터 기생들이 꽃목간을 해왔다. 특히 화초머리를 올리는 당일에는 반드시 이 목간을 했거든. 살 속에 꽃물이 들고 뼛속에 꽃냄새가 배기라고 하는 기다. 꽃철에야 제철 꽃으로 목간을 했지만도 추운 겨울에는 말린 꽃잎을 안 썼나. 여염에서 호박고지나 무말랭이 말리드끼 철마다 꽃잎 따 말리니라꼬 기방의 부엌어멈들 무다이 애썼다."

타박네의 말로 미루어 보아 현대의 스파는 옛 기방의 목욕 풍습에서 전해진 게 분명했다. 이렇듯 기생의 생활에 스민 꽃타령이 어찌 꽃목욕뿐이었으랴. 시문에 능한 기생들을 '말하는 꽃'이라 해서 해어화(解語花)라 불렀다는 기록이 있듯 기생은 출발점도 꽃이요 종착점도 꽃이었다. 징그럽도록 활짝 핀 꽃을 자세히 바라본 적이 있는가. 꽃은 시들기 직전 가장 화려하게 꽃잎을 피운다. 기생은 상시 꽃다워야 함은 물론이려니와 꾸덕꾸덕 말라가는 꽃대로 마지막 물기를 빨아올려 장엄하게 꽃을 피울 줄도 알아야 그 직능상의 본분을 다하는 것이다. 필사적인 꽃의 몸부림. 시든 꽃도 꽃이라고 끝까지 우겨야 퇴기가 되지 않는다. 꽃다이 웃고, 꽃다이 걷고, 꽃다이 말하고, 꽃다이 노래하고, 꽃다이 춤추고…… 꽃타령을 한참 듣고 있으면 저절로 몸에 가시가 돋아났다.

반듯이 누워 물 속에 얼굴을 집어넣었다. 물 위에 뜬 꽃잎들이 어른어른 그늘을 만들어 눈두덩이 서늘하다. 덜 녹은 해수소금이 까끌하게 발 밑에 쓸린다. 발바닥이 가렵고 군실거린다. 산 밑 동네에서 묻혀온

흙먼지와 피곤을 목욕물이 말끔하게 씻어줄 것이다. 미스 민은 끝내 아버지와 어머니를 만나지 못했다. 가족들은 종순 언니의 구멍가게에 맡긴 음식이 이바지 음식이라는 걸 모를 것이다. 미스 민이 기생이라는 걸 모르듯이. 자아…… 입꼬리를 최대한 위로 끌어올리고 다시 한번…… 오마담의 깔깔한 목소리가 문틈으로 새어들어온다. 화초머리 올리는 행사에 나갈 기생들이 웃는 연습을 하는 모양이다. 우습지도 않은데 웃어야 하는 것처럼 힘든 고문은 없다. 오래 웃고 있으면 입가에 경련이 일고 웃음 띤 눈에서는 눈물이 흐른다. 잔주름이 생길까봐 기생들은 입가와 눈가를 두 손으로 누른 채 웃고 있을 것이다. 웃는 연습이 끝나면 절하기와 걷기 연습을 하겠지. 물 밖으로 얼굴을 내밀고 참았던 숨을 내쉰다. 나쁘진 않아. 얼굴과 머리에 묻은 꽃잎을 훑어내며 중얼거린다. 오늘 밤 미스 민의 머리를 올려줄 남자는 박사장이라는 문화건달이다.

"인간 중에 질로 못 믿을 인간이 말로 묵고사는 종자와 글로 묵고사는 종자들이다. 몸으로 때우는 것들이 기중 인간답기는 한데 무식이 웬 순가라. 뚜렷한 자신의 생업을 가주고·몸으로 뜨겁게 사는 시정 쪽 사람들이 믿음직스럽기는 하지만도 가들이 속없이 기생머리 올린다꼬 나설 리도 만무하니 우리네야 만만한 문화건달 속에서 임자를 찾을 수배끼 없는 기다. 문화건달이 어떤 종자들인고 하면, 명함을 대문짝만하게 박아가꼬 댕기기는 하제마는 도대체 뭘 하는지 알쏭달쏭 정체불명인데다가 이리 보면 그냥저냥 하루하루를 닝기는 날건달도 겉고 저리 보면 반 사기꾼처럼도 보이는 인간들을 통칭 문화건달이라 안 카나. 즈들이 이 말을 들으마 소캐로 가슴을 찍고 죽을 일이라꼬 펄펄 뛸랑가는 몰라도. 박사장은 수입한 대리석을 가공해서 파는 돌공장 사장인데 심심찮게 문화건달 패거리와 어울려 풍류를 즐깁네 어쩝네 깝치고 돌아댕기는 걸 보마 딱 이 일의 적임잔 기라. 가물치겉이 생긴 기 흠이긴 해도 물 좋고 그늘 좋은 정자가 어데 그리 흔하더나. 그만하마 통도 크고 활달한 게 내 눈에는 괜찮아 보이더만 미스 민 니 생각은 우떻나?"

대답을 하고 말고 할 것도 없었다. 미스 민은 타박네의 눈을 전적으로 믿는다. 그 눈의 깊이를, 균형을 신뢰했다.

"빼조고리하고 짜잔한 기, 염생이처럼 생깄네. 암띠도 암띠도, 사내자슥이 저래 암띠서 어따 쓸 끼고. 미스 민 니 속깨나 터주겠다."

미스 민의 애인을 본 타박네의 첫마디가 이랬다. 맞는 말이다. 전수기간 일 년을 남겨놓고 미스 민이 국악원을 그만두겠다고 했을 때, 사정을 뻔히 알면서도 조금만 견디면 이수자가 되지 않느냐고 우물거리던 남자였다. 말이 좋아 중요 무형문화재 기, 예능 보유자의 전수장학생이지 국가에서 주는 장학금은 기초생계비에도 못 미쳤다. 전수기간 오 년을 꼬박 채우고 이수자가 된다 한들 대책이 없기는 마찬가지였다. 그렇다고 춤을 버릴 수는 없었다. 미스 민이 부용각의 춤기생으로 입문한다고 했을 때는 식음을 전폐하고 일 주일간이나 싸고 드러누웠다. 그가 식음을 전폐하고 싸고 누웠던 것은 미스 민의 앞날이 걱정되어서라기보다는 애인을 가로막을 배짱도 도움을 줄 수도 없는 자신이 너무너무 불쌍해서였다. 그는 스스로 사색형 인간이라고 굳세게 믿었다.

"기생이 애인 달고 댕기마 골치만 딱딱 아프다. 오래 끌지 말고 함부래 띠래이!"

타박네의 성화도 성화지만, 미스 민도 이쯤 해서 그와 헤어질 작정이다. 인간은 약간 오염이 되어 있어야 편하다는 말은 만고의 진리다. 그는 지극히 순정한데다가 대단히 이기적이기도 하다. 애인의 조건으로서는 최악인 셈이다. 정적인 염소에서 동적인 가물치라? 나쁘진 않아. 피부에 스민 꽃향기가 날아갈세라 미스 민은 목욕가운과 수건으로 몸을 단단히 감싸고 목욕탕을 나왔다.

5

"바빠 똑 죽겠네."

타박네는 신바람이 난다. 얼마 만에 치르는 행사인지. 중문 안팎엔 사람들로 북적북적 정신이 없다. 음식 장만에 나선 김천댁과 뚱땡이도 덩달아 바쁘기는 마찬가지다. 넓기로 소문난 부용각의 부엌이 오늘은 유난히 좁게 느껴진다.

"아앗따아, 부용각이 기방은 기방일세. 요새 세상에 화초머리도 올리고. 내 생전에 화초머리 올리는 귀경은 다 했는갑다 했디, 가로늦게 눈호강 복인지 눈요강 복인지가 물꼬 터지듯 터지서 잔풀호사하게 생겼다."

부엌 안으로 빼꼼, 얼굴을 들이밀고 비꼬듯 찔러보는 이는 부산 대운각이다.

"대운각 니 왔나? 저녁 묵고 가거래이. 아이다, 여서 자고 가지, 머."

잔칫집에서 인심 난다더니 평소의 타박네가 아니다. 부산에서 군산까지 올라왔건 말건 옛 동료건 말건 찌르면 무조건 맞받아치고 보던 타박네가 아니던가. 갑자기 푸근해진 타박네의 말투에는 '눈들 있으면 봐라, 느들이 여자장사로 돌아설 적에 나는 기방의 전통을 악착같이 고수했니라' 하는 으쓱함이 묻어 있다. 박기사는 안마당에 초례청을 차리고 오마담은 미스 민의 수모(手母)가 되어 신부 단장에 한창이다. 등 쳐먹기에 이골이 난 놈, 다라운 놈으로 조명(嘲名)이 난 놈. 어제까지만 해도 타박네는 김사장에게 갖은 욕을 퍼부었다. 그래놓고 그를 영접사로 불러들인 걸 보면 어지간히 사람 손이 귀했던 모양이다. 주인집 빨래를 해도 뒤꿈치 하얘지는 맛에 한다고, 이 틈에 챙길 게 없나 두리번거리는 꼬락서니가 영 눈에 걸리긴 해도 김사장은 오마담의 현 기둥서방이니 영접사의 자격은 충분히 갖춘 셈이다. 안마당과 바깥마당에 세 개의 천막이 들어서고 주차장은 각 도의 번호판을 단 차들로 만원이다. 부용각에서 화초머리 올린다는 소문은 어디서 주워들었는지 삼남삼도에서 이름깨나 걸고 산다는 문화건달과 한량들이 속속 모여든다. 그들이 한 패씩 나뉘어 안중문으로 들어설 때마다 별채에 모여 있던 기생들이 오빠, 를 외치며 버선발로 뛰어나가 맞이한다. 부용각의 잔일을 도맡아 하는 윤희네와 영선네는 시작도 하기 전에 벌써 한 입 빼물고 툴툴거린다. 이유인즉슨 안채의 계단을 수도 없이 오르내려 허벅다리에 가래톳이 서게 생겼단다. 딴은 언덕바지집이어서 계단이 유별나게 가파르긴 하다. 일머리를 트느라 선두에서 진두지휘중인 타박네는 그네들이 툴툴거리거나 말거나 코대답도 하지 않는다. 흔전만전, 발길에 차이는 게 사람이요 음식인 걸 보고 뒤늦게 심술이 발동한 대운각이 암상스런 얼굴로 타박네 뒤만 쫓아다니며 감 놔라, 대추 놔라, 사사건건 참견을 해도 왼눈 하나 깜짝하지 않는다.

"두부집 메누리 났네. 콩이 쉴까, 비지가 쉴까, 근심걱정으로 앉은 자리 선 자리가 따로 없다더니만."

심상하게 한마디 던지곤 그만이다. 용도에 따라 번갈아 부르는 풍물잡이와 현대판 밴드가 앞서거니뒷서거니 한꺼번에 들어왔다. 옥색 한복에 흰 두루마기를 갖춰입기는 했어도 어쩐지 입성이 초라해 보이는 풍물잡이는 방 한 칸을 떡하니 차지하고 술상을 받은 반면, 밤무대 의상으로 빼입은 밴드들은 빤짝이 옷과 왁스로 고정시킨 머리만 요란했지 목도 축이지 못하고 선 자리에서 악기를 풀기 시작한다. 누가 뭐래도 부용각에서는 아직 풍물잡이가 윗전이다. 이런 북새통과 달리, 뒤채는 물 밑처럼 고요하다.

"나는 열다섯에 머리를 올렸단다. 초경이 비친 지 달포나 지났을래나, 화초머리 올릴 날이 잡혔다는 말을 듣고 얼마나 무섭던지 고만 눈앞이 무너지게 캄캄하더라. 나이 열다섯에, 분내가 반 술내가 반이라는 기방 밥을 먹던 날뜨기라 해도, 대고 소리나 할 줄 알았지 천지에 뭘 알겠나. 다행히 수모가 타박네였고 수모를 돕는 수모곁시로는 내 동무 채련이를 붙여주어 마음이 조금 진정되더라."

빗살이 촘촘한 꼬리빗으로 미스 민의 머리를 빗기던 오마담은 화장대 서랍에서 빗치개를 꺼내 정수리에 갖다댄다. 흰뿔로 만든 빗치개의 가늘고 뾰족한 부분이 가르마 길을 시원스레 트기 시작한다.

"어느새 그 일이 아득한 세월 저쪽의 일이 되어버렸고나."

미스 민은 미동도 하지 않고 거울만 뚫어져라 본다. 절반으로 나뉜 머리를 오마담이 뒤에서 손으로 몇 번 감아쥐는가 싶더니 금세 쪽머리로 바꾼다. 희고 반듯한 가르마가 한결 도드라진다. 화초머리를 올린다는 것은 기생으로 입적을 한다는 뜻이기도 하고 전국의 기방에서 정식 기생으로 받아들인다는 뜻이기도 했다. 돌아올 수 없는 길. 요정정치가 절정에 달하던 시대라면 모를까, 삭은 동아줄을 잡고 물살 시퍼런 강을 건너는 기분이다. 어차피 건너야 할 강이라면 물살에 휩쓸려 떠내려갈 지언정 뒤는 돌아보지 않겠다. 미스 민의 오른손에 힘이 들어간다.

"어쩌면 네가 이 시대 마지막 기생이 될지도 모르겠고나."

덮어씌울 듯, 한숨을 내쉰 오마담이 상자에 든 활옷을 꺼낸다. 붉은 빛이 섬뜩하다. 활옷의 앞판 아랫부분에는 바위와 불로초를, 등판 전면에는 어미 봉황과 새끼 봉황으로 화려하게 수를 놓았다. 소매의 폭이 넓고 청, 황, 적의 색동으로 소맷단을 둘렀다. 붉은 비단의 활옷도, 그 옷이 의미하는 바도 미스 민에게는 무겁고 버겁기만 하다.

"본디 기생은 활옷을 입지 않는다. 화초머리를 올릴 때는 염의(廉衣)를 입어야 하는데, 이젠 염의를 볼 수도, 구할 수도 없으니."

"염의라뇨?"

"염의는 검정 비단에 분홍으로 끝단을 두른 아주 고운 옷이었네라. 나도 염의를 입고 머리를 올렸고나. 물결무늬와 호랑나비, 모란꽃, 연꽃을 수놓아 복을 빌고 '이성지합(二姓之合)' '백복지원(百福之源)' 같은 글자가 수놓아져 있었다. 그리고 이 족두리는 원나라에서 건너온 것이라고 하더구나. 원나라 여자들은 평소에 첩지라고, 메뚜기만한 쇠붙이를 정수리에 얹어 그 양옆에 단 머리카락 끈으로 두 귀를 눌러 원래 머리와 합쳐 쪽을 만든단다. 그러다가 나들이를 할 적에 검은 천을 다섯 모 나게 접어 만든 모자를 첩지에 고정시켜 쓰고 나섰는데 이것이 족두리다. 민간에서는 솜을 넣은 검은 공단에 몇 개의 옥을 단 조촐한

솜족두리를 썼고 기방에서는 족두리의 앞뒤로 무지개처럼 휘어덮은 양
(梁)의 위와 족두리의 둘레에는 걸을 적마다 간들간들 흔들리는 보요
(步搖)와 온갖 장식을 달아 오색찬란하게 꾸민 겹족두리를 썼다고 교
방선생에게 들었구나. 요새 여염에서 폐백을 드릴 때 쓰는 족두리는 기
생들이 무용을 할 때 쓰던 화관이란다."

활옷을 입히고 족두리를 씌우고 마무리로 연지곤지까지 찍은 오마담
은 두어 발짝 뒤로 물러나 미스 민의 자태를 점검한다. 채련이가 환생
한 듯 닮아도 너무 닮았다.

6

뉘엿뉘엿 해가 지기 시작하자 타박네의 몸뻬에서 휘파람 소리가 난
다. 굽은 허리를 펴볼 틈도, 끈으로 볼끈 잡아맬 새도 없이 부엌으로 안
채로 대문으로 전후좌우 사면팔방 안 가는 데 없이 뛰어다닌다. 화초머
리를 올리는 일은 밤을 틈타 치르는 행사여서 해질 무렵에 시작해 첫닭
이 울어야만 끝이 난다. 세간에 널리 퍼진 도둑장가라는 말은 여기서
유래한 것이고, 동거는 도둑합례(合禮)에서 갈라져나온 말인 듯하다.
해금 소리가 초례청의 흥을 돋우고 간간이 밴드들의 전자음이 훈수두
듯 배음으로 섞여드니 난장이 따로 없다. 거나하게 술이 취한 한량들,
그새 눈 맞은 기생들의 허리를 껴안고 엉터리 블루스 스텝으로 바깥마
당 비좁게 돌기 바쁘고 안마당에서는 부엌어멈들 대례상을 차리느라
숨이 가쁘다. 밤, 대추, 유과 등속을 상 위에 올린 뒤 느지막이 닭 한 자

웅을 남북으로 갈라놓으니 대례상 인물 난다. 빠진 것 없나 옴팍눈을 빛내며 둘러보던 타박네, 벼락같이 고함을 지른다.

"윤희네야! 비단길은 우찌 됐나?"

며칠 전, 다락에서 찾아낸 비단길은 좀이 슬고 곰팡이가 핀데다가 누렇게 변색되어 있었다. 오랫동안 화초머리를 올리지 않았다는 얘기다. 하여, 전국의 기방을 수소문해 전주에서 급히 공수해온 비단길을 찾는 것이다. 가래톳이 섰음에도 불구하고 불벼락이 떨어질라 팽이처럼 굴러온 윤희네가 둘둘 말린 비단길을 대례상 앞에서 펼쳐든다. 눈앞이 환하다. 구경 났다. 대례상 앞으로 사람들이 몰리기 시작하고, 오색의 길고긴 비단길은 가파른 안채 계단을 지나 안중문을 넘어 바깥마당에서 대문 앞까지 굽이굽이 눈물겹게 펼쳐진다. 이렇게 때깔 고운 비단길을 젊은 피 뜨거운 옥골선풍이 성큼성큼 밟고 들어오면 오죽이나 좋겠는가만 십중팔구는 아랫배 두두룩하고 볼살과 눈밑 살이 처지기 시작하는 설늙은이나 다리에 기름기가 쪽 빠져 살비듬이 풀풀 날리는 내리닫이 중늙은이가 오랜만에 살판난 얼굴로 흠흠거리며 밟고 들어오는 게 기방의 비단길이다.

승용차의 요란한 경적 소리에 영접사로 등극한 김사장, 청사초롱 앞세우고 대문 밖으로 마중나간다. 반백년을 기방의 부엌어멈으로 돌아친 타박네가 이 바닥의 터줏대감이라면, 미스 민의 머리를 올릴 박사장 또한 초롱을 든 문화건달을 앞세우고 자칭 향토사학자라고 주장하는 '안다이' 이선생을 후행으로 거느린 품이 예사롭지가 않다. 천지에 모르는 게 없다 하여 '안다이'라는 별명을 얻은 이선생의 지시에 따라, 기생의 머리를 올린다는 표시로 사모를 두 뿔 나게 접어쓰고 들어오는 박사장. 관복을 입고 관대를 두르고 목화까지 챙겨신어 예장을 갖추었다. 격식과 구색에 맞춰 한판 걸게 머리를 올릴 모양이다. 박사장 일행이 대문 옆에 마련한 대기소에서 쉬는 동안 홀(笏)을 부를 박기사가 홀기(笏記)를 손에 들고 초례청에 입장한다.

"주인영서우문외(主人迎壻于門外), 주인이 신랑을 맞아들이시오."

목소리도 우렁차다. 어느 틈에 한복으로 갈아입은 타박네, 오목가슴 새가슴이어서 저고리 앞섶은 들리고 둥그렇게 굽은 허리 탓에 치맛자락으로 마당 청소를 하며 앞으로 나아간다.

"찬인읍(贊引揖), 접대인은 신랑에게 예를 하시오."

영접사 김사장, 여염의 촌수로 치자면 손아래 동서뻘인 박사장에게 반절을 하며 재빠르게 아래위를 훑는다.

"신랑답읍(新郎答揖), 신랑은 답례하시오."

역시 반절로 답하는 와중에 김사장의 눈을 쏘아보는 박사장도 여간내기는 아니다.

"신랑소퇴(新郎小退), 신랑은 조금 물러서시오."

이로써 전안례(奠雁禮)라고 부르는 소례가 끝나고 대례로 넘어간다. 여염의 혼례에서는 신랑이 붉은 보자기에 싼 기러기를 안은 안부(雁夫)장을 거느리고 와 전안상에 놓고 절하는 예가 전안례에 포함되어 있지만 기방에서는 이를 생략한다. 기러기는 동물 중에서도 부부간의 믿음을 천성으로 하는 짐승이므로, 부부의 약속을 천신에 고하고 화목해로를 하겠다는 뜻이 내포되어 있다. 기생이 화초머리를 올린다는 것은 하나의 이벤트에 불과할 뿐, 부부의 의미는 두지 않기 때문에 옛부터 기러기는 사용하지 않았다.

"신랑취초례청(新郞就醮禮廳), 신랑은 초례청 자리로 가시오."

구경꾼들의 눈이 박사장의 사모로 쏠린다.

"신랑동향립(新郞東向立), 신랑은 동쪽을 향하여 서시오."

사모를 두 뿔 나게 접어 쓴 건 화초머리를 올린다는 표시래. 구경꾼의 목소리가 박사장의 귀에까지 들린다. 박사장의 입에서 헛기침이 나온다.

"신부출(新婦出), 신부는 나오시오."

드디어 미스 민이 수모와 수모곁시의 부축을 받으며 초례청으로 나온다. 꾸미니까 한 인물 난다, 얘. 기생들이 시샘과 부러움이 섞인 눈으로 미스 민을 보며 속닥거린다.

"신랑정면(新郞正面), 신랑은 정면으로 돌아서시오."

영락없는 가물치야, 가물치. 물이 끓는 가마솥에 집어넣어도 와장창 뚜껑 깨고 튀어나오겠다.

"신랑신부궤(新郞新婦跪), 신랑 신부는 꿇어앉으시오."

미스 민, 오늘 밤에 작살나는 거 아냐. 기생들의 소곤거림은 끝이 없다.

"관세집건(盥洗執巾), 손을 씻고 수건으로 닦으시오."

박사장의 손은 넓적한 마당손이요, 미스 민의 손은 기름한 칼손이다. 두 사람의 손궁합은 어지간히 들어맞는다.

"신랑신부흥(新郞新婦興), 신랑 신부는 일어서시오."

그때에야 비로소 박사장이 미스 민의 얼굴을 본다.

"신부재배(新婦再排), 신부는 두 번 절하시오."

미스 민보다 오마담이 더 떨고 있다. 술 생각이 간절하다. 수모를 한두 번 해본 것도 아닌데 오늘은 자꾸 치맛단이 발에 밟힌다.

"신부궤(新婦跪), 신부는 자리에 꿇어앉으시오."

"신랑답일배(新郎答一拜), 신랑은 답례로서 한 번 절하시오."

미스 민은 박사장의 얼굴을 보지 않는다. 그가 누구든 상관없다. 길고 지루한 이 절차도 하나의 통과의례에 불과할 뿐. 자신이 화초머리를 올리는 것마냥 떨고 있는 오마담이 신경에 쓰인다. 요정정치가 한창일 때, 오마담보다 못한 기생들도 한밑천 톡톡히 챙겼건만 오마담만 빈손이었다. 천하가 알아주는 명기였던들 무슨 소용이랴. 재력가, 권력가의 상투머리를 휘어잡고 흔드는 배짱이 있어야 하는 것을. 미스 민은 제 생각에 골몰해 있어 어떻게 식을 치렀는지도 모른다. 그저 수모인 오마담과 수모곁시인 미스 주가 이끄는 대로 앉고 서고 절을 했을 뿐이다. 박기사의 '예필(禮畢)'이라는 소리에 건듯 눈을 드니 이미 식은 끝나 있었다.

7

화초머리를 올리는 행사에 뒤풀이가 빠질쏜가. 평소엔 몇 개의 수은등이 서 있을 뿐인 부용각의 안뜰에 오늘은 만국기처럼 총총하게 달린 꼬마전구들이 색색의 불빛을 휘황하게 밝히고 있다. 부용각의 식구들, 박사장 쪽 사람들, 구경꾼들, 저마다 한자리 꿰차고 앉아 권커니 잣거니 술 마시고 음식 먹기에 여념이 없다. 얼큰하게 취한 문화건달 하나, 비틀거리며 일어서더니 자리에 맞추어 판소리 변강쇠전의 〈기물타령〉을 불러젖히는데 얼쑤, 홍타령이 절로 나오것다.

"이상히도 생기었다. 맹랑히도 생기었다. 늙은 중의 입일는지 털은 돋고 이는 없다. 소나기를 맞았던지 언덕 깊게 파이었다. 콩밭 끝밭 지냈던지 돔부꽃이 비치었다. 도끼날을 맞았던지 금바르게 터져 있다. 생수처, 옥답인지 물이 항상 고여 있다. 무슨 말을 하려관대 음질음질하고 있노."

이에 부용각의 소리기생, 쥘부채 펴들고 화답하러 나섰다. 앞고대부터 여미는 품이 한 소리 하것고나.

"이상히도 생기었네. 맹랑히도 생기었네. 전배사령 서려는지 쌍걸낭을 늦게 달고 오군문 군뇌던가 북덕이를 붉게 쓰고 냇물가에 물방안지 떨꾸덩, 떵 끄덕인다. 송아지 말뚝인지 털고삐를 둘렀구나. 감기를 얻었던지 맑은 코는 무슨 일고 성정도 혹독하다."

손뼉이 마주치자 웃음소리 요란하다. 꽃이 피면 꽃이 피었다고, 단풍 들면 단풍이 들었다고 전국 투어 나서기에 바쁜 문화건달들과 부용각의 춤기생, 소리기생, 꽃기생이 한데 어우러지니 그 판 한번 볼 만하다. 움켜쥐면 펼 줄을 모르는 타박네, 오늘만은 주머니를 풀고 있다. 전자 오르간 위에 만원짜리 지폐 두 장을 놓더니 두건을 쓴 드러머에게도 두 장을 찔러준다. 밴댕이 소갈머리여서 말도 많고 탈도 많은 윤희네와 영선네의 입도 진작에 돈으로 막았다.

사랑이 어떻더냐. 둥구더냐 모나더냐 길더냐 짧더냐. 발을러냐 자힐러냐…… 오마담의 한풀이런가, 해금 가락에 실린 오마담의 소리가 뒤채 신방을 구중중 휘돌아 술상 밑으로 분분히 떨어질 제, 여태까지 추임새를 잘도 넣던 '안다이' 이선생, 그만 입을 다물고야 만다. 풍문으로만 들었던 천하 명기 오연분은 나이가 들었어도 자태 여직 곱다.

어느 틈에 사모관대를 벗은 박사장, 미스 주가 따라주는 술잔을 받는 둥 마는 둥 하며 미스 민을 훔쳐보기 바쁘다. 커튼처럼 드리워진 모시발 너머 그린 듯 홀로 앉은 미스 민. 살포시 숙인 얼굴이 보일락 말락, 모시발의 훼방에 박사장은 애가 탄다. 때 맞춰 새로운 술상을 들고 들어온 타박네, 턱짓으로 신방에 있던 일행을 몰아낸다. 시간이 되었다는 얘기다.

번(番). 수모인 오마담은 신방의 전등불이 꺼질 때까지 문 앞에 앉아 번을 서야 한다. 서너 시간은 있어야 하겠기에 아예 방석까지 준비했다. 어두워진 뒤채 마당엔 나무줄기를 감고 올라간 능소화가 통째 툭툭 떨어지고 있다. 오마담, 방문에 대고 낮게 말한다.

"활옷과 족두리를 벗기시오."

박사장이 가운데 처진 모시발을 걷어올리자 비로소 두 개로 나뉘었던 방이 하나가 된다. 미스 민은 고개를 숙인 자세 그대로 앉아 있다. 박사장이 족두리와 활옷을 벗길 때 팔과 고개만 조금씩 움직여 거들 뿐 여전히 눈길을 아래로 떨구고 있다.

"그래도 서방은 서방인데 왜 나를 보지 않느냐? 줄창 고개를 숙이고 있는 것도 쉬운 일은 아닐 텐데."

"……"

"수줍어서 그러느냐?"

"아닙니다."

"그러면?"

"신방의 불이 꺼질 때까지 박사장님의 얼굴을 보면 안 된다 들었습니다."

"부정을 탄다 하더냐."

"기방의 규칙이라 했습니다."

"지금 세상에 케케묵은 기방의 규칙 따위가 무슨 의미가 있겠느냐. 남들 하는 대로 편하게 하자꾸나."

"의미가 있든 없든 제대로 하고 싶습니다."

"제대로라……"

"기생이라는 직업에 충실하고 싶다는 뜻입니다."

"놀이 삼아, 피신처 삼아 잠시 거쳐가는 것이 아니고? 어차피 기방은 사양길로 접어들지 않았느냐."

"누군가 한 사람은 마지막까지 남아 있겠지요."

"허허, 고것 참. 네가 앞으로 기생 흉내는 비슷이 내겠구나. 내 오늘 가장 비싼 값에 널 사주마."

"그럼 가장 비싼 춤을 보여드리지요."

활옷과 족두리를 벗기니 녹의홍상이 나타나고, 녹의홍상을 벗겨내니 그제서야 흰 치마저고리 차림이 된다. 춤기생은 속적삼과 속치마 대신 춤복인 흰 치마저고리를 입는데 천은 나비의 날개처럼 가볍고 부드러운 생비단이다. 활옷과 족두리, 녹의홍상이 담긴 소반이 신방에서 나오자, 문 밖에 앉은 오마담이 소반을 받아 비우고 거기에 명주수건을 얹어 방 안으로 들인다(기방에서 추는 이매방류의 살풀이는 한영숙류에 비해 명주수건의 길이가 길다). 이때 안채에서 건너온 풍물잡이, 오마담의 맞은편에서 대금을 불기 시작한다. 문 밖 좌측엔 수모인 오마담이, 우측엔 풍물잡이가 등을 돌리고 앉아 있다.

방 안엔 풀내가 상크름하다. 뒤채 연습실을 신방으로 꾸몄다. 도배와

장판을 하고 새물내 나는 원앙금침도 들여놨다. 명주수건을 목에 건 미스 민이 쪽 찐 머리를 쓰다듬으며 자리에서 일어선다. 밖에서 들려오는 대금 가락에 맞추어 버선발을 움직이며 춤길을 열어가기 시작한다. 밟음의 춤. 연못에 던진 돌의 파문이 동심원을 그리며 그윽하게 물결쳐 번지는 것같이, 흐르긴 흐르되 흘러서 넘치지 않는, 집중된 동작만이 가질 수 있는 고요한 역동성. 겉으로는 동작이 거의 없는 듯한데 실상은 그 속에 잠겨 흐르다가 우쭐, 어깻짓이나 고개놀림만으로 장단을 먹어주는 허튼춤. 어느덧 미스 민의 이마에 땀이 밴다. 미스 민을 쳐다보던 박사장이 흰 봉투를 따악, 소리나게 상 위에 얹는다. 그 소리에 대금 가락이 뚝 끊기고 춤을 추던 미스 민도 잠시 쉴 틈을 얻는다. 동작을 중지한 미스 민은 아랫목에 비스듬히 누운 박사장 곁으로 간다. 여전히 박사장을 보지 않는다. 박사장은 저고리부터 벗기지 않고 미스 민의 버선을 벗긴다. 보기보다 감성파다. 맨발이 된 미스 민, 다시 명주수건을 집어든다.

손을 공중에서 무상하게 떨구어 가을 낙엽 지듯 꺾는 춤사위를 '낙엽사위'라고 한다. 낙엽사위는 가슴속의 시름을 쓰다듬어 울게 하는 손짓이어야 한다. 무겁고, 애통하게. 독하게 맺힌 기운을 풀어주는 춤. 사랑이 그리워서 쫓아가 잡고, 잡을 듯 말 듯 잡지 못하고 아프게 돌아설 때 춤에 무게가 실린다. 한의 무게, 생의 무게를 몸에 실어서 추는 춤이 살풀이다. 살풀이는 교태나 모양만으로 출 수 있는 춤이 아니다. 미스 민은 살풀이를 추기에는 생물학적 나이가 아직 어린지도 모른다. 손만 들어도 춤이 되는, 연륜으로 '쩔어서' 무르녹은 춤은 아니다. 따악, 새 봉투가 상 위에 소리나게 얹히고 대금 소리도 끊긴다.

"돌아서거라."

등뒤에 선 박사장이 가만가만 미스 민의 저고리를 벗긴다. 귀밑 솜털이 꼿꼿하게 곧추선다. 박사장이 귓속에 숨을 불어넣자, 온몸의 세포들이 일제히 환호성을 지르며 깨어난다. 이윽고 박사장의 젖은 입술이 미스 민의 희고 가는 뒷목에 와 닿는다. 딱딱한 이가 목덜미에 깊이 박히자 미스 민은 터져나오려는 신음을 삼키며 고개를 한껏 뒤로 젖힌다. 목을 지나 둥근 어깨를 거쳐 등줄기에서 머뭇거리던 박사장의 입술이 치마말기를 파고들 때 두 사람 사이에 끼어 있던 저고리가 소리도 없이 바닥으로 떨어진다. 이제 미스 민은 흰 치마와 속바지만 입고 있다. 치마말기로 가슴을 싸맸지만 가슴의 굴곡이 고스란히 드러난다. 미스 민을 앞으로 돌려놓고 한동안 바라보던 박사장, 결코 서두르지 않는다.

"추던 춤을 마저 추어라."

산 밑 동네에서 레일 위를 가장 오래 걸을 수 있는 아이가 미스 민이었다. 미스 민은 등하교 시마다 레일 위로 오가며 자연스레 무용의 기본 스텝을 익혔다. 행여 떨어질까 두 팔을 벌리고 레일 위에 서서 아슬아슬하게 균형 잡는 일은 세상 누구보다도 잘한다. 떨어지면 안 돼. 풀어내도 풀 길 없는 유년기와 청소년기의 응어리가 춤으로 이어져 흐른다. 응어리가 깊을수록 신명은 고조된다. 고단한 세 언니들의 꿈을 실어, 중요 무형문화재 이수자로 끝까지 살아남지 못한 자책감과 앞으로 가야 할 길의 불안함을 실어, 미스 민의 춤은 절정을 향해 가파르게 치닫는다.

따악, 다시 한번 봉투가 소리나게 상 위에 얹히고 미스 민의 속바지가 벗겨진다. 홑치마로 간신히 몸을 가린 미스 민, 숨을 고르는가 싶더니 대뜸 느린 살풀이에서 자진 살풀이로 옮아간다. 무릎을 꿇고 두 팔로 바닥을 쓸 제 젖무덤이 훤히 드러나고 겨드랑 사위로 감았다 뿌릴 제는 다리와 허리의 선은 물론이요 거웃까지 거뭇거뭇 비친다. 몸을 외로 틀 때, 허리를 숙일 때, 한 발을 살짝 들고 돌 때, 얇고 부드러운 홑겹의 생비단 치마는 미스 민의 알몸에 서슴없이 흐르고 감겨들며 나부낀다. 명주수건 하나에 의지해서 맺고 풀고 어르고 당기는 반라의 춤을 지그시 바라보던 박사장, 더는 못 참겠는가 마지막 봉투를 획 던진다. 마침내 홑치마가 박사장의 급한 손길에 찢기듯 벗겨지고 신방의 전등불이 꺼진다. 사방이 깜깜하다. 치마가 벗겨질 때 미스 민이 머리 위로 뿌린 명주수건만이 어두운 공중에서 흰 포물선을 그리며 천천히 아래로 떨어지고 있다. 문 밖에서 번을 서던 오마담과 풍물잡이가 돌아가자, 곳곳에 숨어 있던 구경꾼들이 도둑고양이처럼 뒤꿈치를 들고 떼로 몰려온다. 결정적인 순간을 놓칠까봐 손가락으로 방문을 푹푹 찔러 여기저기 구멍을 만든다. 두 사람의 거친 숨결과 신음소리는 손에 잡힐 듯 생생하게 들리는데, 문구멍을 들여다봐도 깜깜한 어둠뿐, 구경꾼들의 눈엔 아무것도 보이지 않는다. 그믐이다.

1

　끝장이다. 얼마 전까지만 해도 이토록 매가리가 없지는 않았다. 아침에 서지 않은 지는 오래되었지만 이에 굴하지 않고 정성을 들이면 뿌리 부근에 빳빳한 기운이 설핏 비치고는 했다. 아주 죽어버린 건 아니라고, 마음이 금방 따뜻해져설랑 동창으로 뾸긋하게 떠오르는 아침 해를 그윽히 바라보다가 다시 잠에 빠져들곤 했다. 물론 오십대 초반만 해도 이렇지가 않았다. 오마나, 숭시러워라. 세상풍파를 겪을 만큼 겪은 오마담도 두 눈을 질끈 감고 돌아누울 정도였다. 나의 그것의 위용은 찬란한 아침 해와 더불어 빛을 발했다. 붉은 햇귀가 주위를 물들이기 시작하면 장엄하게 일어선 그것은 창과 방패를 들고 적군과 맞서 싸우는 용감무쌍한 장수처럼 그 기세가 좀체 수그러들 줄 몰랐다. 사타구니가 뻐근해 이불을 걷어젖히면 하늘을 향해 불끈 일어선 그것! 언제 봐도 우람하기 그지없어 가슴이 다 뻑적지근했다.

어디 그것뿐이랴. 불끈 일어선 그것에 단단히 박힌 사파이어를 보라. 비록 표피 속에 볼록하게 숨어 있을망정 그 속에서도 제 가진 푸른빛을 어쩌지는 못하리. 푸르기로 소문난 동해의 바다 빛깔도 이보다 푸르지는 않을 것이며 우아함으로 따져봐도 청자의 쪽빛보다 한 수 위일 것이다. 이 푸르디푸른 사파이어를 심은 덕에 나의 그것에 몸 적신 여인치고 푸르르 살 떨며 달라붙지 않은 이가 없었으니. 동정녀 마리아에게서 나시고 본디오 빌라도에게 고난을 받으사 십자가에 못 박혀 돌아가셨다가 사십구 일 만에 되살아난 불굴의 주 예수 그리스도의 뒤통수에서 은은히 빛나는 후광처럼, 그것에 박힌 사파이어도 살 속에서 요요히 푸른빛을 떨치기 시작하겠구나 상상하면 자동적으로 입가에 미소가 감돌고 머리가 숙여졌다. 흐뭇하여라. 왜 뭇 여인들이 인조가 아닌 보석으로 몸을 치장하는지 나의 그것을 보면 아무리 미욱한 중생일지라도 저절로 깨닫게 될진저. 싸구려 구슬을 박은 치들처럼 덧날 염려도 없고 수술 초기의 이물스러움도 사라져 이젠 나의 살과 자연스레 어울려 있음이니 이 어이 자랑스럽다 하지 않겠느뇨. 그것에 박힌 사파이어는 치장의 도구임은 물론이요, 작업을 할 때는 몸의 구석구석을 스칠 듯 말 듯 애간장을 녹이다가 어느 순간 베고 지나가는 바람 품은 검이기도 하고 위치와 타이밍을 정확히 조준한 후 한 방에 끝내주는 속 시원한 총이며 몸이 삭은 노후에는 빼내어 생활비로 요긴히 쓸 양로보험과도 용도가 같은바, 요모조모 쓸모 많은 이 보석에 내 어찌 경배 드리지 않으리오.

축 늘어진 그것을 잡고 쌩쌩했던 한때를 떠올리며 중얼거려본들 이제 와서 무슨 소용이 있겠냐만 몰캉한 살 속으로 만져지는 사파이어의 질감은 여전했다. 사파이어가 주는 뿌듯함도 잠시, 나의 눈과 손은 늘어진 그것에만 집중되고 있으니. 오마담이 소리 한자락만 뽑는다면 불끈 일어설지도 모른다. 죽은 자식 불알 만지듯 그것을 잡고 살살 달래며 돌아누운 오마담을 애처럽게 건너다본다. 해가 엉덩이에 걸려야만 일어나는 사람이니 혼자만의 바람이고 괜한 망상일 성싶다. 더위를 타는 사내들이 어째서 한사코 옷을 꿰입고 자는지 그 심정을 헤아릴 것도 같은 껄쩍지근한 아침. 별수 없이 옷을 입고 자야 할까보다고, 까슬한 이불 천의 감촉을 맨살로 느끼며 시원하게 벗고 자던 시대는 마감했노라고, 고개를 드는 방법조차 까먹은 양 시종일관 늘어진 그것을 보고 있느니 차라리 옷을 입고 자는 편이, 거칫거리는 걸 참는 게 백 번 낫다고 아프게 다짐을 하고 있는데 고양이 울음소리가 들려왔다.

처음엔 바람이려니 했다. 대문이 와락와락 흔들리는 소리가 들리기에 다 지난 여름 끝머리에 슬슬 불어오는 태풍인가도 싶었다. 그랬는데 고양이 울음소리가 들렸다. 박기사가 키우는 도둑고양이가 분명했다. 젖 떨어진 도둑고양이 새끼를 품에 안고 들어왔을 때부터 알아봤어야 했다. 크기는 새앙쥐만한데 누군가에게 파먹힌 것처럼 군데군데 털이 빠져 있었다. 그걸 이쁘다고 우유나 밥알을 살뜰히 거둬먹이는 박기사란 놈도 놈이지만, 덥석 받아안고 채신머리없이 엄부럭을 떨던 타박네도 별꼴이었다.

"이기 이기 머엇이다냐. 우리 부용각에서 고물고물 기댕기는 거 본 기 당최 언젠지도 모르것네."

고양이의 등짝을 문지르던 타박네가, 얼굴은 투드레 방석처럼 생겼어도 마음 쓰는 건 비단결이라며 추어줄 때, 박기사란 놈 고개를 숙이고 실실 쪼갰었다. 그만하면 기술도 있고 남 못지않게 능력도 갖춘 놈이 상머슴처럼 허드레 잡일이란 잡일은 죄다 하면서 왜 부용각에 묶여 있는지 그 속을 알 수가 없다. 저런 놈이 무섭다는 것쯤 나도 익히 안다. 어쩌면 놈은 한탕 크게 칠 속셈인지도 모른다. 불땀 맞춰 뜸들인 밥솥에 놈의 숟가락이 먼저 꽂히는 건 죽어도 못 본다. 새참이나 콩이라면 혹 모를까, 이건 나눠 먹을 성질의 밥이 아니다. 아무튼지간에 놈을 경계해야겠다.

"끝순아……"

박기사가 키우는 고양이 울음소리가 아니었다.

"끝순아 잉……"

끝순이라면 간밤에 화초머리를 올린 춤기생 미스 민의 본명이 아니던가. 아닌 밤중에 봉창 두드린다고 미스 민의 애인이 대문간에서 염소 울음을 울어대는 모양이다. 쪼다 같은 새끼. 일 끝난 뒤에 와서 울고 짜고 해봤자지. 지금쯤 가물치 품에 안겨 단꿈을 꾸고 있을 미스 민이 퍽도 반가워하겠다. 차라리 꽁지에 불 붙이고 하늘로 올라가 끈 떨어진 연을 잡는 편이 훨씬 쉽지. 안 그래도 서질 않아 치밀어오르는 울화통을 미스 민의 애인에게 터뜨려봐도 그닥 시원하지는 않다. 대문간의 소란 덕분에 아침잠만 천리만리 달아났다. 돌아누운 오마담을 남상거려본들 자다가 일어나 대줄 리 만무하고 설사 대줘도 하지 못할 게 뻔하다. 오뉴월 염천에 문드러진 홍어의 그것과 사촌 하자고 나서게 생겼으니. 주섬주섬 옷을 찾아입는데 서러움이 고저장단에 리듬까지 갖춰 넘실넘실 밀려온다. 감정의 물마루가 차츰 높아지더니 엄청난 기세로 몰려와 전신을 주체할 수 없도록 포옥 감싼다. 절대 작업에 도움 될 일 없는 낯설고도 두려운 감정이다. 나도 늙는 모양이다. 꾼은 늙어도 꾼이지. 없는 기운이나마 끌어모으려고 배를 내밀고 바지 지퍼를 올리는데 씨발, 눈물이 나오려고 한다. 쪽팔린다.

2

베이지색 면바지에 검정 티셔츠. 이만하면 색의 조합이 괜찮다. 전신거울 앞에 서서 앞머리를 손으로 확 헝클어뜨린다. 짜식, 누군지 인물하난 끝내준다. 몸을 옆으로 살짝 트니 아무래도 처진 엉덩이가 걸린다. 나이 든 사람이 입기에 까다로워 보이는 청바지는 오히려 천이 두껍고 죄는 맛이 있어 신체적 결함을 감추기 좋다. 그러나 얇은 면바지는 고스란히 몸매를 드러내고 만다. 꾸준한 관리로 나오는 배는 막았지만 처지는 엉덩이까지 막지는 못했다. 이 면바지도 잘해야 이삼 년밖에 못 입을 것 같다. 기껏 세수하러 가는데 색깔 맞춰 옷을 골라입고 계집애처럼 요리조리 몸을 돌려보는 게 귀찮고 한숨이 나올 때도 있다. 허나 나는 꾼이 아닌가. 꾼은 어떤 장소, 어떤 상황에서도 뽀다구가 나야한다. 잠옷바지나 무릎 나온 추리닝 바람으로 슬리퍼를 찍찍 끌고 세수하러 가는 것은 직업정신에 위배되는 행위다. 조금만 느슨해져도 여지없이 퇴출당하는 게 이 바닥의 생리다. 명퇴라는 게 봉급생활자에게만존재하는 건 아니다. 엉덩이가 처질수록 성기능이 떨어질수록 더욱더외모에 관심을 기울여야 한다. 날이 갈수록 여자들의 화장이 왜 진해지는지 요즘 들어 뼈아프게 깨닫고 있는 중이다.

"기생오래비라는 말이 어디서 왔는 중, 자네를 보이 똑띠기 알것네."

아까부터 언짢은 눈으로 흘겨보던 타박네, 또 시작이다. 하필이면 세수하러 가다가 타박네에게 걸릴 건 뭔가. 이젠 할멈의 어떤 타박에도 흔들리지 않는다. 등쳐먹기에 이골이 난 놈이라고 면전에서 욕을 퍼부어도 무던샌님처럼 빙그레 미소만 짓는 내가 아니던가. 이 정도 핍박과 수모에 흔들린다면 일찌감치 포기하고 집에 돌아가 뒷방이나 지키고 있어야 할 터. 타박네의 엉덩이 타령이 아침부터 등허리에 따갑게 들러붙는다.

"나잇살이나 묵었으마 궁디가 편안하게 퍼지는 맛이 있어야제. 저건 뾰주리 감처럼 빼족하게 올라붙어 걸을 때마다 궁디 살이 좌우로 올록볼록, 뒤에서 보마 얼마나 정신 사납고 바빠 비노. 글서 사나아를 고를 때는 궁디도 봐야 된다카이. 그 사나아의 심성이나 습관은 궁디 모양만 보마 환하게 알 수 있는 기다."

눈이 번쩍 뜨인다. 세상에, 내 엉덩이가 처지기는커녕 너무 올라붙어 탈이라는 말 아닌가. 오늘따라 타박네의 핀잔이 더없이 반갑다. 가만히 있는데도 연달아 입 언저리가 씨물거리고 콧구멍 평수도 넓어진다. 표정관리가 되지 않는다. 그래, 이 김경춘 아직은 죽지 않았다. 타박네가 계속해서 엉덩이를 째려보거나 말거나 안채의 높은 계단을 투스텝으로 가뿐하게 밟고 내려왔다. 가파른 계단도 질질 끌리는 슬리퍼도 발바닥이 부르트도록 갈고닦은 나의 춤실력을 가로막지는 못했다. 기분이 고조된 상태라 그런지 눈에 보이는 모든 풍경이 못 견디게 사랑스럽다.

평소에는 귀신이 나올 것만 같아 마땅찮던 뒷산 대숲도 울울창창 싱

그럽다. 부용각이 내 손에 들어오기만 하면 뒷산 대숲부터 굴착기로 싹 밀어버리겠다는 말, 반성한다.

툭하면 비가 새고 툭하면 기와 틈새에 풀이 나서 눈엣가시 같던 부용각의 지붕도 그런대로 멋있어 보인다. 부용각이 내 손에 떨어지기만 하면 기와부터 싹 뜯어내고 폼 나는 신식 강철로 지붕을 올리겠다는 말, 반성한다.

쳐다보기만 해도 구질구질해 신경질이 나던 해묵은 마루와 금이 간 나무기둥들도 연륜 깊고 품위 있어 보인다. 무릎이 닳도록 마루에 초칠한들 본때 날까보냐고, 오래된 마루나 썩은 나무기둥을 돈 주고 사가는 눈 삔 놈들도 있으니 팔아먹을 건 전부 빼서 팔아먹은 뒤 산뜻한 신소재로 내부를 확 바꿔버리겠다는 말, 반성한다.

비가 내린 뒷날이면 화단에서 기어나온 지렁이를 밟을 때마다, 때 빼고 광을 낸 구두에 질척한 흙덩이가 묻을 때마다, 빤빤히 놀고먹을 생각 말고 마당에 난 풀이라도 뽑으라고 타박네가 잔소리를 할 적마다, 부용각이 내 손에 떨어지기만 하면 저놈의 꽃과 나무를 모조리 뽑아버리고 마당을 한치의 틈도 없이 시멘트로 싹 발라버린 다음에 팔아먹겠다는 말, 깊이 반성한다.

저것들이 있어 오늘의 부용각이 존재한다. 건평 백이십육 평에 대지 육백사십팔 평. 아무짝에도 쓸모없는 뒷산 대숲 나대지 이백오십이 평을 빼고도 손에 떨어지는 대지가 삼백구십육 평. 고물도 묻히지 않고 통째로 먹을 자신이 있다. 늦복이 터진다더니, 대구 자갈마당 점쟁이의 점괘가 아주 틀린 것은 아니었다. 타박네가 뒤늦게 사들인 부용각 주위의 썩은 집 네 채까지 합쳐 평당으로 따져 계산하면 이게 도합 얼마인

가. 입이 찢어진다는 말은 이럴 때 쓰라고 있는 모양이다. 물론 나도 양심이 있는 놈이니 타박네가 은행에 묻어둔 돈은 아깝지만 계산에서 뺐다. 이 재산을 일구려고 한평생 몸 바친 불쌍한 할멈의 돈을 전부 알겨먹을 수야 없지 않은가. 톨톨 털어먹을 수야 없지 않은가. 미운 정 고운 정 다 든 정값으로, 사실 고운 정은 들일 새도 없었지만 어쨌거나 그것만은 남겨줘야 사람의 도리이지 싶다. 저 구질구질한 것들이 타박네의 재산을 키우고 살찌웠으니. 동적 자산인 기생들도 한 부조 했지만 무너지지 않고 오늘까지 버텨준 이 부동산이야말로 부용각을 전국 최고의 기방으로 만드는 데 크게 기여했음을 내 어찌 인정치 않으리. 팔 때는 미련없이 팔아먹고 떠나더라도 인정할 건 인정해야 진정한 프로다.

지금은 생각하기도 싫지만 젊은 날 내 몰골이나 처지는 정말 형편없었다. 한가락 한다던 명동의 오장군파나 충무로의 서방파는 언감생심 꿈도 꾸지 못하고 잔챙이만 모아놓은 애오개파나 그 아래 가리봉동파에게라도 빌붙어보려고 얼마나 발버둥을 쳤던가. 나도 어깨에 힘주고 형님, 하고 불러보는 게 소원이었다. 알음알음으로 패거리를 찾아가면 형님이란 작자는 코빼기도 못 보고 꼬붕인 양아치 새끼들 발길질에 번번이 문전에서 무릎이 꺾였다. 이유는 간단했다. 얼굴이 너무 양아치처럼 생겨서 양아치로 받아주지 못하겠다는 것이다.

"그럼 선생같이 생긴 사람은 평생 선생질 못 하겠네요."

내 입에서 볼멘소리가 나오면 그들 중 한 명이 고요히 공중을 날았다.

"새꺄, 그거하고 이거하고 같냐!"

이단옆차기로 쌍코피를 터뜨리고는 어깨를 두드리며 그들이 하는 말은 한결같았다.

"얀마, 넌 서울역전에서 삐끼나 해. 니 얼굴엔 그게 딱이야."

그때 그들이 받아줬더라면 가엾은 여자들의 등이나 치며 쪼물쪼물, 이렇게 살지는 않았을 것이다. 나도 다이내믹하게 통 크게 살고 싶은 놈이다. 돈 좀 있어 보이는 여자를 덮쳤다가 몇 번 '씨루지도' 못하고 현장에서 붙잡혀 감방에 들어갔을 때의 수모는 이루 말로 다 할 수가 없다. 피차 같은 범죄자 주제에 간통이나 강간은 잡범 중에서도 하류 잡범으로 분류해 사람 취급도 하지 않았다. 그때의 나는 사회든 감방이든 일단 크게 저지르고 크게 먹고 봐야 한다는 걸 몰랐던 것이다. 버리는 게 아까워 상한 사과부터 골라 먹는 놈은 그 사과를 먹는 동안 싱싱한 다른 사과도 조금씩 상하게 마련이어서 늘 상하거나 비들비들 마른 사과만 먹게 되고, 썩거나 말거나 상관하지 않고 싱싱한 사과부터 덥석 베어무는 놈은 늘 싱싱한 사과만 먹는다는 당연한 사실을 몰랐던 것이다. 알뜰하다고 상 받을 일도 아닌데 칼로 썩은 부위를 도려내고 상하기 직전의 과육을 악착같이 발라먹은 죄로, 꽃자리는 마다하고 짚자리만 찾은 덕에, 신참이 들어와도 내 자리는 항상 뻥끼통 옆이었다. 쪼잔한 새끼, 치사한 자식, 쥐새끼 같은 놈. 주로 이런 종류의 지질한 욕설을 들으며 그들이 무료할 때면 내가 저지른 범죄를 비디오로 보듯 세밀하게, 낱낱이 설명해야만 하는 수모를 당했다.

"야, 정지. 다시 되감기 시작!"

고참의 이 말 한마디면 도중에 말을 끊고 다시 팬티를 벗기는 대목으로 되돌아가야 했다. 최고참인 늙은 낯털이는 지치지도 않았다. 서지도 않는 놈이 밝히기는 엄청 밝혀서 어느 날은 다섯 번이나 되감기를 요구한 적도 있었다. 허구한 날 입으로 비디오를 돌려도 감옥은 무료한 곳이었다. 작은 창으로 노란 볕뉘가 드는 오후면 몸이 뱁뱁 꼬였다. 벽을 두드려 옆방과 통방을 하거나 식구통으로 숨겨들인 도색잡지를 보는 것도 시들해지면 플라스틱 칫솔대를 꼬챙이처럼 예리하게 갈아 도구로 사용했다. 사상범들은 그 도구를 펜 삼아 우유곽 안쪽 흰 면에 시 나부랭이나 자유니 민중이니 하는, 보기만 해도 재수없는 글자를 긁적였고 나머지 잡범들은 엉덩이를 까고 그것을 꺼내 단체작업에 들어갔다. 그 것의 표피를 동그랗게 돌아가며 찔러 너덜너덜하게 상처를 내는 것이 었는데, 딱지가 지고 상처가 아물면 더뎅이가 울퉁불퉁하게 남았다. 그 것이 발기했을 때 더뎅이가 진 부분이 해바라기 꽃잎처럼 보인다고 해서 붙여진 이름이 감옥표 해바라기였다. 여자들의 감도를 좋게 하기 위해서라면 무슨 짓인들 못 하랴. 그들의 표정은 엄숙했고 작업에 임하는 태도는 살신성인 그 자체였다. 예리한 플라스틱 꼬챙이가 생살을 뚫는 통증도, 덧나 고름이 생기고 퉁퉁 붓는 고통도 마이신 하나로 거뜬하게 버티곤 했다.

올해의 가장 아름다운 해바라기상으로 뽑힌 소매치기의 그것을 보았을 때, 벌린 입을 다물 수가 없었다. 그것이 저렇게 변할 수도 있다니. 사람의 그것이라곤 상상할 수 없을 정도였다. 얼마나 갈가리 찢어발겼는지 닭볏처럼 우둘투둘하고 넓적한 살덩이가 그것의 표면에 오글오글하게 붙어 있었다. 검붉은 색에서부터 치자색에 이르기까지 다양한 색상이 칙칙하게 착색되어 있어서 몹시 징그럽고 흉측하게 보였다. 그런데도 알 수 없는 것은 그것을 만져보고 싶어 손이 저절로 앞으로 나간다는 점이었다. 동성애적 성향이 아닌데도 불구하고 소매치기의 그것을 손에 쥐고 힘차게 눌러보고 싶은 충동을 금할 길이 없었다. 아름다운 것은 그때 한 번의 떨림뿐이지만 징그럽고 추한 것이 불러일으키는 파장은 오래도록 가슴에 남았다.

나는 몇 번을 망설이다가 결국 해바라기 작업에 동참하지 않았다. 일명 접시로 불리는 사기꾼 녀석이 작업을 하다 말고 벌떡 일어나서 이유를 물었다. 나로 말할 것 같으면 몸이 밑천인데, 그것 하나뿐인데 그 귀한 것에 어떻게 흠집을 내겠는가.

"원래 멋쟁이들은 귀고리에 목걸이, 팔찌를 주렁주렁 달지 않고 한 군데만 포인트를 주는 법이거든."

사기 전과가 제법 화려했는데도 녀석은 내 말을 알아듣지 못했다. 그러니깐 잡혔지, 하는 약간의 동정이 섞인 눈길로 녀석을 쳐다본 뒤 나는 목소리를 깔고 다시 한번 멋진 멘트를 날렸다.

"선수는 지저분하게 해바라기 같은 건 안 해. 거기다 구슬을 박으면 박지."

결과는 참담했다. 그걸 왜 이제서야 말하느냐고, 내 자지 물어내라고, 나보다 다섯 살이나 어린 놈한테 작살나게 얻어터졌다. 곧이어 들이닥친 교도관이 둘 다 독방에 처넣겠다고 협박했을 때 나는 일방적으로 당하기만 했다고 하소연하다가 이번에는 교도관의 구둣발에 사정없이 걸어차였다. 이렇듯 억울한 옥살이였고 짧은 시간이었지만 얻어들은 것과 배운 것이 많았다. 인간 김경춘은 감방에서 거듭나고 개안을 한 셈이다.

3

찬물로 세수를 하고 나오는데 배에서 꼬르륵 소리가 났다. 오늘 아침은 또 어찌 해결하나. 여자들에 의해 면면히 이어온 여자들만의 세상, 기방이고 보니 밥도 자기들 편한 대로 먹는다. 어떻게 된 게 기방에 딸린 식구들은 무조건 부엌에 쪼그리고 앉아 밥을 먹어야 된다. 경제활동을 하지 않는 아침과 점심은 당연히 부엌에서 먹어야 하고 손님이 드는 저녁때가 되어야만 상다리가 휘어지게 차린 교자상이 방방이 배달된다. 기생들은 손님 방에 앉아서 하루에 한 번이라도 교자상을 받지만 곁다리로 끼어든 우리네야 삼시 세끼 부엌 신세를 면하지 못한다. 남자 체면이 말이 아니다. 아침을 안 먹자니 위를 버릴 것 같고 얻어먹자니 치사하다. 이래서 기생의 기둥서방은 할 게 못 된다. 오마담에게 물어가면 좀 낫겠지 싶어 깨울까 하다가 그만둔다. 어제 하루 종일 영접사로 뛴 공이 있는데 설마 오늘 당장에 구박이야 할까 싶다. 다른 건 몰라도 타박네가 밥 인심은 후한 편인데도 내 편에서 자꾸 눈치가 보인다. 모두가 타박네의 옴팡눈 덕분이다. 움푹하게 깊은 타박네의 눈과 마주치면 그 누구라도, 걸리는 게 없는 사람도 가슴이 옴씰할 것이다.

부엌 문을 여니 열기가 후끈 치받는다. 잔치 뒷날의 부엌답다. 내용물이 가득 든 함지와 대소쿠리들이 나란히 줄을 서고 평소에는 보기 힘든 오지시루와 체, 절구도 불려나와 있고 무슨 용도로 쓰였는지 짐작도 할 수 없는 각종 양푼들이 콩켸팥켸 부뚜막이 주저앉게 쌓여 있다. 사람이 들어오는데도 본 둥 만 둥, 기생년들 숟갈질하기에 바쁘다. 김이 펄펄 나는 무쇠솥에서 해장국을 푸던 김천댁만 반가운 얼굴로 반긴다.

역시 김천댁밖에 없다.

"기둥서방이 달래 기둥서방인가. 좀도 안 쑤시는강, 죙일 암것도 안 허고 방구석에 오도카니 기둥처럼 붙박여 있다가도 밥때만 되마 또박또박 밥 따묵으러 오는 인간이 저 인간 아이가. 어젠 그 아까운 몸을 부려 영접사로 남만큼 일을 했으이 유세를 하고 싶어서라도 밥 묵으러 오지 안 올까봐 아까부터 그래 고개를 빼고 기다리쌓나."

"다 같은 식군데 한 사람이라도 안 먹으면 깝깝하잖아요."

"김천댁 말하는 거 보이 인자는 밥쟁이 다 됐다."

넌짓웃음을 웃으며 상 위에 놓인 밥을 걸어 양푼에 털썩 붓는 타박네. 각자 접시에서 나물을 덜어 양푼에 집어넣느라고 부산하게 손을 놀리는 기생들. 마무리로 참기름을 한 방울 친 타박네, 동작도 시원하게 밥을 쓱쓱 비비기 시작한다. 맛있겠다. 기생들 틈에 끼어들려고 해도 어느 한 년 자리를 내어주지 않는다. 비비적거리며 좁은 틈을 헤치고 들다가 옆에 앉은 기생을 엉덩이로 밀쳤더니 대번 눈총이 따라온다. 그러든지 말든지 근근이 마련한 자리에 쪼그리고 앉으니 어느덧 입에서 군침이 돈다. 무심코 숟가락을 양푼 속으로 집어넣으려는데 타박네가 야마리 없긴, 하며 밥을 비비던 숟가락으로 내 숟가락을 톡 쳐낸다. 그와 동시에 고추장 묻은 밥알이 면상을 향해 날아왔다. 뜳다. 타박네가 집어던지듯 말한 '야마리' 속에는 밥을 비비는 데 보탠 것도 없이 숟갈질만 할 참이냐는 힐책과 여자들끼리 둘러앉아 먹는 비빔밥 양푼에 사내가 고개를 처박아야만 속이 시원하냐는 비아냥이 함께 들어 있다.

별안간 무안해져서, 독상을 받은 박기사 쪽으로 눈을 돌린다. 개다리소반에 시원한 해장국과 반찬들이 가지런히 놓여 있다. 사실은 저기가 내 자리다. 갈까 하다가 관둔다. 장작을 패다가 온 놈처럼 바짓가랑이를 둘둘 말아올리고 앉아서 후루룩 짭짭, 갖은 소리를 내며 먹는 꼴을 눈앞에서 보고 싶진 않다. 나를 볼 땐 볼뚝하니 송곳눈을 뜨고 노려보면서 놈은 어디가 그리도 좋은지 밥 먹는 데 복이 소복소복 붙었다며 타박네는 놈만 보면 연방 쭈그러진 입을 벌리고 흥흥거린다. 보고 또 봐도 '쑤새방티'처럼 생겼건만.

"어제 미스 민 애인에게 문자 보낸 년이 누고?"

"왜 날 쳐다보는데? 할매, 난 아니네. 기방 밥을 먹은 지가 얼만데 아무 생각 없이 문자나 날리고 그럴까봐."

타박네의 꼬부장한 눈길을 받은 미스 주는 억울하다고 발뺌을 한다.

"고새 누가 핸드폰으로 쏘삭거렸는지 신새벽에 미스 민 애인놈이 쳐들어와서 화초머리를 올렸다꼬 한바탕 난리굿이 났었다. 진작 따라카이 말 안 듣고 질질 끌더만 기연시 일을 이 지경으로 맨든다. 대문간에서 생난리를 쳤으니 박사장도 들었을 낀데 민망시러버서 그 얼굴을 우째 다시 볼꼬. 김천댁아, 박사장하고 미스 민은 아침상 받았더나?"

"아직 안 일어났어요. 손님들도 전부 식전이고요."

"내 그럴 중 알았다. 새벽부터 그 난리를 쳤으이 시방 한밤중일 끼구마. 느들 사랑이 뭔 중 알기는 알고 밥들 묵나?"

한 숟가락씩 푹푹 푼 비빔밥을 입으로 가져가기 바쁘던 기생들이 동작그만 자세를 취한다. 뜬금없다.

"사랑은 말이다. 가루비누랑 똑같은 기다. 거품만 요란했지 오래 쓰도 못 허고, 생각 없이 그 물에 손을 담그고 있으마 살 속의 기름기만 쪽 빼묵고 도망가는 것도 글코, 그 물이 담긴 대야를 홱 비아뿌만 뿌그르르 몇 방울의 거품이 올라오다가 금세 꺼져뿌는 기 똑 닮았다. 오늘 새벽에도 미스 민 애인이 질게 끌마 한코에 조질라고 굵은 소금을 퍼가지고 안 나갔나. 그랬디마 가고 없데. 소리만 요란했지 그기 뭐꼬. 할라마 모가지를 내놓고 뻑시게 해보등가."

"그 사람 대문을 붙잡고 얼마나 울었다구요. 난 지금도 사금사금 가슴이 시린데."

"새벽부터 재수없구로 사내새끼가 처울기는."

공연히 말을 보탰다간 같은 남자라고 옴팍 덮어쓸 것 같아 귀를 열고 듣기만 했다. 그래도 눈으로 볼 건 다 본다. 새로 들어온 미스 양은 아무리 봐도 예쁘다. 겪어보지 않아도 안다. 보나마나 그녀는 유용한 여자일 것이다.

나는 숱한 여성을 거쳤다. 제비로 시작해 기둥서방으로 마무리한 인생역정상 여성편력은 당연한 절차다. 그런고로 여성에 관한 한 나만큼 아는 남자도 드물다. 세상에는 두 종류의 여성만이 존재한다. 예쁜 여자와 미운 여자. 사회적으로 유용한 여자와 무용한 여자다. 얼굴이 못생긴 여자들이 일반적으로 착하고 유용할 것 같지만, 천만의 말씀. 못생긴 여자들은 이상하게 꼬인 데가 많아 심성도 사납고 열패감을 천성으로 가지고 있어 자기 일도 제대로 못 하는 경우가 많다. 반면 예쁜 여자들은 어려서부터 주위의 시선을 받으며 자라나기 때문에 행동거지도 반듯하고 심성도 고운 경우가 대부분이고 재주까지 타고난다. 아주 가끔 얼굴이 못생겼는데도 멋진 여자가 있기는 하나 이는 타클라마칸 사막 한복판에 누워 벌떡거리는 바다생물을 만나는 것보다도 드문 경우이다. 그러니 보기에 좋은 떡이 먹기도 좋고 맛도 있다는 말이다. 연애를 할 때도 예쁜 여자는 쿨하지만 못생긴 여자는 기회가 적기 때문에 질기다. 세상에는 미운 여자보다 더 무용한 여자가 있다. 씨 내릴 남성이라면 무릇 경계해야 할지니 이는 짧고 몽땅한 여자라. 요즘의 미운 여자는 시대를 잘 만나 얼굴에 칼이라도 댈 수 있으니 돈만 있으면 못생겨도 괜찮지만 짧고 몽땅한 여자는 해결이 불가능하다. 짧고 몽땅한 유전자를 가진 여자를 만나면 삼대가 망하는 정도가 아니라 집안 자체가 멸한다. 아들이 방방곡곡 헤매고 다닌 끝에 요행히 갈치처럼 길다란 여자를 찾아 결혼을 한다고 해도 목이 짧고 다리 몽땅한 손녀가 반드시 한두 명은 섞여 있을 것이다.

나의 이런 견해에 대해 아무도 반론을 제기하지 않는다. 기생을 소리기생이니 춤기생이니 장르마다 구분하긴 해도 우선 인물이 받쳐주지 않으면 부용각에 들어올 꿈조차 꿀 수 없으니 이 자리에 앉은 기생들의 얼굴은 전부 봐줄 만하다. 그러니 반론은커녕 나의 사견을 전폭적으로 지지하는 눈치다. 벨 깻묵 같은 소릴 다 듣네. 인물하고 담을 쌓은 타박네만이 시쁘둥한 표정으로 토를 단다. 좀더 젊었으면 입에 거품을 물고 달겨들었겠지만 지금은 성을 초월한 할멈이어서 깊이 관여하지는 않는다.

염치없게도 눈이 자꾸만 미스 양 가랑이로 곤두박질친다. 밥이 코로 들어오는지 입으로 들어오는지도 모를 지경이다. 쭉 빠진 미스 양 허벅지 좀 봐라. 밥을 먹는 데 정신이 팔려 제 가랑이가 벌어진 것도, 치맛자락이 말려올라간 것도 모른다. 햐, 조것. 텃밭에서 금방 뽑은 가을무 같다. 흙을 털고 말고 할 것도 없이 한 입 덥석 베어물면 허벅지의 속살이 혀뿌리에 지그시 감기고 달콤한 물은 입 가장자리로 주르륵 흘러내리겠다.

"참말로 눈꼴시러바서 더는 못 봐주겠네!"

타박네의 숟가락이 정수리를 향해 날아왔다. 눈물이 쏙 빠진다. 정통으로 얻어맞은 정수리가 금방 부풀어올랐다. 눈치가 삼 단이라더니 진짜 빠르긴 하다. 미스 양의 가랑이를 슬쩍 훔쳐봤을 뿐인데 어느 틈에 타박네가 본 것일까.

"나이나 적나. 옛날로 치마 환갑노인이다. 느들, 아무 데나 침을 질질 흘리고 댕기미 오도방정이란 방정은 다 떠는 저런 환갑노인 본 적 있나? 맨 농약 친 쌀만 묵고 살아서들 그런가, 요시로는 아고 어른이고 철딱서니가 없어놔서 큰일이라카이. 말세가 따로 있나, 어른 없는 시상이 말세지."

타박네의 일장연설이 따라붙고 기생들이 입을 가리고 킬킬거리는 통에 몇 숟가락 떠먹지도 못하고 밖으로 나왔다. 부용각의 드높은 석조계단도 오래된 마루도 늠름한 안중문도 더없이 쓸쓸하게 보인다. 곱새기와를 얹은 지붕마루의 그늘 깊다. 배가 고프다.

4

"봐요." 갈강갈강 귓바퀴를 물어뜯던 까끌한 목소리. "봐요." "문디 지랄하고 있네. 봐요는 무신 놈의 봐요고. 니가 눈을 차름하기 채리뜨고 봐요, 하고 부른다고 저놈이 개과천선할 상싶으나? 쓰리꾼 주제에 꼭뒤가 세 뼘이라꼬 흥뚱항뚱 거만 떠는 저 꼬라질 보고도 봐요, 하는 소리가 목구멍에서 뽀도시 굴러나오더나." "불쌍하잖아요." "불쌍키는 뭐시 불쌍노. 저놈이 불쌍하다카마 시상에 불쌍한 것 천지개비다."처진 어깨하며 한쪽으로 살포시 기운 저 등 쪼매 보소. 영 눈에 밟혀 그냥은 못 지나가겠소." "야, 또 빙 도지네. 며칠 빤한가 싶더만." "성, 서엉……" "오이야, 그래. 팍팍 퍼다줘라. 있는 대로 퍼다줘!"

이를 옹차게 깨문 타박네가 들고 있던 구정물을 발치에 들이부었을 때, 나는 피하지 않았다. 자율신경이 마비되어 온몸이 뻣뻣하게 굳었기 때문이다. 고운 목소리로 낭랑하게 봐요, 하고 불렀다면 자율신경이 마비되지도 않았고 내 쪽으로 날아오는 구정물을 피해 모둠발로 펄쩍 뛰거나 몇 발짝 도망을 갔겠다. 그런데 뭐에 잔뜩 눌린 것같이 까끌하게 쉰 목소리로 오마담이 나를 불렀을 때 거센 물살에 휩쓸리듯이 그만 우르르 휩쓸려버렸다. 사금파리 조각이나 모래처럼 자디잔 것들이, 까끌까끌한 것들이, 그것들을 가만히 움켜쥐면 손바닥을 꼭꼭 찌르듯이 그렇게 오마담의 목소리가 가슴을 깨물며 싸르륵 흘러들어와 아프게 맺혔다.

축축한 양말을 벗고 바지에 붙은 김치 찌꺼기와 파껍질을 떼어내며 내가 무엇인가에 단단히 들렸음을 알았다. 선수가 조건이나 배경이 아닌 다 늙은 여자의 쉰 목소리에 홀리고 말다니. 눈이 뒤집혔다고밖에 표현할 길이 없다. 그렇다고 오마담의 조건이나 배경이 나쁜 것만은 아니었다. 오히려 작업에 맞춤한 여자였다. 그녀의 돈을 알겨먹는 데 하등 문제가 될 건 없었다. 문제는 마음이었다. 여자의 등을 칠 땐 일말의 가책도 없어야 하건만 오마담에게만은 그렇게 하지 못했다. 딱 한 번 오마담의 대흥동 아파트 전세금을 떼어먹은 적이 있는데 초짜처럼 자꾸만 뒤를 돌아보게 되고 짠하게 마음에 걸리고 하니 이래서야 선수 생활이 길게 가겠는가 말이다. 게다가 천신만고 끝에 쌔빈 타박네의 목걸이까지 오마담에게 갖다바치고야 말았으니. 경계경보를 알리는 노란 불이 애애앵, 머릿속에서 깨방정을 떤 게 한두 번이던가.

　감방에서 나와 제비 생활로 돌아가려니 돈이 필요했다.

　—땅속 깊이 흐르는 지하수를 퍼올리려면 펌프에 넣을 한 바가지의 마중물이 필요하다.(제비수칙 제18조)

　급전을 마련하는 데는 속전속결 소매치기가 최고라는 스승의 말을 길잡이로 삼았다.

　—본업을 위해 때론 부업도 필요한 법, 부업을 한탕 하고 재빨리 끝내려면 연고가 없는 도시를 활동무대로 삼아라.(제비수칙 제19조)

　해서, 대구 자갈마당을 찍었다. 재수없는 놈은 뒤로 넘어져도 코가 깨진다더니 내가 딱 그 꼴이었다. 하필이면 건어물을 사러 나온 타박네의 목걸이를 땄으니. 암팡진 타박네의 얼굴을 봤다면 손이 쉽게 나가지는 않았을 텐데 고개를 숙이고 있어서 이게 웬 떡인가 하고 목덜미를 훑었다. 솜털도 건드리지 않고 바람처럼 목걸이를 땄건만 낌새를 알아챈 타박네가 휙 돌아보았다. 누런 행주를 꾹 쥐어짠 것처럼, 눈과 코와 입이 한 곳에 몰린 타박네가 고함을 질렀다. 목청이 어찌나 큰지 타박네의 고함소리는 순식간에 대구 자갈마당을 집어삼켰다.

　"하이고야 내 목걸이, 이걸 우짜문 좋노. 보소! 지나가는 사람들이요! 저 도둑 쫌 잡아주소. 저놈 잡는 사람한테 내 십만원 걸끼요."

　그 바쁜 와중에도 타박네는 토씨 하나 빼지 않고 자기 할말을 다 외치며 줄기차게 따라왔다. 달아나면서 귤이나 사과, 잡화가 실린 수레를 닥치는 대로 넘어뜨리며 도망갔기에 망정이지 안 그랬으면 붙잡혀 치도곤을 당할 뻔했다.

최소한의 시간과 자금을 투자해 최대한 이익을 챙기는 제비 생활을 그럭저럭 잘해내고 있었다. 그러던 어느 날, 한 건 한 동업자 놈씨를 따라 전국 최고의 기방이라는 군산 부용각엘 가게 되었다. 작업 대상으로만 여자를 고르다보니 멀쩡한 눈까지 버리겠다고, 오늘 밤만은 순수하게 여자로 보이는 여자를 옆구리에 끼고 밤새 술이나 퍼먹자는 놈씨의 말에 귀가 솔깃해진 게 탈이었다. 입맛에 맞는 깔치를 고르기도 전에 타박네의 움팡눈에 여지없이 걸려들고 말았다. '도끼로 쪼사놓은 것처럼 울로 째진 그 눈'을 한시도 잊은 적이 없다며, 키도 작은 할멈이 앉은자리에서 날쌔게 멱살을 잡았다. 목걸이를 쌔빌 때의 내 솜씨보다도 훨씬 빨랐다. 쪼매기 할망구. 나도 그리 만만한 놈은 아니라네. 능글능글 웃었다. 경찰서에 딸려들어가봤자 몸에 장물을 지니고 있지도 않았으니 증거불충분으로 풀려날 게 뻔했다. 이미 오 년이라는 시간이 지난 뒤이기도 했다. 배 째라 식으로 나가자 타박네는 옳다구나 하고 나를 부용각에 잡아두었다. 봐요. 오마담이 그렇게 부르지만 않았으면 기회를 엿보다가 튀었을 것이다. 불쌍하잖아요. 오마담은 그 뒷말로 판 굳히기에 성공했다. 쓴맛 단맛 다 본 내가 오마담의 단 두 마디 말에 발목이 잡혀 오도 가도 못 하는 신세가 되었으니.

역시나 오마담은 경제적인 여자였다. 하나마나 한 여벌 말을 하는 법이 없었다. 타박네처럼 댁댁거리며 목걸이를 내놓으라고 주리를 틀지도 않았다. 제풀에 목걸이를 갖다바치게끔 만들었다. 모양이 하도 특이해서 팔지 않고 있었던 걸 아는 사람 같았다. 목걸이를 손에 쥐여주자 오마담의 크고 둥근 눈에 눈물이 고였다.

"내 그럴 줄 알았소. 당신이 목걸이를 줄 중 알고 있었소. 당신은 그런 사람이오."

손바닥에 놓인 목걸이 위로 눈물이 투둑 떨어졌다. 한참 동안 목걸이를 들여다보기만 하던 오마담은 목걸이를 쥔 오른손을 왼손으로 감싸더니 가슴께로 끌어당기고 부들부들 떨었다. 모를 일이었다. 저 목걸이는 분명 타박네의 목걸이인데 왜 오마담이 애지중지한단 말인가. 오마담은 물욕이 있는 사람이 아니었다. 사회주의자처럼 물건이고 사람이고 공유하는 데 이골이 나서 엔간히도 내 속을 태우던 여자였다. 그런 여자가 겨우 닷 돈짜리 금목걸이에 저 야단을 하나 싶었다. 내가 미친 놈이지 딸 걸 따야지 오마담에게 저토록 소중한 것을 땄다니, 하는 자책이 들 무렵 제비수칙 제23조가 눈앞에 어른거렸다.

─결혼하고 싶은 여자를 만났을 땐 그것에 박힌 보형물을 제거하라. 더 큰 것 박은 놈이 있다는 걸 알게 되면 여지없이 잘린다.(제비수칙 제23조)

한번 맛들이면 더욱 큰 것 박은 놈을 찾기 때문에 내 여자다 싶으면 그 맛을 알기 전에 빼야 된다는 말이렷다. 뺄까? 말까? 여러 번 망설였다. 여자란 알면 알수록 이해가 되지 않는 물건이다. 오마담만 해도 빼어난 자태에다 소리로는 견줄 자가 없어, 내로라하는 국악인도 부용각에 왔다가는 울고 가기 십상이라는 말을 듣는 사람이다. 이런 여자는 절개까지 곧아야 각이 잡힌다. 눈으로 본 바는 아니지만 오마담은 뒷산 대숲에서도 심심파적으로 치마를 걷어올리는 여자라는 것이다. 어럴럴 상사듸야. 대숲에서 목을 푸는 오마담의 소리가 끊기거나 띄엄띄엄 이어지면 그사이 치마를 걷느라고 그런다는 소문이 나돌았다. 끄떡하면 눈에 불을 켜고 달려드는 타박네를 봐도 뜬소문만은 아니다. 그렇다면 오마담의 배를 거쳐간 놈씨가 한 트럭이 되는지 두 트럭이 되는지도 모르는 마당에 사파이어부터 덜렁 빼면 나만 피를 볼 게 뻔하다. 오마담이 구슬을 박지 않은 놈, 해바라기를 안 한 놈만 골라 배 위에 올려놓았다는 보장을 누가 해주겠는가. 제 버릇 개 못 준다고 만약 내 편에서 오마담이 싫증나면 그때는 어떡하나. 사파이어를 빼는 순간 팔아버릴 게 분명하고 그것을 원상태로 복구하기도 힘들지만 구슬을 다시 박기란 더욱 힘들 것이 아닌가. 얄은 맛이 있는 오마담의 대흥동 아파트도 짜릿하게 구미에 당기고 진짜배기 부용각조차 한입에 털어넣을 수 있다는 자신감이 오마담에게로 엎어지려는 마음을 가까스로 막아주었다. 정 주면 쪽팔릴 일만 남는다. 깊이 빠지지 말자고 수없이 다짐했다.

감방에 들어가기 전, 그러니까 본격적인 제비로 나서기 전에 나를 갈고닦아준 스승이 한 분 계셨다. 양아치보다는 제비 쪽이 적성에 맞는 것 같다며 빛나는 내 눈을 보고 선뜻 제자로 받아주셨다. 자신의 단점을 장점으로 바꿀 줄도 알아야 한다며 째진 눈을 무기로 사용하라는 충고도 잊지 않았다. 기술 외에도 문장에 눈을 뜨게 해준, 자신이 알고 있는 문무를 고스란히 전수해준 고마운 어른이시다. 나는 스승에게 배운 글을 시간이 날 적마다 펼쳐보았다.

— 부처를 만나면 부처를 죽이고 나한을 만나면 나한을 죽이고 친족을 만나면 친족을 죽이고서 비로소 해탈을 얻을지니라. 사물에 구애받지 아니하고 두탈이 자재로울지니라.(중국 선승 임제)

뚝방 과부촌에서 만난 호리빼빼한 스승은 제비로 대성하기 위해서는 임제 선사의 가르침을 뼈에 새겨야 한다고 누누이 당부했었다. 오호,

애재라. 그랬음에도 나의 감각기관은 오마담에게만 오롯이 열리고 마음 일체도 그녀에게 껍처럼 붙으려 하고 있으니. 여차하면 뒷산 대숲에서 나 아닌 다른 놈에게 치마를 걷어올릴 준비가 된 여자라 할지라도 말이다. 가만히 있어도 네모반듯하게 맞춰질 각을 스스로 허무는 여자는 신선하고 묘하게 사람을 긴장시키는 매력이 있다.

5

옛날 옛적 간날 갓적, 하늘 땅이 열릴 적에, 까막까치 말할 적에, 옥황상제께서 삼라만상을 일일이 만들어놓고 세상 사는 법을 두루 정해나가시는 참이라. 인제는 부부간의 자는 법을 정할 차례가 됐어. 그르이 너도 나도 말카 옥황상제 앞에 죽 늘어서서 자는 법을 정해 받는 기라. 호랭이 차례가 떡 됐어. 호랭이를 안경 너머로 이래 넘겨다보디마는 "너는 평생에 한 번만 부부끼리 동침하그라!" 근단 말이래. 호랭이가 들으이 얼매나 분이 나노. 평생에 한 번만 부부끼리 합궁을 하라카이 그래가주 무슨 재미로 사노 말이래. 고만 화가 나서 "으르릉!" 거리고 나가는데 막 온 산천이 다 찌그렁거리그덩. 옥황상제도 캐놓고 보이 겁이 덜컥 났단 말이래. 이번에는 토끼 차례라…… 다음은 말 차례라. 그래서 말을 보골랑 "너는 일 년에 한 번씩만 부부 동침하라!" 캤어. 말이 옥황상제의 말을 들어보이 억울하그덩. 지푸라기겉이 꼬불꼬불한 고추를 달고 있는 돼지보고도 일 년에 두 번씩 하라카고, 풋고추보다도 작은 넘을 붙이고 다니는 토끼더러는 다달이 하라카민서, 자기는 일 년에 한 번만 하라카이 억울할밖에는. 연장으로 치면 지보다 큰 넘은 시상에 없단 말이래. 고마 말이 분기는 분코 하이 콧김을 "힝!" 하고 돌아나가면서 뒷발길질을 해부렀다. 그래놓이 옥황상제가 정신이 없어가지고 막 야단인데, 이때 한 넘이 들어서더마는 "옥황상제님, 저들은 어떡하문 좋겠습니까" 칸단 말이래. 정신을 못 차리는 판에 그런 소리를 하이 고만에 "아이구, 나도 모리겠다, 니 맘대로 해부러라!" 캤어. 그기 바로 누구로카만 인간이라. 그래가줄라 사람만은 언제든지 지 하고 싶을 때 동품을 할 수 있게 됐어. 글서 낮거리도 있고 밤거리도 있는 기라. 우리가 몰래 글치, 여도 낮거리 해 낳은 사람 꽤 있을 거래.*

기생들의 웃음소리가 자글자글 끓어오른다. '안다이' 이선생의 요설은 끝도 없이 이어진다. 아예 안방 차지하고 나섰다. 저 호로새끼. 화초머리 올리는 행사에 신랑 후행으로 따라왔으면 후행답게 구석에 국으로 처박혀 있다가 돌아갈 일이지 기생이란 기생은 독판 점령하고 온갖 주접을 다 떤다. 신랑인 박사장의 씀씀이가 아무리 크다 한들 후행의 뒷감당까지 하랴 싶은데 기생들은 물때썰때 모르고 좋아라 난리다. 오마담의 웃음소리가 섞여 있나 귀를 기울여봐도 마루 끝에서 들으니 그 소리가 그 소리 같다. 안방 문을 열고 들여다보기라도 하면 좋으련만, 손님이 든 방은 기생과 교자상이 들고날 때 외엔 방문을 열지 않는 게 법도여서 그것조차 마음대로 되지 않는다. 안 되겠어, 신발을 신은 채 무릎걸음으로 콩콩콩 걸어 문 앞까지 갔다. 흙이 묻을까봐 두 손으로는 마루를 짚고 발은 위로 치켜들었으니 누가 보면 영락없는 개다.

꼴이 말이 아니다.

"저눔의 화상, 허는 짓거리 하곤!"

방 안에 들릴세라 애써 낮춘 목소리. 엇 뜨거라, 부리나케 무릎걸음으로 마루를 내려오니 교자상을 받쳐든 김천댁과 뚱땡이 앞에 타박네가 버티고 서 있다. 오마담이 안에 있나 궁금해서 그랬노라 뒷머리를 긁으며 얼버무리는데 타박네, 쐐기처럼 톡 쏜다.

"젖 묵는 아도 아이고 와 그리 찾아쌓노? 하여간에 하는 짓마다 가리가미 이쁜 짓을 한다. 턱 받치고 해싸. 그것도 타고난 소질인 기라. 아무도 못 말린다."

언제나 되로 주고 말로 받는다. 뚱땡이는 그렇다고 해도 김천댁 앞에서까지 무너지고 싶진 않다. 그래도 뒤돌아볼 새가 없다. 뒷산 대숲을 향해 꽁지 빠지게 달린다. 난 똥끝이 타서 죽을 지경인데 오마담은 어딜 싸지르고 다니는지. 안주머니에 넣어둔 등기부 등본이 움직일 때마다 바스락거린다. 오영준. 등기부 등본에는 타박네도 오마담도 아닌 오영준이 부용각의 소유자로 되어 있다. 오영준이라면 오마담의 일가붙이가 분명할 텐데, 내가 알기로는 오마담의 친정은 남자라곤 씨가 말랐다고 들었다. 오늘망 낼망 하는 선산지기 꼬부랑 영감이 한 명 있을 뿐, 먼 일가붙이 중에도 남자는 눈 씻고 찾아봐도 없는 파장난 집안이라고 했다. 그런 오씨 집안에 1965년생의 건장한 남자가 있다? 이는 오마담의 숨겨둔 아들이 분명할 터. 오마담인들 왜 아들 욕심이 없었겠나. 집안을 위해서도 하나쯤 몰래 낳아 기를 만하지. 오마담의 말마따나 줄과부 떼과부 등천하는 집구석에서 고추를 봤으니 오죽이나 지극정성으로 거두랴. 어쩌면 오마담은 타성받이 아들을 낳느니 제성받이 아들을 갖자는 심사로 심청이 인당수에 뛰어들듯 기생으로 나섰는지도 모른다. 버릴 값에, 남아도는 씨 좀 여기저기 흩뿌렸다고 어느 누가 그 씨를 찾아 내 씨인지 아닌지 일일이 확인하고 다니랴. 오마담은 이 점을 십분 노려 오씨 집안의 마지막 구원투수로 나섰겠다. 타박네가 혈혈단신이어서 오마담에게 부용각을 넘겨줄 거라곤 짐작했지만 듣도 보도 못 한 그 자식놈에게 홀랑 내어줄 줄이야. 어림없다, 어림없어.

지금은 어떤 놈의 자식인지 그것부터 밝히는 게 급선무다. 눈이 시퍼런 자식놈을 꼬불쳐놓고 그 동안 내게 간도 쓸개도 몽땅 빼어줄 것처럼 킹킹댔다 이건데. 대숲을 휙휙 지나친다. 댓잎들이 이리저리 쏠리다가 우쭐우쭐 춤을 춘다. 이년이 어디에 숨었나. 어느 놈과 붙어먹나. 씨를 준 그놈인가. 숨이 턱에 찬다. 젖은 흙냄새가 발밑에서 뭉클뭉클 솟구친다. 입에선 화약 냄새가, 가슴에선 연기가 모닥모닥 피어오른다. 남의 속도 모르고, 무심한 늦여름 햇살은 대숲을 찌르듯이 사선으로 비껴들어 옆옆이 비친다. 노란 햇살에 청죽의 푸르름은 상기도 눈부시고 불타는 가슴은 한줌 재가 되어 바람에 풀풀 날리누나. 달리다가 대나무에 쏠렸는지 엄지손가락에 핏물이 뱄다. 엄지손가락을 입에 물고 두리번거리니 사방이 환한 가운데 고요하다. 대숲은 낮일수록 은밀하다.

연놈은 다복다복 자란 잡풀 위에 가쁜 숨을 고르며 앉았겠지. 잔바람에 일렁이는 댓잎을 보며 부집 달듯 몸이 단 두 연놈, 불현듯 서로를 끌어안았것다. 대숲을 날던 종달이 지지배배 노래하자 이를 신호로 성질 급한 놈이 풀물 든 제 엉덩이부터 냅다 깠것다. 치마 걷기 선수인 년이 보고만 있었겠나. 다홍치마든 자주치마든 치렁치렁한 항라치마를 걷어올리고 놈의 무릎 위에 사부자기 앉았겠지. 그래도 양심은 있어서 놈을 마주 보지 못하고 뒤로 돌아앉았겠지. 금빛 햇살에 부끄러워진 년, 누가 볼세라 열두 폭 항라치마 곱게도 펼쳐내어 앞으로 뻗은 네 다리와 까내린 두 엉덩이를 다독다독 정성으로 덮었것다. 년의 등을 두 팔로 그러안은 놈 울근불근 하초에 힘을 주고, 무릎 위에 올라앉은 년 실근실근 맞받는다. 연놈을 에워싼 댓잎들이 일정한 리듬으로 수상쩍게 일렁이고 때마침 현장을 목격한 새끼 두더지, 고개를 외로 꺾고 한참을 바라보다 얼래꼴래 땅 속으로 숨어들 제 오마담의 열두 폭 치마 속에선 불이 난다. 숲의 모든 기척이 멈추는 찰나, 이따끔 불던 바람도 자고 소스랑거리던 가랑잎도 잠잠해지는 짧은 한순간, 연놈의 고개가 뒤로 젖혀질 때, 신음이 동시에 터져나올 때, 하늘을 날던 종달이 홍조 띤 두 낯짝에 물똥이나 찍 갈기면 좋으련만. 고것 참 잘코사니로구나, 고소하겠지. 허나, 그런 요행은 바랄 게 못 된다는 것쯤 나도 이제 아는 나이가 되었다. 어느 놈의 자식일까. 목걸이는 놈이 정표로 준 건 아닐까. 오마담의 목걸이를 타박네가 지니고 있었던 이유는? 곰곰 생각해보니 그 동안 나는 허울만 좋은, 년의 기둥서방이었다.

6

뒤채로 돌아드니 예상대로 오마담의 방이 비어 있다. 나오려는 한숨을 도로 삼키며 터덜터덜 가느니 안채로다. 별채를 지나다가 구전도 두 건이나 챙겼다. 아무리 경황이 없어도 챙길 건 챙기고 볼 일이다. 화초 머리 올리는 행사에 손님으로 따라온 문화건달 둘, 밤인지 낮인지도 모르고 내처 술을 푼 기색이 역력했다. 기생을 옆구리에 끼고 나오다가 별채 앞에서 딱 걸렸다. 아직 벌건 낮이건만 이리 비틀 저리 비틀 모양 좋게 풀어져 있기에 일단 침부터 발랐다. 침을 바르고 나면 한 단계쯤 진도를 앞당기는 건 일도 아니다.

"미스 윤은 꿈의 궁전 603호로 가고, 미스 김은 명화장 201호로 손님 모셔. 알았지?"

"김사장님, 이층은 싫어요. 나도 미스 윤 언니처럼 고층 줘요."

주는 것 없이 미운 미스 김은 2차를 가면서도 투정이다. 딴소리가 나오지 않게 찢어진 눈을 최대한 이용해 인상을 푹 그었다.

"스카이라운지라도 찾아 대령하리. 손님에게 써비스나 살뜰히 하면 되지, 하다 말고 바깥풍경 내다볼 일 있냐. 저층도 나름대로는 아늑해, 임마."

첫, 하며 엉덩이를 한 바퀴 돌리고 가는 꼴이 목불인견이다. 제딴에는 색 쓰느라 그런 모양인데 있던 밥맛도 떨어질 지경이다. 저러니 쩍 하면 대타요 땜방이지. 짬짬이 2차로 갈 손님을 알선해주고 여관에서 삼 할의 구전을 뜯는데 모두가 산수 좋은 곳만 찾으니 이 짓도 쉽지는 않다. 들인 품에 비하면 소득이 형편없이 적다. 그래도 열심히 한다. 현재 진행중인 큰 공사를 눈치채지 못하게 하려면 잡일로 소일하고 있는 척 위장을 해야 되기 때문이다.

어젯밤 내린 비에 버들 푸른빛. 매화는 벙글어 흰빛 고와라. 새로움을 다투는 이 좋은 시절에 나는 어이타 떠나시는 임. 잔 올려 임 보내는 아린 가슴을. 삼월달 봄바람에 꽃잎은 지는데 강남 땅의 내 임은 돌아올 줄 모르네.

오마담의 소리. 소리에 무슨 잘못 있으랴. 식당 개 삼 년이면 라면을 끓이고 기생의 기둥서방 삼 년이면 반 고수가 된다. 귀머거리와 당달봉 사만 아니면 소리도 가리고 춤도 가릴 줄 알게 된다. 가비얍게 물 위를 걷는 소금쟁이의 다리 놀림 같은, 버려진 묘지에 웃자란 풀들의 일렁임처럼 가볍고 쓸쓸하게 늘어지다가 빠르게 변하는 저 소리. 올라간다, 올라간다, 오마담의 소리가 잃어버린 음을 찾아 높은 데로 치솟는다. 얼마 만에 듣는 고음이냐. 년이 날 속인 일도 잊고, 와락 반가운 생각마저 든다. 그래놓고 이거 내가 돌아도 되게 돌았다 싶은데, 신이 난 두 연놈 동작 보소. 닫힌 문 활짝 열고 마루로 나온다. 그 많던 기생들은 어디로 가고 연놈만 당그라니 남았구나.

배고파 지은 밥에 돌도 많고 뉘도 많다. 뉘 많고 돌 많기는 임이 안 계신 탓이로다. 그 밥에 어떤 돌이 들었더냐. 초벌로 새문안 거지바위 문턱바위 둥글바위 너럭바위 치마바위 감투바위 뱀바위 구렁바위 독사바위 행금바위 중바위 동교로 북바위 갓바위 동소문 밖 덤바위.

휘모리 잡가 중 〈바위타령〉이 오마담의 목에서 터져나오고 잦은타령 장단을 메기던 '안다이' 이선생, 돌연 북을 둘러메고 춤 추러 나섰다. 홀리누나 홀리누나 홀리기로 작정을 했구나. 놈의 북춤 솜씨가 부용각의 춤기생 찜쪄먹게 생겼다. 오마담의 소리와 놈의 춤이 척척 맞아떨어지는 게 한두 번 맞춰본 솜씨가 아니로다. 나 모르게 소리와 춤만 맞추었느냐. 배도 맞추었느냐. 놈의 입이 헤벌어진다. 제 흥에 겨워 어깨를 추썩추썩, 아주 염병을 해요.

돈 몇 푼 뿌리니 기생년들 서슴없이 저고리 앞섶을 벌리고, 죽는 시늉을 하며 품에 난짝 안겨들지. 세상 부러울 것 없지. 조금만 있어봐라.

년들이 니 상투를 잡으려고 덤빌걸. 내 세상이다. 착각하게 만들어서 돈부터 빼먹고 정은 나중에 정기예금 이자 찾듯 야금야금 빼먹지. 이곳은 기방, 여자들만의 세상. 남자는 일회용 가스라이터에 불과할 뿐이야. 소처럼 부리다가 쓸모가 없어지면 부위별로 포를 떠서 정육점에 내다팔지. 그것뿐이면 말도 안 해. 그 고기를 사다가 육개장도 끓일 년들이야. 팔을 둥둥 걷어붙이고 맛을 보며 고기가 질기네 마네 타박하고도 남을 년들이라구. 당해보니 내가 안다, 내가 알아. 저, 저, 저년!

참았어야 했다. 막판 뒤집기에 성공하려면 연놈이 눈앞에서 환장을 하게 만들어도 끝까지 참았어야 했다.

"둥구매기 뒤집는 소리 하고 자빠졌네!"

타박네가 끼얹은 찬물을 고스란히 덮어쓰고 나서야 정신이 들었다. 수사자 포효하듯 한달음에 마루로 뛰어올라 '안다이' 이선생의 멱살을 틀어쥐고 이놈이 그놈이냐, 니 아들의 애비 되는 놈이냐고 오마담에게 재우쳐 물은 기억이 난다. 모르오. 난 진정 모르는 일이오. 년이 슬픈 얼굴로 도리질한 기억도 난다. 열이 뻗쳐 주머니 속에 든 등기부 등본을 꺼내 보이며 그럼 오영준은 누구냐고 부용각이 떠나가게 고함을 지른 생각도 난다. 제정신이 아니었다. 손에 쥔 패를 만천하에 내보이고 말았으니.

"요런 싹동머리 없는 자슥! 내가 아무 방책도 없이 이날 입때 살았을까. 이 집이 그리 쉽기 니 손에 굴러떨어질 중 알았나? 하이고, 푸질나기는. 내가 너 겉은 놈을 한두 번 보는 중 아나. 지천에 쌔비리 깔렸다. 오마담 쟈가 눈이 밝아 또옥 너 겉은 놈만 골라들이는 판이라 니가 척이면 내는 착이야. 아나, 집이다. 아나, 집이닷!"

타박네의 옴팡눈이 튀어나오는 줄 알았다. 귀싸대기를 정면으로 얻어맞은 것처럼 뺨이 얼얼했다. 능갈치는 재주는 날 따를 자 없다고 믿었더니, 이런 제에미 씨벌. 죽자꾸나 하고 다리가 부러지게 뛰는 놈은 자신의 머리 위에서 유유히 나는 놈을 절대 보고 싶지 않건만, 타박네는 그 점을 배려하지 않았다. 눈을 들고 똑똑히 보라고 등기부 등본을 내 면전에 대고 팔랑팔랑 흔들었다. 사사로운 마음 때문에 잘 굴러오던 집이 돌다리에 걸린 격이로구나. 똥침을 놓을 때도 항문을 제대로 짚었으면 인정사정 두지 말고 깊숙이 찔러야 하건만. 무찔러총 자세로 끝까지 밀어붙이지 못하는 유약한 마음이 나의 최대 아킬레스건이다.

고지가 바로 저긴데 치심상존하는 마음 때문에 일을 그르치고 말다니. 숨이 턱에 차게 허위허위 올라왔건만 정상을 코앞에 두고 또 예서 찌그러져야만 하다니. 이번 공사에 들인 정성과 시간은 어디서 보상을 받아야 하나. 내가 봐도 나는 정말 대책없는 삼류다. 제비가 사랑 때문에 사고를 치는 것은 여자가 길 가다가 애를 낳는 것보다도 부끄러운 일이라고 입이 닳도록 가르치셨건만. 나는 스승의 지근지처에도 이르지 못하니 비통한 이 마음을 어이할꼬. 하지만 스승은 말씀하셨다. 삼류가 삼류임을 아는 순간 그는 이미 삼류가 아니라고. 고로, 나는 부용각을 한 입에 먹는 그날까지 더욱더 분발할 것이다. 두고 봐라. 이번 생의 마지막 건수인데 내가 순순히 포기할 것 같냐.

---

* 안동대 임재해 교수가 월성군 천북면 동산동 김씨 할머니에게서 채록한 것임.(『전통문화』 1987년 3, 4월 합병호 참조.)

1

한복집들이 옹기종기 이마를 맞댄 골목 안으로 승합차 한 대가 소리도 없이 미끄러져들어온다. 승합차의 옆구리엔 부용각의 로고가 선명히 찍혀 있다. 24시 편의점 앞에서 태만한 표정으로 커피우유를 마시던 남문한복집 여자가 승합차를 보고는 종종걸음으로 골목을 가로지른다. 남문한복의 녹슨 셔터가 덜덜거리며 위로 올라가고 명신한복도 이에 질세라 바삐 가게 문을 열기 시작한다. 군산 토박이들이 기방 거리라고 부르는 좁고 긴 골목은 승합차가 부용각에 들어오는 시간에 맞춰 화들짝 깨어난다. 이 무렵이면 멀리 옥구 앞바다에서 해풍이 불어온다. 해풍이라고는 해도 짭조름한 갯내가 코에 걸릴 듯 말 듯 감질나게 부는 바람이다. 바다 냄새를 희미하게 맡을 수 있는 것도 오전 열시, 이때 잠깐뿐이다. 뭍에서 쉴새없이 피워올리는 공업용 하수 냄새에 밀려 이내 날아가버리고 만다.

승합차에서 내린 박기사는 차에 등을 기대고 기방 거리를 천천히 둘러본다. 구름에 가린 해가 배죽이 얼굴을 내밀 즈음, 기역자로 굽은 골목 어귀를 보느라 그가 고개를 돌렸고, 한줄기 햇빛이 그의 얼굴에 집중적으로 쏟아졌다. 짧은 순간 빛에 환하게 드러난 얼굴은, 아무 미련 없이 늙은 얼굴이다. 그는 오십대 후반이다. 오십대는 삼, 사십대와는 다르게 늙는다. 급속도로 늙는다. 게다가 지나간 세월에 대한 회의나 갈망을 체념한, 무방비한 상태로 생이 주는 모든 것을 받아들이겠다는, 개운치는 않지만 넉넉하다고밖에 표현할 길 없는 의지가 얼굴 전면에 퍼져 있다. 그래서 더욱 미련없어 보인다.

솟을대문이 낡아 떼어낸 지 오래되었는데도, 부용각을 드나드는 사람들이 바깥대문이라고 부르는, 돌과 시멘트로 축대처럼 촘촘하게 쌓은 담에 원추형 모양으로 뚫린 출입구를 통과하던 그는 힐끗 위를 올려다본다. 기방임을 알리는 홍사등롱이 여태 불을 밝히고 있다. 바깥마당의 기둥에 붙은 스위치를 끄고 안중문으로 들어선다. 그는 대체로 정해진 순서에 따라 오전 일을 처리한다. 새벽시장에서 사온 음식 재료를 부엌 평상에 가져다두고, 오래 고아야 하는 국이나 탕이 불 위에서 혼자 끓고 있으면 아침잠에 빠진 부엌어멈들을 깨우지 않고 가만가만 뒤처리를 한다. 그런 뒤 예닐곱 개의 컵과 한 개의 대접에 그만이 알고 있는 황금비율로 꿀물을 탄다. 지난 이십 년 동안 하루도 빠짐없이 해온 일이다.

"거 참 희한한 일이다아. 두툼하고 옹이진 저 손이 타야지만 꿀물이 너무 달지도 않고 싱겁지도 않게 속 시원한 맛을 내니 이 무신 조활꼬."

도리머리를 흔들던 타박네가 엄지손가락을 빼 앞으로 내민 후 꿀물 타는 일은 자연히 박기사의 몫으로 돌아왔다. 꿀과 물의 황금비율은 시간이 가르쳐주었다. 한 가지 일에 마음이 깊으면 언젠가는 통한다. 그는 꿀물이 든 사기컵들과 한 개의 대접을 받쳐들고 별채로 통하는 샛길로 들어선다. 화단의 울타리로 심은 사철나무 가지가 바지를 찌른다. 내일쯤 가지치기를 해야겠다. 늦잠에서 깬 기생들이 눈도 뜨지 못하고 기어나와 마루를 더듬을 때, 잡기 편한 장소에 컵을 하나씩 배치한다. 마루에 놓인 컵의 간격이 띄엄띄엄 떨어져 있다. 그렇게 하면 헛손질에도 하나의 컵만 나동그라질 뿐 남은 컵이 잇달아 엎어지는 불상사는 생기지 않는다.

　드디어 오마담이 마실 꿀물만 남았다. 흰색 본차이나 대접을 두 손으로 받쳐든 그는 뒤채를 향해 조심조심 걸어간다. 배롱나무 향내가 코끝을 스치고 달큰한 바람이 소매와 옷깃 사이로 파고든다. 어제 김사장이 '안다이' 이선생의 멱살을 틀어쥐고 난동을 부리는 바람에 부용각은 벌집을 쑤신 듯 소란스러웠다. 타박네의 기세에 눌린 김사장이 꼬리를 내리고 돌아간 뒤, 오마담은 말없이 술만 마셨다. 아무도 말리지 못했다. 오늘 오마담이 마실 꿀물은 평소보다 삼분의 일가량 양이 많다. 그가 오마담을 위해 해줄 수 있는 일은 그뿐이다. 그래도 그는 행복하다. 흰색 본차이나 꿀물 대접을 받쳐들고 그녀에게 갈 수 있어서, 비록 느린 걸음이어도 한 발 한 발 오마담이 누운 뒤채 꽃살무늬 방문으로 명분 있게 다가설 수 있어서.

　꽃살무늬 방문 앞으로 다가간 그는 그림처럼 몸을 움직인다. 그러곤 적당하다고 생각되는 위치에 꿀물 대접을 올려놓는다. 지난 이십 년 동안 꿀물 대접은 같은 장소에 조금의 어긋남도 없이 놓여졌다. 지금이라도 대접을 들면 대접 밑 동그란 테의 자국이 인두로 지진 것처럼 마루에 찍힌 것을 볼 수가 있다. 여러 개의 테가 아니고 완전하게 둥근 것 하나. 오래된 한옥인 부용각은 한 해 걸러 한 번씩 보수를 해야 그나마도 형태를 유지한다. 그런 탓에 부용각의 마루는 이 년마다 한 번씩 대대적인 보수를 하고 초칠과 걸레질 등 잔손이 가는 일은 수시로 한다. 그럼에도 검고 둥근 대접의 테는 좀체 지워지지 않는다. 이십 년 세월이 남긴 흔적이다. 마루를 뜯어내지 않는 한 누구도 그 자국을 지울 수는 없을 것이다.

대접을 놓고 돌아서던 그가 뒤채 마당에 내걸린 무명천을 보곤 멈칫한다. 새하얀 무명들이 빨랫줄에 걸려 깃발처럼 나부끼고 있다. 화초머리 올리는 행사 때 쓴 원앙금침의 안감들이다. 절반쯤 가려졌던 해가 구름 속을 빠져나와 사방에 빛을 뿌리기 시작했으므로, 지금의 햇빛은 어느 때보다도 짙다. 바람에 날리는 송홧가루처럼 무심히 퍼지던 빛은, 빛이 닿는 자리에서 빛을 더해 동서남북 무차별적으로 눈부시게 튕겨나간다. 그 빛 속에서 한결 얇고 투명해진 무명이 바람 품은 돛처럼 팽팽하게 배를 부풀리며 하늘로 치솟아오르고 있다. 바람 속에 금빛 햇살 속에 화한 가루비누 향내가 섞여 있다. 세상의 소음이란 소음은 모두 빛 속으로 빨려든다. 실눈을 뜬 그는 고요한 정적 속으로 한 발 한 발 걸어들어간다. 이맘때, 꼭 이런 풍경이었지. 그의 발이 허공에서 노는 듯 제멋대로 엉킨다. 쪽머리를 튼 마흔의 오마담을 본 것은. 솔직히 말하면 제대로 본 것도 아니야. 처음에는 귓불을, 다음에는 옆얼굴을 얼핏, 빨랫줄에 걸린 무명천 사이로 훔쳐본 게 전부였으니까. 아니, 아니지. 사향내를 먼저 맡았어. 오마담이 가까이에 왔다는 신호처럼 사향내가 물씬 났으니까. 그때 그 사항내를 맡지 않았다면…… 내 인생은 어떻게 달라졌을까. 무명을 더듬던 손이 부르르 떨린다. 바람에 날리던 무명의 한 귀가 펄럭, 얼굴을 후려친다. 정신이 번쩍 난다.

특별한 풍경 속에 놓이게 되면 인생은 종잡을 수 없는 곳으로 치닫기도 한다. 빈 위장을 휘젓던 짭조름한 냄새에 휘청거리지만 않았어도 그의 인생은 달라졌을 것이다. 군산 쪽의 수금을 영업부 김에게만 맡겼어도 다른 인생의 밑그림을 그렸을 것이다. 어느 쪽이 옳다고는 말할 수 없다. 다 살지도 않았고, 설령 다 살았다 해도 생의 무게가 바둑판 위의 흑돌과 백돌처럼 명명백백히 드러나는 게 아니므로.

알전구에 박힌 필라멘트 같은 선들이 하나씩 빛을 내며 눈앞에 어른거리기 시작했을 때, 그것들이 무리지어 떼로 모여들며 발광하기 시작했을 때, 그는 빈혈기가 있다는 걸 알았다. 어제 저녁도 술로 때웠고 아침도 건너뛰었다. 점심을 먹기엔 이른 시간이어서 큰길에 있는 대형 음식점들은 문도 열지 않았다. 빈속부터 채워야겠다는 생각에 그는 좁고 구부러진 이 기방 거리로 들어서고 말았다. 골목 안에서 해장국을 먹은 다음 거래처를 마저 돌고 서울로 올라갈 생각이었다. 가도 가도 해장국집은 보이지 않았다. 반갑잖은 한복집들만 죽 늘어선 이상한 골목이었다. 타임머신을 타고 순간이동을 한 듯 육십년대 경관을 고스란히 간직한 골목에는 나른한 정적만이 감돌았다. 지나가는 개 한 마리 보이지 않았다. 골목을 되짚어 나가야겠다고 몸을 돌렸을 때 난데없이 짭조름한 갯내가 몰려와 빈 속을 후벼팠다. 휘청, 다리가 꺾여 길가 담 밑에 쪼그리고 앉았다.

그 집 담 너머로 늘어진 능소화를 본 게 먼저였나. 발밑에 뭉텅이로 떨어진 능소화의 주홍빛에 멀미가 난 게 먼저였나. 아니면 겨울 강에 얼음이 쩡쩡 갈라지는 소리 같기도 하고, 누군가 머리를 풀고 통곡하는 소리 같기도 하고, 새들이 서로 목을 비비다가 날아오르는 소리 같기도 하고, 광막한 사막의 모래구릉이 바람에 휩쓸려 다른 구릉으로 옮겨앉는 소리 같기도 한 절절한 소리를 들은 게 먼저였나? 모르겠다. 어쨌건 '어허 어허야, 어어허야'에 한 발, '구부구부야 눈물이라'에 또 한 발, 그렇게 그 집으로 걸어들어간 것만은 확실해. 바깥대문을 지나고 안중문을 넘어 안채의 높은 계단을 어떻게 올라갔는지. 지금처럼 발이 허공에서 놀아 착지감을 느낄 수가 없었어. 환각상태나 도착증에 빠진 것 같았으니까. 속이 쓰린 것도 배가 고픈 것도 몰랐어. 마리화나나 대마초를 하면 그런 기분이 들려나. 아무튼 소리를 찾아 집 안으로 들어갈수록 소리는 조금씩 멀어졌어. 견고한 담을 무너뜨릴 듯 우르르 울리던 소리가 안으로 들어갈수록 작고 희미해졌지. 그런데도 알 수 없는 것은 희미한 소리가 귓바퀴에 붙어 떨어지지 않는 거야. 파장을 일으키며 계속 잉잉대. 눈앞에선 여전히 필라멘트 선이 둥둥 떠다니고 귀에서는 잉잉거리는 소리의 파장이 커졌다가 작아졌다 하는 바람에 제정신이 아니었지. 부엌에서 밥을 먹던 부용각의 식구들이 그날은 왜 마루에 나와 앉아 아침 겸 점심상을 받았는지도 모르겠어.

"밥상에 숟가락 하나 더 올려놔야 쓰겠다."

비틀거리며 계단으로 올라오는 그를 보고 누군가 부엌을 향해 된소리를 질렀다. 짜랑짜랑한 목소리의 주인이 타박네인 것도 뒷날에야 알았다. 오래 전에 나갔던 집을 찾아든 것마냥 그는 아무 말 없이 마루로 올라가 밥상머리에 끼어들었다. 비위도 좋지. 모두가 어안이 벙벙한 얼굴로 쳐다보건 말건 그는 땀을 뻘뻘 흘리며 얼갈이 배춧국을 뚝딱 비웠다. 그날 먹은 반찬이 무엇이며 어떤 맛이었는지 통 모르겠는데 새파란 얼갈이 배춧국만은 아직까지도 머릿속에 또렷이 남아 있다.

밥을 먹고 나니 잉잉대던 소리도 걷히고 눈앞에 떠다니던 발광체도 사라졌어. 그런데도 눈이 부시더군. 발광체가 떨군 가루 부스러기 같은 햇빛이 온누리에 반짝거리고 있었기 때문이지. 거기다가 빨랫줄에 두 줄로 걸린 흰 무명이 눈앞을 가로막고 있었어. 부용각에 들어올 땐 못 보던 풍경이었지. 깨끗하게 쓸린 마당에서 펄럭이는 무명을 보고 있자니 내가 걸었던 전생의 어떤 길을 불러내는 것만 같더라구. 전생의 어느 한 날, 무심코 갔던 길인데 거기 사는 동안은 까맣게 잊고 지내다가 수천 년이 지난 현생에서 불현듯 떠오르는 길. 살을 푸는 무녀처럼 무명의 한가운데를 허리로 찢고 걸어나가면 잊혀진 길에 얽힌 사연들이, 전생의 가물가물한 기억이 찢긴 무명 틈새로 힐끔 보일 것만 같았어. 혹시 우리 어디선가 보지 않았나요? 처음 만나는 사람에게 불쑥 묻곤 제풀에 당황해서 돌아서는 것처럼, 그렇게 잊힌 길이 내밀한 곳에서 떠오를 것만 같더라구. 그러자 이상하게도 마음이 투명해지더군.

바로 그때 마당에 걸린 무명천과 무명천 사이로 한 여자의 그림자를 봤어. 지금 생각해보니 사향내를 먼저 맡았던 것 같아. 바람에 한껏 배를 부풀린 무명이 하늘로 치솟아오를 때 사향내가 코를 덮치고 이어 여자의 귓불이 보였지. 손끝이 저릿한 게 숨이 쉬어지질 않았어. 또다른 무명이 바람에 펄럭 하늘로 솟구칠 땐 쪽을 찐 옆얼굴이 보이더군. 소리의 주인이 저 여자라는 걸 그때 알아챘어. 무명 뒤로 여자의 실루엣이 어른어른 비치는데도 볼 수가 없으니 입이 타더군. 누가 저 무명들을 확 걷어줬으면 싶었어. 난 손가락도 들 수 없을 만큼 힘이 빠진 상태였거든. 여잔 그러고도 한참을 오락가락 거닐었어. 늘어진 무명천 밑으로 꽃 자수가 놓인 비단 고무신이 왔다갔다하는 게 보였거든. 한 손에 쏙 들어오게 생긴 작은 발.

난 그 길로 부용각에 주저앉았어. 못다 한 수금도 서울의 회사도 생각이 나질 않는 거야. 여기 와서 가장 먼저 한 일이 뭔 줄 아는가. 담 너머로 늘어진 능소화를 베어낸 일이었네. 또 누군가 나처럼 햇빛이 무진장 쏟아지는 여름에 이 기방 거리로 흘러들게 될까봐. 줄기 마디마디에 흡반 같은 뿌리가 생겨나 담 따위야 너끈히 타고 넘는 능소화의 덩굴을 보게 될까봐. 담 밑에 뭉텅이 뭉텅이로 떨어진 능소화의 주홍빛에 눈이 멀까봐. 담을 타고 흐르는 소리야 막을 재간이 없지만 꽃에 눈이 멀면 돌이킬 수가 없는 법이거든. 능소화는 정말로 사람의 눈을 멀게 하는 독을 꽃잎에 숨기고 있다네. 옛말 못 들었는가. 능소화의 꽃가루가 들어가면 눈이 멀게 된다는 말. 그건 나 하나로 족하다는 생각이었지. 그래서 난 담 밑의 능소화부터 베어냈네.

어느 날인가 그가 타박네에게 물었다. 무작정 걸어들어오는 사람을 왜 받아들였느냐고. 영업을 시작하기도 전이고, 손님이 아니란 건 첫눈에 알았을 텐데. "제집 찾아온 것맹키로 당당하게 들어오는데 안 받을 위인이 어디 있겠노."

"제가 배고픈 건 어떻게 아셨어요?"

"내사 마, 밥쟁이만 삼십 년이다. 사람 상을 보마 미칠 굶은 상인지 감이 온다카이."

타박네가 아무것도 묻지 않고 덥석 받아들인 속내야 짐작할 순 없지만 그는 그렇게 부용각으로 흘러들어 이십 년을 살았다. 이십 년. 허공에 말뚝을 박으며 견딘 세월이었다.

2

이상도 하지.

부용각에 들어와 사는데도, 아침저녁으로 오마담의 얼굴을 보는데도 돌아서면 그녀의 얼굴이 생각나질 않았다. 어떤 날은 입이, 또 다른 날은 코만 보일 뿐 얼굴 전체가 보이지 않았다. 정면으로 쳐다보는데도 그랬다. 한 대상에 너무 깊게 몰입하면 전체를 볼 수 없는 모양이다. 나는 애가 탔네. 오마담의 얼굴을 다시 볼 수 있을까 하여 자다가도 벌떡 일어나 뒤채를 서성거린 게 한두 번이 아니었어.

그가 부용각에 발을 들인 지 일 주일쯤 지났을까. 마당비로 쓸 대를 구하러 뒷산 대숲에 들어가게 되었다. 맞춤한 굵기의 대가 눈에 띄질 않아, 앞에서 걸리적거리는 댓가지를 낫으로 툭툭 치며 숲속을 휘젓고 다니던 중이었다.

아흑아흑. 나는 그게 절정에 오른 여자의 목에서 터져나오는 교성이라는 걸 몰랐었네. 바람이 댓잎을 훑는 소리에 섞여 들려 그랬는지도 모르지. 바람이 댓잎을 훑는 소리에 여자의 교성이 얹히면 무슨 소리가 나는 줄 아나? 사방이 막힌 실내가 아니고 숲속에서 들으면 그 소리가 어떻게 들리는 줄 아는가? 그 장면을 보지도 않고 상상하지도 못한 사람의 귀에는 어떤 소리로 들리는 줄 아는가? 양은냄비에 라면을 끓이다가 국물이 넘치면 가스불이 꺼지지. 그럼 가스 밸브를 자꾸만 돌리게 된단 말이야. 오래된 밸브는 한두 번 돌려서는 불이 붙질 않아. 아무리 돌려도 가스레인지에서는 스스슉 스스슉, 헛바람 빠지는 소리만 나지. 그러다가 다시 불이 붙으면 라면이 끓어오르는 소리가 들려. 내 귀에는 그게 꼭 그 소리 같았네. 국물 넘친 라면 냄비에 가스불을 다시 붙이는 것 같은, 라면이 끓어오르는 소리 같은.

그는 라면 끓는 소리가 나는 쪽으로 발길을 돌렸다. 발이 저절로 움직였다고 하는 편이 옳았다. 댓잎은 기승스레 하늘로 기어오르고 있었다. 시퍼런 물로 천지를 도배한 것 같았어. 그 짙푸른 녹음 속에 오마담의 붉은 갑사치마가 보였네. 사람은 보이질 않고 흘린 빨랫감처럼 펼쳐진 붉은 치마만 눈에 들어오더군. 보색의 대비가 어찌나 강렬한지 눈을 뜰 수가 없었어. 기생의 제복이 왜 한복인지 그제서야 깨달았네. 풍성한 주름이 잡힌 한복을 입은 여자를 보면 치마를 살짝 들추고 싶은 충동을 느끼게 되지. 매끈하고 부드러운 천으로 온몸을 휘감은 여자를 보면 누구라도 한 겹 벗겨보고 싶은 생각이 들거야. 지푸라기조차 들 힘이 없는 늙은 사내라 할지라도 말일세. 자네, 마흔이 된 여자의 몸을 대낮에 본 적이 있는가? 마흔의 오마담은 지금처럼 마르지가 않았었네. 탱글탱글 여물 대로 여물어 금방 터질 것만 같았다네.

나는 바람이 많은 고장에서 태어났다네. 여름에는 찌는 듯이 덥고 겨울에는 귀가 떨어질 것처럼 추운 곳이었지. 사람들은 하나같이 자전거를 타고 다녔다네.

그건 여자들도 마찬가지였다. 젊은 여자는 바지를 입고 나이든 축에 끼는 여자는 몸뻬를 입고 자전거를 탔다. 제아무리 가난한 집도 안장 떨어진 고물 자전거 한 대씩은 갖추고 있었다.

지금도 눈에 선하지. 희뿌연 먼지가 돌개바람을 타고 우, 불려다니는 신작로에 입술 시퍼런 여자들이 머리카락을 하늘로 치켜세운 채 자전거를 타고 횡하니 지나가던 모습이.

그가 자라난 고장에는 한 집 건너 한 집 꼴로 과부들이 살았다. 그곳 과부는 그냥 과부가 아니었다. 전부 남편을 잡아먹은 여자들이었고 드물게는 자식을 잡아먹은 여자도 있었다. 드센 팔자도 옮는지, 타지에서 들어온 얌전한 여자도 몸뻬만 입혀놓으면 하루 종일 악다구니를 써댔다. 물이 거꾸로 흘러서 아귀찬 여자들만 태어난다며 고장의 어른들은 돌아앉아 혀를 차기 일쑤였다. 그는 늦도록 오줌을 가리지 못했고 앞섶이 젖을 정도로 심하게 침을 흘렸다. 어머니는 개구리 다리를 구워주거나 무슨 생선 달인 물 같은 것을 그에게 먹였다. 어느 날 약탕기 안에 든, 털이 뽑힌 쥐의 붉은 살을 보고 그는 진저리를 쳤다. 벌겋게 익은 살은 벌써 흐물흐물해져 알아볼 수가 없었지만, 쥐의 등뼈와 날씬한 얼굴뼈가 형태를 온전히 보존한 채 뽀얀 국물 속에 가라앉아 있었던 것이다. 그가 약으로 먹었던 물이었다. 남편과 자식을 잡아먹은 것도 부족해 쥐까지 잡는 여자. 털이 붙은 쥐의 가죽을 한 손으로 쭉 잡아당기는 여자. 당연히 그는 여자가 무서웠다. 훗날 그가 본 고장의 여자들은 여자가 아니고 엄마였다는 걸 알았지만, 엄마가 되면 모든 여자들이 필사적이 된다는 걸 알았어도, 그래도 그는 여자가 무서웠다.

그들을 만만하게 보기 시작한 건 돈으로 여자를 사고 나서부터였네. 여자를 사도 벗은 엉덩이를 찬찬히 살펴볼 틈은 없었다네. 앞에 달린 것만 바라보기도 바쁜데 언제 뒤집어놓고 엉덩이까지 감상할 틈이 있었겠는가. 바지 앞단추를 풀고 배설하기에도 바빴고.

그런데 흘린 빨랫감처럼 대숲에 펼쳐진 붉은 치마 사이로 오마담의 엉덩이를 보고야 말았다. 오마담도 상대 남자도 보이질 않고 오직 그녀의 엉덩이만 보였다. 속속곳과 단속곳을 벗었던가봐. 아니면 알몸에 치마 저고리만 걸쳤던지. 붉은 치맛자락 사이로 봉긋하게 부풀어오른 엉덩이와 하얀 등이 보였네. 치마말기 아래에서부터 치맛자락이 활짝 벌어져 있었으니까. 그녀가 아래위로 엉덩이를 움직일 때마다 누운 남자의 아랫배에 걸쳐진 도톰한 허벅다리도 보였다. 길게 파인 여자의 등골이, 양쪽으로 갈라진 엉덩이의 깊은 골이, 일직선으로 힘차게 내뻗은 뒷몸의 가운뎃선이 그렇게 아름다운 줄 그때 처음 알았다. 벗은 몸을 보자 순간적으로 오마담의 얼굴이, 눈과 코와 입뿐만 아니라 민듯한 이마와 아래로 급하게 빠진 갈쭉한 얼굴 선까지도 확연히 떠올랐다.

등을 돌리고 있어서 얼굴은 보이지 않았는데도 알겠더란 말이지. 보지 않아도 생각이 나더란 말이지. 얼굴로 몰린 피가 핏줄을 뚫고 터져나올 것만 같아, 뼈와 근육이 오그라드는 것만 같아서, 기신기신 뒷걸음질치며 그 자리를 피했네. 그후로 나는 라면을 끓일 때마다 대숲의 오마담을 보네. 라면은 내 앞에서 아흑아흑, 줄곧 그렇게 끓었네. 난 이제 라면을 먹지 않네.

3

그는 오후 내내 부용각에 있었다. 급한 볼일도 뒷날로 미루고 안중문 앞 계산대를 지켰다. 오마담은 진종일 뒤채에서 꼼짝도 하지 않았고 타박네는 김천댁만 달달 볶는 눈치였다.

"김천댁 니는 그것도 인간이라고 편을 들고 싶나! 고 베라묵을 자슥이 하는 행티를 눈으로 낱낱이 보고서도 김사장 편을 들고 나오나."

"오마담은 안즉도 입 봉하고 있나. 그놈, 사람을 대보름날 개꼴난 것처럼 맹글어놓고 지 혼자 살겠다고 줄행랑을 쳐? 생각할수록 괘씸타!"

타박네가 부엌에 들고날 때마다 기차 화통 같은 소리가 터져나왔다. 옆에서 타는 불을 끄려다 재만 덮어쓴 뚱땡이, 덩달아 푹푹거린다. 사실 안채 부엌만 시끄럽지 뒤채와 별채는 그 속사정이야 어떻든 겉으로는 조용해 보였다. 며칠 동안 머물렀던 박사장과 '안다이' 이선생도 가고 없고, 숨을 돌릴 만하면 사고를 치던 김사장까지 그예 한 건 하고 사라진 참이어서 부용각이 텅 비다시피 했다. 행여 타박네의 눈에 띄어 좋을 게 없다 싶었던지, 윤희네와 영선네도 별채에서 건너오질 않는다. 타박네와 오마담, 그. 세 사람이 균형을 잡고 있어야만 부용각이 정상적으로 유지가 된다. 오늘은 두 사람의 심기가 불편한 상태여서 어쩜 그가 세 사람 몫을 혼자 감당해야 될지도 모른다.

주워다 기른 고양이가 그의 발목에 고개를 파묻고 졸고 있다. 그는 가끔 의자 밑으로 손을 뻗어 고양이의 등을 어루만진다. 부드러워서, 따뜻해서 좋다. 조금만 크면 고양이 목에 방울을 달아야겠다. 아까 그는 두 통의 예약 전화를 받았다. 한 통은 라이온스 클럽 윤회장이었다. 큰 손님 세 분을 모셔야 한다며 조용한 방을 원했다. 조용한 방이라면 매화실이나 난초실을 말하는 것이다. 그 방에는 신선로와 구절판까지 곁들이는 특상이 들어가야만 한다. 지금 타박네의 심사로 봐서는 은행을 꼼꼼히 골라가며 신선로를 끓여낼 것 같지가 않다. 그런 마당에 윤회장은 춤기생도 소리기생도 부르지 말고 술을 따를 아이 서넛만, 입 무거운 애들로 골라 넣어달라고 한다. 거기다가 덧붙이는 말이 이번에 애 하나 새로왔다며? 입맛을 다셨다. 벌써 미스 양 소문이 새어나간 모양이다. 미스 양이야 어려울 것도 없다.

"전날 머리 얹은 애 있지? 걘 특별히 주빈 옆에 앉혀주게나."

이 바닥에서 일을 하다보면 구태여 소개하지 않아도, 부용각에 들어서는 모습만 봐도 그날의 주빈이 누구인지 안다. 윤회장의 은근한 말투로 보아 애들을 2차까지 딸려보낼 모양이다. 미스 민이 누군데 그리 쉽게 허락을 하겠는가.

"글쎄요, 미스 민은 좀…… 머리를 얹은 지 며칠 안 돼 자리에 나오려고도 않을 겁니다."

"그러니까 박기사 자네가 힘 좀 써줘야지. 단골 좋다는 게 뭔가."

그는 자신이 없다고 목소리를 최대한 낮추었다. 교자상을 차릴지 말지도 모르는 판국에 부용각의 얼굴인 미스 민까지 2차 대동이라? 라이온스 윤회장, 꿈도 크다. 힘주어 당기면 고무줄도 끊어진다는 말은 옛말이다. 요즘 고무줄은 질겨서 아무리 당겨도 늘어만 날 뿐 끊어지지 않는다. 그는 윤회장의 애만 잔뜩 달구고 전화를 끊었다. 그래야 교자상에 놓는 돈도 두둑하고 기생들에게 돌아가는 팁도 넉넉해진다. 뒤에 걸려온 전화는 단체로 온 관광객인 듯했다. 손님이 차서 곤란하니 다른 날 다시 들러달라며 정중하게 거절했다. 지금 부용각은 소란스러운 손님까지 맞이할 겨를이 없다. 그가 처리하는 일 가운데 빛나는 부분이 바로 이런 대목이다. 성격 급한 타박네나 무른 오마담은 결코 그처럼 하지 못한다. 그는 눈에 힘도 주지 않고, 맺을 것은 맺고 끊을 것은 끊고 밀 것은 밀고 당길 것은 당긴다. 그것도 두 손을 모아쥐고 고개를 약간 숙인, 세상에서 가장 겸손한 자세로. 오전나절, 정원에 물을 주다가 이젠 부용각에도 스프링클러를 설치해야겠다고 생각했다. 마당에 심겨진 수목이 하루가 다르게 자라나는 터라 사람의 손으로 물을 주기에는 진작부터 힘에 겨웠다. 그나 되니까 지금껏 버틴 것이다. 집과 사람이 낡으면 무엇보다 현대식 설비가 필요하다. 어디에 설치하면 좋을까. 그는 발 대중으로 이쪽 저쪽을 재며 부지런히 안마당을 오간다. 활달한 걸음걸이건만 앞뒤로 움직이는 팔의 각도는 그다지 크지 않다. 그가 발짝을 뗄 때마다 시름으로 차오른 똥똥한 아랫배의 군살이 혁대 바깥으로 한줌씩은 비어져나온다. 가을이 오기 전에 보일러도 손보고 연못의 물도 갈아야만 한다. 인부 몇 명은 불러야 할 것이다.

그는 발치에서 성가시게 하는 고양이를 안고 창고 쪽으로 길을 잡는다. 부엌에서 흘러나온 기름 냄새가 끈질기게 따라붙는다. 생각했던 대로, 화초머리 올리는 행사 때 쓴 천막과 비단길이 창고 입구에 아무렇게나 방치되어 있다. 일손이 바쁘다는 핑계로 김사장에게 맡긴 것이 잘못이라면 잘못이다. 그는 천막을 개어 끈으로 묶은 다음 빈 박스에 넣었다. 테이프로 봉하고 매직펜으로 천막1, 천막2, 번호까지 쓴다. 비단길도 풀어 단단하게 말아 비닐에 집어넣는다. 그런 뒤 안으로 들여와 착착 쟁이기 시작한다. 그의 손길이 한 번 지나간 곳엔 두 번 손 갈 일이 없다. 창고의 물건들은 제각각 있을 자리를 찾아 반듯반듯 들어 있다. 바닥은 도배를 하고 남은 바닥재를 깔아 무늬는 맞지 않지만 깨끗하기로야 여느 집 안방 못지않다.

　나비야. 어느 구석에 박혀 있는지 가르릉 소리만 내는 고양이를 부르다가 바닥에 오그리고 누워 잠깐 눈을 붙인다. 가늘고 고불고불한 머리카락이 유독 정수리 부근에만 성글게 나 있다. 한쪽이 쑥 말려올라간 바짓단 아래 무참히 드러난 그의 발목. 쓰다가 꾹꾹 뭉쳐 내던진 파지처럼 그가 누워 있다. 나뭇잎만큼의 열정도 남아 있을 것 같지 않은 초로의 사내. 몸 속에 뼈 속에 비밀을 품은 듯이, 강인하고 침착했던 지난날의 모습은 찾아볼 길이 없다.

4

　오마담은 담벼락이나 전봇대 보듯 나를 본다네. 뒷산에서 굴러온 돌덩이 보듯 할 때도 있네. 그녀는 내가 자기 앞에 있는지 없는지도 모른다네. 고요한 눈길로 뚫어져라 날 응시할 때도 있지만, 오마담의 눈길은 단번에 내 늑골과 심장을 뚫고 나가 등뒤 어디엔가 머무른다는 것을 나는 안다네. 오마담의 그런 눈길을 받을 때면 난 싸움에 진 장수가 된다네. 부하들 앞에서 적장에게 무릎을 꿇고 사정사정해서 목숨을 구걸한 것처럼 극도의 수치심을 느끼네. 나를 둘러싼 공기와 바람, 햇빛에게조차 부끄럽네. 그 모든 걸 본 자연이 미워지네. 그리고 일 초나 이 초 후, 전신에 힘이 빠지네. 이윽고 내 자신으로 돌아오지. 그 짧은 일 초나 이 초 사이 숱한 감정이 교차하며 지나가네. 무섭게 번지는 들불, 잿더미로 변한 들판을 적시는 한줄기 소나기, 그럼에도 불구하고 흰 연기를 뿜으며 타오르는 논둑의 모닥불, 엉겁결에 논둑불을 끄려는 내 서툰 발길질, 뒷다리에 들어간 터무니없이 뻣센 힘. 누군들 아름답고 신성한 사랑을 꿈꾸지 않겠나. 깊은 땅 속에서 타오르는 불꽃처럼 장엄하고 비장한 사랑을 꿈꾸지 않겠나. 욕된 세월도 세월은 세월이듯이 욕된 사랑도 사랑은 사랑인 것이야. 고백하자면 나는 눈을 뽑아버리고 싶은 적도 있었네. 다시는 앞을 보지 못하도록 눈알을 파내고 싶은 적이 있었어.

지금도 어제 일처럼 생생하게 떠오르네. 그날은 아홉시가 되기도 전에 손님들이 다섯 팀이나 들이닥쳤네. 두 팀은 예약도 하지 않은 손님들이었지. 부엌에서도 정신없이 바빴고 덤으로 나도 바빴네. 기생들이 총동원되다시피 했는데도 오마담은 세 개의 방에 들락날락 불려다녀야 했네. 새벽 두시가 되어서야 거지반 판이 끝났네. 부엌어멈들은 남은 설거지로 바빴고 나는 안채와 별채, 뒤채의 수은등을 차례대로 끄러 다녀야 했네. 이십 년 전에는 하나의 스위치로 정원의 수은등을 모두 끌 수 있는 시스템이 되어 있질 않았네. 더군다나 구옥인 부용각에서야. 예나 지금이나 발품을 많이 파는 수밖엔 없었지. 뒤채의 3번 수은등 앞에서 나는 보고야 말았네. 오마담이 꽃살무늬 방문 앞에서 문도 열지 못하고 마루에 엎어지는 것을.

남자가 엎어진 오마담을 일으켜세우더니 뒤에서 급하게 치마를 걷더군. 생각해보게나. 여자의 한복이 좀 거추장스러운가. 겹겹이 껴입은 속옷은 어떻구. 이 남자, 얼마나 급했던지 오마담의 치마를 걷어올리지도 못해. 벌벌 떨리는 손으로 치마를 걷긴 걷었는데 그만 속바지의 가랑이까지 같이 끌어올린 거야. 그러니까 오마담이 허리를 구부려 자신의 속바지를 한 손으로 끌어내리고는 마지막엔 양 발을 이용해 벗더군. 그러고는 적극적으로 응했어. 두 사람이 하는 체위는 사람이 할 수 있는 체위가 아니었어. 꽃살무늬 방문도, 기와지붕도, 서까래도 우지끈 부서져 뿔뿔이 날아간 자리에 둘만 남겨진 것 같았지. 그들은 어두운 벌판에서 만난 한 쌍의 야수처럼 아무 거리낌 없이 서로의 몸을 탐했다네. 하필이면 그들은 내가 서 있는 방향을 향하고 그것을 했네. 수은등 불빛이 환한 뒤채 마루에서. 이번에는 뒷걸음질치거나 기신기신 몸을 피하거나 하지 않았어. 수은등 아래 그냥 뻣뻣이 서 있었지. 화단에 파놓은 작은 연못에 드리워진 내 그림자가 못물에 잠겨 출렁출렁 일렁이거나 말거나, 평소엔 은은하게 빛나던 수은등의 불빛이 그날은 정수리를 쪼갤 듯이 뜨겁게 타오른다고 느끼거나 말거나.

오마담의 등뒤에서 몸을 놀리던 남자가 나를 봤어. 그는 관객이 있으면 흥분하는 체질인가봐. 날 발견하더니 몹시 흥분해서 날뛰더군. 오마담은 남자의 품에 안긴 채 허리를 구부리고 있었는데도, 나를 정면으로 보고 있었는데도, 수은등 앞에 있는 날 보지 못했네. 예나 지금이나 내가 보이지 않았던 게야. 절정의 순간에 그녀의 얼굴엔 아무런 표정도 떠오르지 않네. 양은냄비에서 라면 끓는 소리가 들리는데도 말이지. 기쁘거나 슬프거나 찡그리거나 하여간에 어떤 표정을 지어야 할 게 아닌가. 그런데 무표정했어. 난 그때까지도 그녀에 대해 조그만 희망을 버리지 않고 있었네. 한 올의 실오라기라도 잡는 심정으로 그녀의 무표정에 기대를 걸었지.

지금은 페루의 수도가 리마이지만 옛날엔 쿠스코였지. 옛 잉카의 수도 쿠스코에서는 매년 해가 가장 뜨거운 6월 24일이면 태양의 축제를

연다고 하네. 쿠스코 동쪽 삭사이와망 요새에서 황금의 왕관을 쓴 왕과 왕비, 태양의 처녀들이 해를 향해 옥수수물과 살아 있는 라마의 붉은 심장을 꺼내 하늘에 바치는 의식을 행한다고 하네. 여태 날짜도 잊어버리지 않고 있지. 그날은 음력 6월 24일 밤이었어. 나는 그녀가 심장 털린 가련한 라마였으면, 태양의 제단 위에 제물로 바쳐진 한 마리 라마였으면, 그래서 하얗게 달 뜬 밤 잃어버린 심장 때문에 고통으로 몸을 떠는 라마였으면 하고 간절히 원했네. 하지만 그건 분명히 아니었어. 그녀는 제단 위에 바쳐진 제물이 아니었다구. 그녀의 무표정은 자신을 완전히 비워서, 넋이 조각조각 새어나가서 그렇게 보였던 거야.

혹여 연꽃을 본 일이 있는가. 물 위에서 쉴새없이 흔들리며 꽃을 피우고 잎을 틔우는. 연꽃의 속대는 텅 비어 있다네. 비워야만 물 위에 뜰 수 있으니까. 우린 연꽃을 보면 아름답다고 하지. 속 없는 그 꽃을 보고. 마지막 절정에 다다른 오마담의 몸은 한 송이 연꽃처럼 만개하여 공중으로 화르르 떠올랐네. 점점이 떨어진 연꽃잎들이 급물살을 타고 또 한번 세차게 흔들리더니 얼마 후 그녀의 발이 마루 위에 사뿐히 놓였네. 그 순간 내 몸에서 질투의 불길이 주체할 수 없을 만큼 맹렬히 타올랐네. 분노에 치를 떨었지. 기생의 정체성이 확연히 보였다네. 그녀가 어떤 직업을 가진 여성인지 한눈에 보였다네. 그녀는 돈에 몸을 판 게 아니었어. 그때 내 맘이 어떠했겠는가?

나는 거침없이 수은등을 꺼버렸네. 위로 휘어진 추녀허리께에 손톱 모양의 그믐달이 막 떠올랐어. 대숲의 그림자로 뒤덮인 뒤채 마루는 눅눅한 어둠에 잠겼지. 그들은 두억시니처럼 어둠 속에서 계속 몸을 섞기 시작했고, 두 사람의 모습은 수은등이 켜져 있을 때보다도 자세히 보였네. 어둠 속에서의 동작은 더욱 크고 열정적으로 보이더군. 열 개의 손가락을 갈퀴처럼 구부려 내 눈알을 뽑아 짐승의 먹이로 던져주고 싶었지. 눈알이 뽑혀나간 우묵한 구멍에 고인 검붉은 피를 두 손으로 떠다가 오마담의 벗은 몸에 흩뿌리고 싶었네. 그런 후엔 마르고 갈라터진 비탈 콩밭에 물 한 모금 주지 않고 사철 내내 세워두고 싶었네. 새들도 우습게 보고 심심하면 한 번씩 콕콕 쪼고 가는, 고개 부러진 허수아비처럼.

이 사람아, 땅 위의 사랑이란 그런 것이지.

영화나 소설 속에서처럼 리얼리티가 심각하게 결여될 때에만 사랑은 그 이름값으로 간신히 아름답네. 자네도 아다시피 사랑은 시작이 퍽이나 중요하다네. 어떤 방식으로 시작하는가에 따라 사랑의 형태가 결정지어진다네. 그러하매 나는 사랑한다고 말할 기회를 영원히 잃어버린 셈이네. 놓쳐버린 꼴이지. 오마담의 손님으로 당당하게 부용각에 들어서지 못한 것이 천추의 한이 되고 말았네. 능소화의 주홍빛에 홀린 것이 문제였네. 그것은 덫이었네. 내 사랑은 시작부터 그렇게 혹독했네.

5

꿈이로다. 꿈이로다. 모두가 꿈이로다.

오마담의 시김새 소리 좀 들어보게나. 특정음에서 특정음으로 곧장 가지 않고 한 음의 주변을 맴돌며 잘게 떨리는 소리. 음가를 짧게 쪼개어 때로는 끌어올리고 때로는 미끄러져내려 본래의 음높이마저 흐리는 저 소리. 나는 꿈속에서도 오마담의 소리만은 가려내네. 오마담의 소리에 따라붙는 시김새처럼 사는 게 평생의 소원이었으니 내 어찌 그 소리를 모르겠나. 잠깐 눈을 붙인 사이 꿈을 꾸었다네. 오마담이 풀밭 위를 맨발로 걷고 있었어. 한없이 자유로워 보였다네. 내가 물었네. 이제 그 벌판을 지나왔는가, 그리도 고대하던 평원에 당도했는가. 오마담은 싱긋이 웃을 뿐 아무런 말이 없었다네. 참으로 편안한 얼굴이어서 꿈속에서도 마음이 놓였네.

6

그는 부스스한 얼굴로 일어나 창고 문부터 열었다. 여름 날씨는 종잡을 수가 없다더니 그새 밖엔 실처럼 가는 비가 내리고 있었다. 잠깐 눈을 붙인다는 게 내처 잔 모양이다. 난감한 표정으로 어둠에 휩싸인 바깥을 바라보던 그가 벌떡 일어나 창고를 나간다. 아니 여보게, 저건 무슨 소린가? 그릇이 깨어지는 소리 같기도 하고. 지금 안채에서 무슨 일이 일어나고 있는 게 분명해. 우당탕, 부서지는 소리가 거듭 들리자 그는 안채를 향해 허둥지둥 뛰기 시작한다. 어느새 다가온 고양이가 그의 뒤를 따른다. 그는 흙탕물에 바짓가랑이가 젖는 것도, 질척한 흙덩이가 구두에 묻는 것도 아랑곳하지 않는다. 안채의 높은 계단을 한꺼번에 두 칸씩 뛰어오르던 그가 별안간 계단참에 서서 움직이질 않는다.

누군가에게 동댕이쳐진 것처럼 오마담이 안채 마당에 널브러져 있다. 실처럼 가는 비가 그녀의 머리와 어깨 위로 쉬임없이 내린다. 오마담의 얼굴은 눈물과 비에 젖어 번들거리고 둘둘 말린 치맛자락은 흙에 뒤범벅이 되어 있다. 그의 얼굴이 하얗게 질리는가 싶더니 차츰 일그러진다. 주먹 쥔 손은 표나지 않게 조금씩 떨리고 있다. 한차례 숨을 고른 그가 남은 계단을 뛰어오르기 시작했을 때, 신발을 짝짝이로 신고 달려온 기생 두엇이 오마담을 부축해 별채로 데려간다.

"소리기생을 들여보내랬더니 어디서 저런 술주정뱅이를!"

활짝 열린 매화실의 미닫이문 앞에서 한 남자가 허공을 향해 종주먹을 들이대고 있다.

"정선생, 그만 하시게. 내 얼굴을 봐서라도 한 번만 참아."

라이온스 윤회장은 화가 난 남자를 말리느라 정신이 없고, 남자는 금방이라도 마루의 유리문을 뜯고 나올 기세다. 부용각의 기생들이 몰려나와 등으로 매화실을 막고 있는 형국이어서 남자의 얼굴은 보였다 안 보였다 한다.

"폭삭 늙은 할망구를 기생이라고 들여보내니 이건 순전히 우리를 무시한 거라구. 술이나 팔아먹고 사는 것들이."

"그게 아니고……"

"안이고 밖이고간에 저리 좀 비켜봐."

이때 성난 코뿔소처럼 씩씩거리며 등장한 타박네, 마구잡이로 달려든다.

"윤회장을 봐서 참을라캤디만. 이노옴! 니 오늘 내한테 단다이 걸렸다. 삼재 든 데 께꾸(격구)를 쳐도 분수가 있제."

김천댁은 뒤에서 타박네의 허리춤을 바투 잡고, 뚱땡이가 자신의 큰 덩치를 이용해 타박네의 앞길을 막고 있다.

"야들이 갈구치게 왜 이래싸. 퍼뜩 절로 안 비키나. 내 저놈이랑 한판 떠야겠다. 지가 이기나 내가 이기나, 이 참에 끝장을 보고 말 끼다."

"늙어빠진 거 간신히 털어냈나 했더니 이번엔 바싹 마른 곶감씨 겉은 할망구가 나서네. 무슨 기방이 이래. 여기가 부용각이 맞긴 맞어."

"우리 오마담이 어떤 오마담인데 느 겉은 놈이 함부로 조디를 놀리노. 옛날 겉으믄사 니놈은 감히 넘어다보지도 몬했다. 시방도 이름만 대마 알 만한 인사들이 야지리 줄을 섰었다, 이놈!"

"호랑이 담배 피던 시절 얘기하고 앉았네. 기껏해야……"

"기껏해야 술 팔아묵고 살았지만 느이 놈들보다는 백번 깨끗하다."

왜 나서서 말리지 않냐구? 이런 싸움판을 한두 번 보는 줄 아나. 이만하면 대충 접는 판일세그려. 내가 이렇다네. 오마담의 눈에 흐르는 눈물을 바라만 보고 있지 닦아주질 못한다네. 실상 따지고 보면 기생의 눈에 흐르는 눈물은 어느 누구도 닦아주질 못해. 마르거나 시들게 내버려두어야 하네. 기생에게 마지막으로 남는 게 뭔 줄 아나? 돈? 사랑? 아닐세. 술독과 담뱃진, 주사 자국, 그리고 한 장의 손수건뿐이야. 손수건의 갈피에는 뜰먹거리는 추억도 고이 접혀 있겠지만 말이야. 그러나 그것뿐이라네. 기생의 일생에 남는 거라곤.

마침내 미스 민이 불 끄러 나온다. 날아갈 듯한 걸음걸이로 별채를 돌아 안채 마당으로 들어선다. 불을 끄러 나온 소방수답게 비단 치맛자락 휘날리며 마당을 급히 가로지른다. 실비 몇 방울, 그녀의 등을 두드리다 스며들지 못하고 도르르 굴러떨어진다. 안채 마루로 가뿐하게 올라선 미스 민. 마루의 유리문에 비치는 뒷모습이 의젓하다. 미스 민이 매화실 안으로 들어설 즈음, 종주먹을 휘두르던 남자도 문 앞에 몰려 있던 기생들도 제각기 흩어진다. 미스 민의 출현으로 싸움판은 거반 수습이 되었는데도 한번 터진 타박네의 분통은 좀체 가라앉을 기미를 보이지 않는다. 굳게 닫힌 매화실의 문에 대고 쥐어짜듯 고함을 지른다.

"우리는 몸은 팔아도 마음은 안 판다 이거야. 느들이 술집에 앉아서 나라를 위한다고 조디로 씨부릴 때 우리는 직접 나섰다. 니가 어디서 굴러온 개뼉다귀인지는 몰라도 귓구멍이 뚫렸응게 들은 소리는 있을 끼다. 삼일만세운동이 일어나고 그 닷새 뒤인 3월 6일, 군산에서 벌어진 대규모 만세운동. 영명학교 기숙사 골방에서 독립선언서와 태극기를 대량 인쇄하다가 들켜서 주모자들이 전부 잡혀갈 때, 남은 인쇄물을 이 부용각으로 빼돌렸다. 그때 여 이름은 부용각이 아이고 장춘옥이었는 기라. 장춘옥을 수상히 여긴 순사들이 구석구석을 뒤졌어도 끝내 인쇄물을 찾지 못했다. 독립선언서와 태극기가 장춘옥의 어데 있었는 중 아나? 장춘옥 기생들이 배에 차고 있었다. 알라 밴 거맨치로 복대로 둘둘 묶어설랑. 마침 3월 6일은 군산 장날이었다. 그날 장에 온 시민들은 장춘옥 기생들의 치마춤에서 나온 독립선언서와 태극기를 흔들며 만세운동을 했는 기라. 그 사건은 내가 산 증인이다, 이놈. 그때 니 애비는 어데서 뭐 하고 있었다 카드노!"

난 저 얘기를 타박네에게 귀가 따갑도록 들었네. 가끔 생각하네. 세상은 요지경 속이라고. 매국노가 버젓이 독립 유공자 행세를 하는 세상에, 천민 중에 천민인 기생들이 자신의 배에, 셀 수도 없이 많은 남자들이 지나간 배 위에, 모성성이라곤 깡그리 말살된 그녀들의 배에 독립선언서와 태극기를 품고 있었다는 사실을. 얼마나 뿌듯했겠나. 뭇 사내를 올리던 배에 한 나라를 올렸으니.

방금 여길 지나간 아이가 미스 민이라고. 부용각의 마지막 기생일세.
기품이 있는 아이지. 어디 기품뿐이겠나. 저 아이를 보고 있으면 오마
담의 젊은 날을 보는 것 같네. 오마담은 샛바람이 불었다 하면 밤낮없
이 이레는 불어야 바람살이 눅는 여자라네. 그녀는 한번 주면 모든 걸
내어주는 여자라네. 그렇다고 기생들이 전부 그런 것은 아니야. 미스
민처럼 영리한 기생도 있지. 몸을 사릴 때와 벗어야 할 때를 아는 여자.
타박네가 좋아하는 기생이지. 타박네는 기생의 주가가 언제 오를지 그
지점을 정확히 꿰고 있거든. 부용각이 어째서 전국 최고의 기방이 되었
겠나. 기생들이 예뻐서? 기예가 출중해서? 음식이 뛰어나서? 천만에.
이 정도의 인물과 기예, 음식은 어디에든 흔하다네. 문제는 지점이지.
어느 선에서 앉고 설 것인가를 아는 것이 중요한 법이거든. 손님들은
제 몸에 쌓인 욕망과 욕정을 풀기 위해 질펀하게 놀다 가면 그뿐이고,
기방의 기생들은 그들을 위무하고 다독거릴 임무를 띠고 있네. 임무를
수행하는 중에 기생들도 손님처럼 시시로 욕망이 발동하지. 춤과 노래
로 풀어내도 한줌 이슬 같은 욕망은 남아 있게 마련이야. 덜 털어낸 욕
망의 찌꺼기가 응어리지어 얼근얼근 몸 속에 굴러다닐 때, 그럴 때 기
생들은 수줍게 저고리 고름을 풀고 싶어하지. 이런 욕망의 비등점이 손
님과 서로 상충하면 지금처럼 상이 엎어지고 접시가 깨어지고 옷고름
이 뜯겨져나가네.

　오늘 밤 미스 민은 저 남자의 품에 안길 거야. 2차를 나가는 게 아니
고 별채의 자기 방에서 저 남자를 맞을 거라구. 그게 오마담과 미스 민
의 다른 점이지. 예기는 예술로 술자리의 흥을 돋우고, 예인은 예술로
정신의 흥을 돋우는 치들이거든. 그런데 오마담은 그 둘을 동시에 해내

려고 했단 말이야. 그러다가 틈새에 껴 지레 주저앉은 꼴이지. 하지만 미스 민은 현명하게도 자기 자리를 잘 알고 있어. 그래서 미스 민이 부용각의 마지막 기생이라는 얘기야.

7

오마담이 사향뜸을 뜬다고 한 날이 내일인가? 성과 속의 경계를 넘나들며 살던 그녀가 결국 하나는 포기했나보이. 부디 뜸 좀 잘 떠주게나. 자네가 뜰 회음혈은 항문과 생식기 중간에 있는 혈로 우리 몸의 음기운이 모이는 자리라고 알고 있네. 음기운과 양기운의 균형을 회복시켜주는 자리로서 뜸자리의 뿌리에 해당하는 최고의 혈이라지? 회음혈에 뜸을 뜨면 전신을 관장하는 임맥, 독맥, 충맥의 기가 강렬하게 순환된다고 들었네. 나도 그쯤은 알아보고 자네를 부른 것이야. 끝을 본 사람은 귀신도 시샘을 하는지 언제부턴가 오마담은 고음을 내지 못하네. 그녀는 잃어버린 음을 되찾고자 마지막 방편으로 뜸을 뜨려는 거겠지만 나는 아니네. 소리도 중요하지만 모쪼록 그녀의 몸에 퍼진 주독부터 빼주게나. 부탁하네. 전에 그녀가 말했었네. 소리란 입에서 나오는 즉시 흩어져버려 붙잡아맬 수도 없고 그렇다고 형태가 있어 눈에 보이는 것도 아니고 해서, 그것처럼 사람을 애닯게 하는 것이 없다고. 내 사랑이 그러했네. 흐르는 물을 손으로 움켜잡는 것처럼, 바라는 볼 수 있으되 가까이에서 매만질 수 없는 꽃처럼…… 하지만 향기는 멀수록 더욱 맑은 것이 아닌가.

부용각의 바깥대문에서 안중문까지 내 걸음으로 열다섯 걸음. 안중문을 넘어서 안채 계단까지는 스물두 걸음. 거기서부터 서른세 개의 계단을 밟고 올라가야 가까스로 안채가 보이네. 안채에서 뒤채까지는 몇 걸음인지 세어보질 않았어. 안채에서 뒤채로 가자면 별채를 돌아가야 하니 일일이 셀 수가 없었네. 뒤채의 오마담에게로 가는 그 길이 내게는 그렇게도 멀었다네. 아마 일평생 걸어도 그녀에게 다가갈 수 없을지도 몰라.

붙잡을 수 없는 사람을 오래 마음에 두다보면 아득해지는 순간이 있어. 그땐 모든 것이 다르게 보이네. 내가 본 것이 과연 본 게 맞는지. 가슴에 간직한 풍경이, 그 풍경 속에 실제로 내가 있었던 것인지 모든 게 의심쩍고 뒤죽박죽 엉망일 때가 있어. 그럴 적엔 그녀를 향한 내 사랑도 의심을 하게 되네. 과연 내가 그녀를 사랑하기는 한 걸까.

오마담이 정사를 벌인 마루 위의 그 자리. 꽃살무늬 방문 앞에 날마다 꿀물 대접을 가져다두는 것도, 마루에 인두로 지진 것처럼 동그랗게 난 대접 밑 테의 자국도 돌아보면 증오인 것을.

식물들에게 물을 줄 때에야 난 겨우 나의 본색을 되찾네. 물을 줄 때마다 나는 느끼네. 식물들에게는 우리가 알지 못할 위엄이 있다고. 거목은 한 알의 씨앗이 숲에 떨어진 그 순간부터 살아왔으니 얼마나 오랜 세월을 말없이 견뎌왔겠나. 그에 비하면 내 사랑은 하찮다는 생각이 드네. 발부리에 걸리는 돌이나 잡풀처럼. 그러나 진정 불쌍한 것은 그 하찮은 것들 아니겠나. 본인도 어찌할 수 없는 끓는 마음이 아니겠나. 그 마음을 들킬까봐 안절부절못하는 또다른 마음이 아니겠나.

나무는 늙을수록 값이 나가고 땅 속 도라지도 묵을수록 금이 오르는

데, 저마다 늙은 것들은 다 쓸모가 있는데 남자 늙은 것만은 아무짝에도 쓸 데가 없다는 타박네의 말이 생각나네. 물론 그 말은 내게 한 게 아니고 김사장 들으라고 한 말이지만 속으로는 뜨끔했었네. 나도 노후가 걱정은 되네만 후회는 안 해. 능소화와 대숲 사이에서 보낸 한 생을 결코 후회하지는 않네. 거기에 하늘도 들이고 바람도 들이고 심심찮게 폭풍우도 불러들였으니 그만하면 한세상 잘 품다 가는 것 아니겠나. 안 그런가, 이 사람아.

신
가
생
뎐…

서랍이 많은 사람

1

방 안 가득 햇빛이 출렁거린다. 간신히 눈을 뜬다. 더운 열기가 얼굴로 들이친다. 밤새 문을 닫고 잔 탓이다. 옆이 허전해 돌아보니 반쯤 걷힌 이불 새로 주름진 요만 동그마니 얼굴을 내밀고 있다. 남자는 날이 밝기가 무섭게 부용각을 빠져나간 모양이다. 잘난 남자건 못난 남자건 새벽에 기방을 나서는 모습은 붕어빵처럼 똑같다. 누가 허리춤이라도 잡을까봐 그러는지 잔뜩 겁을 먹은 얼굴로 허둥지둥 안중문을 나간다. 가는 남자 잡지 않고 오는 남자 막지 않는 게 기방인 걸 번연히 알면서도. 그러고도 밭으면 달포, 뜨면 한 달 정도만 지나면 다시 허허 웃으며 안중문을 박차고 들어선다. 초췌한 몰골로 기방을 빠져나가던 그 얼굴이 아니다. 그래서 기방의 기생은 헌 손도 새 손 맞듯 해야 한다. 온밤을 자고 가는 손의 뒤태는 눈으로 보는 것이 아니다. 본의 아니게 보고야 말았다면 초라한 등과 남루한 팔꿈치, 비루한 오금 따위는 잊어야 한다. 손들이 스스로 보지 못하는 부분, 가리고 싶어도 가리지 못하는 부분은 보지 말아야 한다. 허장성세가 섞인 손님의 손동작만 기억하고 그 손으로 쥐여주던 지폐의 경중은 재빨리 잊어야 하듯이.

이불을 들추니 새금한 땀내가 풍긴다. 요에 붙은 머리카락 몇 올. 이불깃에는 구불구불한 터럭도 붙어 있다. 갈 때는 가더라도 문이나 열어두고 갈 것이지. 미스 민은 문을 활짝 열어젖힌 뒤 이불을 걷어내어 탁탁 턴다. 밤새 떨어진 살비듬이 하얗게 흩날린다. 갑자기 들고 있던 이불을 팽개친 미스 민은 그 위로 풀썩 쓰러진다. 감긴 눈 속에서 둥근 원들이 돌고 있다. 속도가 빨라지면서 차츰 타원형으로 변한다. 빠르게 달리던 여러 대의 자전거 바퀴가 동시에 우그러지고 있다.

너무 멀리 왔다.

아주까리와 맨드라미 몇 그루, 철롯가 장독대를 곱다시 지키고 있는 고향집. 굴왕신 같은 그 집으로 다시 돌아갈 수는 없을 것이다. 기차가 지나가는 소리에 선잠이 깬 겨울밤이면 이불을 천막처럼 팽팽하게 당기던 언니들도, 잡아당기는 데는 도가 튼 둘째언니가 지나치게 세게 잡아당겨 머리를 땋아주는 바람에 눈이 옆으로 째진 종순 언니도 더는 볼 수가 없을 것이다. 뼈가 자라기도 전에 뼈가 시린 것이 무엇인지 알게 해주던 철롯가의 뿌연 안개도, 늦가을 새벽이면 가마니를 뒤집어쓰고 있던 철롯가 앉은뱅이 귀신들도 영영 만날 수가 없을 것이다. 눈물은 나지 않는다. 단지 이불에 얼굴을 세차게 문질렀을 뿐이다. 사랑하는 남자에게만 몸을 여는 여자는 복 받은 여자라는 말이 비로소 실감난다.

어젯밤 손은 미스 민이 기생으로 입문하고 다섯번째 받은 남자였다.

머리를 올려준 박사장은 그녀가 기생으로서 받은 네번째 남자다. 기방의 전통대로 하면 머리를 올리고 나서 손님을 받아야 하지만 형편껏 하다보니 일의 순서가 바뀐 꼴이다. 기생에게 첫번째 남자는 있어도 다섯번째 남자는 없다. 지금부터 미스 민이 받는 남자들은 모두 그녀의 첫번째 남자가 될 것이다. 부용각은 여자장사로 먹고사는 곳이 아니어서 손님을 받는 문제는 기생이 알아서 하게 놔두었다. 미스 민은 춤기생이지 꽃기생이 아니어서 굳이 손님을 받지 않아도 되었다. 손님을 받더라도 가려서 받았다. 어젯밤처럼 꼭 필요할 경우에만. 앞으로도 그렇게 할 수 있을지 아직은 알 수가 없다.

기생이라고 하면 누구나 말벌에 쏘인 것처럼 놀란다. 질크러진 오이지를 맨발로 밟은 것 같은 얼굴을 하는 사람도 있고 찬물을 뒤집어쓴 얼굴이 되는 사람도 있고 더러는 막막하고 아득한 얼굴로 쳐다보기도 한다. 기생이라구요? 되묻는 사람의 약간은 떨리는 목소리. 뒤따르는 무겁고 단단한 침묵. 먼 데 산들이 차례차례 다가와 발밑에서 무너지는 것을 보며 기생들은 오연히 대답을 한다.

네, 저는 기생입니다.

머뭇거리거나 대답을 미루면 산이 무너질 때 일어나는 분진이나 먼지까지 된통 덮어쓴다는 사실을 기생들은 잘 알고 있다. 벌에 쏘인 얼굴, 오이지를 맨발로 밟은 것 같은 얼굴, 찬물을 뒤집어쓴 얼굴. 수많은 얼굴들을 헤치고 나아가면 평평한 길이 나올까. 그 길을 가다보면 길의 끝이 보일까. 십 년이 하루 같고 하루가 십 년 같은 나날. 열두 개의 산과 열두 개의 들과 열두 개의 내를 건너 먼먼 곳으로 가면 언니들의 꿈을 이룰 수 있을까. 그 꿈이, 그 미래가 있는 길의 끝에 도착하면 무엇을 볼 것인가. 무엇이 보일 것인가. 정말 보이기는 하는 것인가. 기생들에게 최대의 치욕은 욕도, 손가락질도 아니고 고무줄이 늘어난 팬티를 손님에게 보이는 일이다. 기방은 연회가 계속되는 밤도 있지만 고요한 낮도 있다. 고요함은 기생에게 치명적인 독이 된다. 속수무책이다. 고무줄이 늘어난 팬티를 입고 있다가 들킨 것처럼.

어떤 집단이든 무리를 이루게 되면 서열이 정해지기까지 암투와 시샘이 따른다. 때로는 동지요 때로는 적이 되기도 하는 기생. 해어화라 부르던 기생이라고 연약하게 보면 큰코다친다. 중동끈으로 허리만 질끈 묶으면 웬만한 이종격투기 선수 못지않다. 어느 기방의 우두머리 기생이 노랑 저고리를 입었다고 하자. 그럼 그날 그 기방의 다른 기생들은 노랑 저고리를 입지 못한다. 만약 눈치 없는 기생이 노랑 저고리를 입고 나오면 즉석에서 방망이가 날고 먼지털이가 공중을 가른다.

서울의 한 기방에 멋모르고 선배의 까치저고리를 따라입은 신참 기생이 있었다. 성질 사나운 고참은 화로에 꽂힌 벌겋게 달아오른 쇠꼬챙이를 빼 신참의 얼굴에 던졌다. 화상에 창상을 입어 얼굴이 못쓰게 된 신참 기생은 호구지책으로 손목집이라고 하는, 술청에 손목만 내어놓고 장사하는 술집을 진고개에 차려 떼돈을 벌었다고 한다. 이에 퇴기나 형편이 어려운 반가의 아낙, 과부들까지 소매를 걷어붙이고 나서서 해방 후 한때 진고개에는 발에 걸리는 게 손목집이라는 말이 나돌 정도였다. 그렇다고 기방에 암투와 시샘만 있는 것은 아니다. 법도나 규율이 엄격해 동기의 손님을 중간에서 가로채면 집단 구타와 조리돌림을 당한다. 또 한 기생이 여염집 아낙과 싸움이 붙어 형세가 불리해지면 국을 푸던 국자라도 집어들고 달려나가 도와주는 게 기방의 기생들이다.

요즘은 기방 법도가 느슨해졌다고는 하나 미스 민은 아무래도 미스 주가 걸린다. 엄밀히 말하면 미스 주는 미스 민의 선배다. 오마담의 뒤를 이을 부용각의 대표 기녀로 미스 민이 낙점되었지만 동료들이 이를 흔쾌히 받아들이는 것 같지가 않다. 기방과 손들에게 널리 인정을 받아도 선배와 동료의 승낙까지 얻으려면 그들이 도저히 따라잡을 수 없을 만큼 기예와 미모가 출중해야만 한다.

2

일 센티미터 간격으로 누빈 타래버선의 볼에 장미가 세 송이 정교하게 수놓아져 있다. 노란 수실로 촘촘하게 뜬 장미의 속꽃잎 또한 선연하다. 둥근 매듭으로 이루어진 꽃술에 손을 갖다대면 금세 이슬이 묻어날 듯하다. 날렵하게 마무리한 버선코에는 붉은 고깔이 달려 있다. 타래버선을 신은 기생이 치마 끝을 차며 방으로 들어설 때 먼저 보이는 건 얼굴도 손도 아닌 고깔이다. 기생이 발짝을 뗄 때마다 버선코에 붙은 두 개의 고깔이 갸웃거리며 인사하는 것 같아 손들의 입가에는 미소가 걸리기 마련이다. 자그마한 고깔 하나로 경색된 분위기가 무름하게 풀어지는 걸 미스 민은 여러 번 보았다. 타래버선 한 켤레가 지닌 가치가 그토록 크다 하나 간수하기도 힘들고 신기에도 불편해 큰 행사가 아니면 꺼낼 염도 내질 않았다. 그러던 미스 민이 화각장 깊숙이 넣어둔 타래버선을 찾아 신은 건 뱃구레 아랫쪽에서 밀고 올라오는 삿된 기운 때문이었다. 오마담이 기어이 일을 그르쳤다며 소리기생이 건너와 독촉을 할 때도 미스 민은 천천히 몸을 일으켰다. 믿었다. 아직은 그 이름을 기억하는 이 많은 고당명기 오마담이어서 믿는 구석이 있었다.

풀을 먹여 다림질한 풍차바지를 입고 그 위에 무지기를 걸쳤다. 무지기는 발이 고운 삼베에 다홍으로 물을 들인 삼단 속치마이다. 미스 민은 거울 앞에 서서 치마말기에 달린 끈으로 가슴을 단단히 눌러 묶었다. 문 밖에서 소리기생의 독촉이 빗발쳐도 서두르지 않았다. 옷걸이에 걸린 한복들을 손끝으로 주르륵 짚어나가던 미스 민이 당의 앞에서 멈칫거렸다. 폭이 넓고 밑 처진 풍차바지에 무지기를 입었으니 치마가 부풀어오를 테고 그럼 저고리는 어깨를 강조하는 당의가 제격이겠다. 금사로 '福'자를 수놓은 자주색 당의를 옷걸이에서 벗겼다. 저고리를 선택하면 치마를 고르는 건 일도 아니다. 치마가 걸린 쪽으로 가서 망설임 없이 남색 스란치마를 꺼냈다. 치마 밑단에 금실로 짠 용문(龍紋)이 반짝 빛을 발했다. 큰물에서 갓 승천한 용이 구름 위를 숨가쁘게 날고 있다. 독촉을 하던 소리기생은 안채로 건너갔는지 문 밖이 조용했다.

오늘은 이 스란 단의 용처럼 불을 뿜으며 싸워야 할지도 모른다. 흐르는 시간은 눈에 보이지는 않으나 무겁고 단단한 힘을 가졌다는 걸 깨우칠 때가 있는데, 바로 이런 순간이다. 수많은 시간이 모여 산을 옮기기도 하고 도시를 바다에 빠뜨리기도 한다지만 그 자료는 고고학적 지식일 뿐 피부로 느끼지는 못한다. 그러나 미스 민은 스란 단 하나로 엄청난 시간의 힘을 느꼈다. 옛날 같으면 기생 따위가 감히 용문의 스란 치마를 만져보기나 했겠나. 철로 위에서 춤추기를 좋아하던 계집아이가 훗날 기생이 될 줄 아무도 몰랐듯이 칠십년대 후반부터 사라질 거라고들 말하던 기방이 한 세기가 지난 오늘에도 존재한다는 사실은 시간의 힘일 것이다. 느리기도 하고 빠르기도 한.

수천의 시간이 모래처럼 손가락 사이로 흐르기 전, 이 나라의 왕비가 입던 용문 스란치마를 입었으니 그에 맞는 장신구를 찾는 건 당연한 일이다. 보석함의 뚜껑을 연 미스 민은 안에 든 내용물을 일일이 살폈다. 보석을 고르는 한가로운 여인의 눈이 아니다. 맹수가 먹이를 고르듯 집요하고 팽팽한 눈길이다. 마침내 푸른 비취가 박힌 뒤꽂이와 은으로 된 나비 문양의 떨잠을 집어냈다. 그럼 헤어스타일은 트레머리로 가야 한다. 하나로 묶은 머리를 풀자 머릿단이 출렁 어깨를 쳤다.

"여태 뭐 하고 있니?"

왈칵 문을 열어젖힌 미스 주는 숨을 급하게 몰아쉬었다.

"꽃단장에 날 새는 줄 모른다더니 세월 좋다. 개새끼! 지가 뭔데 사람을 치고 난리야."

얼굴이 새빨갰다.

"마담엄마가 술 마시고 나설 때부터 알아봤어. 말렸어야 했어. 걸음걸이가 흐느적거릴 때부터 일낼 줄 알았다고. 얼른 네가 가서 수습 좀 해야겠어."

빗꼬리로 옆머리를 타서 세 가닥으로 나눈 미스 민은 느슨느슨 머리를 땋기 시작했다. 머리를 바싹 조여 땋으면 풍성한 맛이 없어진다. 한 번 땋을 적마다 옆의 머리를 조금씩 끌어온다. 양쪽 옆머리를 모두 땋은 뒤 옆머리 가닥과 뒷머리를 합쳐 전체적으로 둥글게 말며 다시 한 가닥으로 돌려 땋았다. 이때 빠지는 머리는 안으로 집어넣으며 땋아야 모양이 단정하다.

"못 알아듣니? 못 알아들어? 급할 것 없다 이거지? 여전히 잘났어요!"

미스 주는 부서져라, 문을 닫았다. 둥글게 땋은 트레머리에 뒤꽂이와
떨잠을 꽂고 나서야 미스 민은 자리에서 일어섰다. 전장에 나가는 장수
처럼 표정이 자못 비장했다.

3

흙투성이가 된 오마담을 먼빛으로 봤을 때, 비녀는 어디로 갔는지 한
타래로 내려온 오마담의 머리가 저고리 뒷고대 부근에서 갈지자로 흔
들리는 걸 봤을 때, 미스 민은 헉, 하고 외마디를 지르며 허리를 꺾었
다. 빠르게 날아온 낫이 등덜미에 꽂히는 것 같았다. 등을 찍은 퍼런 날
보다 기역자로 구부러져 덜렁거리는 낫 손잡이가 더 무섭다. 낫 날은
통증만 주지만 손잡이는 다가올 통증을 예고하고 오한과 경기를 수반
한다. 미적거린 게 후회스럽다. 일이 생각보다 크게 벌어진 모양이다.
기생들의 부축을 받으며 별채로 들어서던 오마담이 미스 민을 보자 고
개를 떨어뜨렸다.

"부탁하마. 대신 밤엔 손을…… 받지 않아도 된다."

실비와 눈물에 젖은 오마담의 얼굴이 볼 만했다. 얼룩덜룩하게 뭉친
파운데이션과 눈밑까지 길게 번진 마스카라의 검은 물이 흡사 피에로
분장을 연상시켰다.

"받지요. 제가 그 손을 알뜰히 받을 겁니다!"

아랫입술을 사리문 미스 민은 바람을 일으키며 돌아섰다. 별채에서
뒤채로 밀리고 뒤채에서 또 밀린 기생은 더는 갈 곳이 없다. 오마담이

라면 벌벌 떠는 타박네가 버티고 있기는 하나, 여기는 냉혹한 기방. 이제 오마담은 무엇으로 다시 설 것인가. 언젠가 오마담이 그랬다. 내게 행복했었느냐고 묻지는 마. 의미가 있었느냐고만 물어봐라. 부용각에 들어온 햇내기 기생들은 일이 몸에 익을 만하면 오마담에게 똑같은 질문을 했다.

"왜 여기 계세요?"

사연이 궁금한 것이다. 어찌하다가 기방까지 오게 됐느냐는 질문이 아니라 그 정도 수준의 소리를 하는 사람이 왜 여기 있느냐고 묻는 것이다. 어떤 집안에서 태어나 어찌하다보면 여기까지 오게 되는지 유형별로 약간의 차이는 있지만, 그건 자신들이 겪어봐서 잘 알고 있기에 하나도 궁금할 게 없다. 다만 서툰 귀로 들어도 오마담의 소리는 기방에서 썩기 아깝기 때문에 기방에 남은 사연이 궁금한 것이다. 판소리 경연대회 심사위원이나 하면서 제자를 길러야 할 사람이 왜 여기 박혀 있는가. 젊어서는 천상의 소리라고들 했다는 소문까지 얻어들으면 궁금증에 몸이 달아 물어보지 않고는 견딜 수가 없다. 미스 민 역시 오마담의 무릎을 잡고 물었다.

"왜 여기 계세요?"

"여덟 살에 기방에 맡겨졌으니 내겐 다른 삶을 찾을 기회가 없었다."

"국악원으로 옮기면 좋았을 텐데요."

"그러는 넌 왜 그쪽에서 이리로 왔니?"

"저야 버틸 힘도 없고, 실력이나 뛰어나면 어떻게 해보겠는데 그도 안 되고 해서. 하지만 마담엄만 그게 아니잖아요. 다른 분들은 많이 가셨다면서요."

"기방은 내게 집이지 일터가 아니야. 집을 두고 어딜 가겠니."

"기방에서는 행복하셨어요?"

미스 민은 오마담에게 기생의 삶이 행복했었느냐고, 그래서 그리도 오래 기생으로 있었느냐고 꼬치꼬치 캐묻고 싶었다. 그러나 그렇게 묻질 못했다. 오마담은 미스 민을 보며 웃기만 하더니 한참 만에 대답을 했다.

"내게 행복했었느냐고 묻지는 마. 의미가 있었느냐고만 물어봐라."

그 잘나빠진 의미를 꼭 물어봤어야 했는데. 그땐 왜 묻지 않았는지. 뒤채로 밀린 기생에게 의미는 무슨 놈의 의미!

별채를 지나 안채 마당으로 들어서자 기생들이 삼삼오오 몰려 쑤군대고 있다. 매화실에서는 화가 난 남자의 씩씩거리는 소리와 그 남자를 말리느라고 뭐라뭐라 중얼거리는 라이온스 윤회장의 목소리가 새어나왔다. 마음이 급해진 미스 민은 날듯이 걸어 매화실 문 앞에 다가섰다.

"회장님, 미스 민입니다."

라이온스 윤회장이 반색을 하며 방에서 나왔다.

"진작에 올 것이지. 자자, 이제 정리가 좀 되네."

매화실로 들어선 미스 민은 오마담을 그 꼴로 만든 장본인부터 찾았다. 미스 주가 찬기 도는 얼굴로 턱짓을 했다. 미스 민을 보곤 하, 입을 벌린 남자는 생각보다 왜소했다. 깡마른 체구에 인중이 짧고 작은 점들이 조알조알 박힌, 널푼수라곤 눈을 씻고 찾아봐도 없게 생긴 얼굴이었다. 타는 불은 일단 끄고 봐야 한다. 미스 민은 활짝 웃으며 남자에게 절했다. 배수의 진을 치는 경우엔 정면대응밖에 길이 없다. 대강 끝내려고 웃음으로 얼버무리거나 콧소리를 내면 절대 안 된다. 섬김에는 소홀함이 없게 하되, 당당함도 잃지 말아야 한다.

"귀하신 분을 뫼셔놓고 제가 늦는 바람에 그만 일을 치고 말았습니다. 죽을죄를 지었으니 이 자리에서 속치마 바람으로 석고대죄라도 올릴까요. 그럼 화가 풀리시겠습니까?"

태도는 공손하나 말 한마디 한마디에 힘이 실려 있다.

"어허, 일껏 왕후처럼 차려입고 와서 석고대죄라니, 거 무슨 소리를! 원래 주인공은 늦게 나타나는 법이 아닌가. 정선생, 이 아이가 부용각의 미스 민이라고, 왜 내가 전에 말하지 않았나. 바로 그 아이일세."

부용각의 칠 년 단골인 윤회장은 이쪽 저쪽의 비위를 맞추느라 모양새가 말이 아니었다. 술에 취해 손님 상에 나온 오마담을 나무랄 수도, 그렇다고 오마담을 마당으로 내동댕이친 정선생의 역성을 들 수도 없는 딱한 처지였다.

"미스 민, 우리 정선생이 단단히 틀어졌으니 잘 좀 모셔. 정선생 자넨 행운인 줄 알아. 미스 민은 아무 자리에나 나가는 사람이 아닐세."

이 자식아. 네가 마당에 내동댕이친 사람이 누군 줄 알아. 내겐 엄마나 마찬가지야. 상 위의 젓가락을 집어 남자의 가슴에 표창처럼 날리고 싶은 걸 간신히 참았다. 대신 그의 가슴에 안기다시피 바싹 다가앉았다. 오 분 전에 토해낸 토사물을 다시 주워먹는 기분이었다. 표창으로 쓰고 싶은 젓가락으로 전유어를 집어 남자의 입으로 다소곳이 들이밀었다. 전유어가 들어오자 남자가 입을 크게 벌렸다. 어찌나 크게 벌렸던지 목구멍과 목젖이 훤히 보였다. 저 음험한 목구멍 깊숙이 전유어를 콱 쑤셔박고 싶었다. 젓가락을 쥔 손이 떨리고 얼굴에 경련이 일었다.

미스 민은 캄캄한 길을 걷고 있는 것만 같다. 앞은 거친 벌판이다. 칼바람이 볼을 에고, 곱은 손으로 길을 헤쳐나가면 긁힌 손을 또 할퀴는 가시나무들이 있다. 때 없이 머리카락을 친친 묶는 솔방울과 나무에 툭 불거진 옹이. 머리카락을 세게 끌어당기면 머리 밑의 살갗을 벗겨버릴 듯 팽팽하게 맞서는 나뭇가지. 어느 땐 감긴 머리카락이 풀리는 동시에 구부러진 가지가 반동의 힘으로 날아와 뺨을 세게 치고 가기도 한다. 눈앞에 번쩍 별이 보인다. 온몸이 상처투성이고 긁힌 손등에서 피가 흐르는데 아픔조차 느끼지 못한다. 거대한 공포 탓이다. 뜨겁고 끈끈하고 검붉고 탁한…… 가까스로 불빛이 보이는 곳으로 걸어나오면 길 옆은 깎아세운 낭떠러지다. 식은땀도 나질 않는다. 몰골이 말이 아니다. 겉옷은 어디에서 어떻게 벗겨졌는지도 모르게 없어지고 나뭇가지에 찢겨 나달나달하게 해진 속치마만 입고 있다. 불빛 없는 길을 헤쳐오느라고 속치마에는 피와 진흙이 얼룩져 있다. 알지 못하는 사이 피 그림이 그려진 것이다.

"어허, 재조가 있어요, 재조가!"

나달나달한 속치마를 펼쳐들고 후세인들은 감탄을 한다. 어찌 보면 수묵화와 비슷하게 그려진 것도 같다. 긁히고 베인 살갗에서 흘러내린 핏물은 거침없이 뻗은 대의 줄기가 되고 천길 단애의 진창에서 튀어오른 진흙은 글씨라. 후세의 미술사학자들은 수염을 쓰다듬으며 좌우로 흔들흔들 몸놀림에 가락을 싣고 근엄하게 풀이를 한다.

명월은 이따금 찾아오고

맑은 바람 또한 저절로 오니

(……)

보고 듣고 생각하는 데 아무런 구애를 받지 않아

자연히 마음이 넓고 넓어 자유로워진다.

그러니 천지 사이에

어떤 즐거움이 이것을 대신할 수 있겠는가.

"사마공의 「독락원기」 한 대목이 아닌가. 사대부의 이런 글귀를 속치마에 받을 정도면 그 시대의 명기가 분명해요."

"맞소. 맹기요, 맹기!"

역사에 남은 명기의 기록은 이러할 것이다. 패자보다는 승자가, 정확한 심증보다는 얼토당토않은 물증이라도 물증이 남을 확률이 클 터이니. 미스 민은 남자의 귓가에 한숨을 흘렸다. 그러고는 떨리는 손길로 남자의 혀끝에 전유어를 얹었다. 이제 되었다. 미스 민은 이런저런 요리를 젓가락으로 물어와 남자의 입 속에 넣어주고 졸지에 아기 새가 된 남자는 입을 벌려 넙죽넙죽 잘도 받아먹었다. 라이온스 윤회장과 손님의 두런거리는 소리가 타오르는 밀초의 향과 한데 섞여 흘러다녔다. 속곳으로 입은 삼베와 겉옷의 소재인 노방이 서로 스치다가 깊이 닿아 문대지는 소리. 흥겹게 주고받는 작은 소리들. 너 오늘 타래버선 신은 값은 톡톡히 했어. 귓속말로 속살거리는 미스 주. 문갑과 반닫이와 나전함도 반들반들 윤이 난다. 세상엔 못 참을 일도 못 볼 꼴도 없다. 모호하면서도 정확하게, 친절하면서도 심술궂게, 교활하면서도 솔직하게, 정중하면서도 무례하게, 민감하면서도 냉정하게 가는 것이 기생의 길일진대. 남자가 권한 한 잔 술로 세상과 화해한 미스 민이 남자의 손을 잡고 속삭였다.

"손님, 제 방으로 가요."

혹시라도 미스 민의 마음이 변할까봐 서둘러 털고 일어서는 남자의 꽁무니에 라이온스 윤회장이 너털웃음이 길게도 따라붙었다.

"크허허어, 저 이쁜 것 하는 짓 좀 봐라."

4

남자는 몸의 모든 부위가 작고 좁고 가늘었다. 콧날이나 어깨가 얄팍한 남자들은 섬세한 구석이 있는데 이 남자는 그것도 아니었다. 고지식한 책상물림이라더니 과연 라이온스 윤회장의 말이 맞긴 맞았다. 앞에서는 기생이 늙었나 젊었나 따지기는 잘해도 방에 들어가면 그 기생을 밤새 세워두기만 할 남자였다. 남자의 가련한 아내는 밤마다 다리를 벌리고 누워 천장에 바른 벽지의 사방무늬만 하나하나 세었을 것이다. 그래놓고 우린 속궁합이 안 맞는 것 같애, 죄 없는 아내에게 잔소리도 곧잘 했을 것이다. 켤 줄 모르는 사람에게 진귀한 악기를 갖다바친들 무슨 소용이랴. 그래서 기생들은 한량이나 바람둥이를 좋아한다. 이들은 최소한 여자를 읽을 줄 알며 다룰 줄도 알고 배려할 줄도 안다. 할 수 없이 미스 민은 엄마가 아들을 안듯이 팔을 넓게 벌려 남자를 품에 안았다. 희고 말랑거리는 피부를 가진 남자는 성급하게 나부댔다. 발걸음도 뗄 줄 모르면서 백 미터 달리기라도 할 태세였다. 서두르지 말아. 미스 민이 남자의 등을 다독였다. 한동안 등을 다독이던 미스 민이 가만히 동작을 멈추었다. 초봄 돌나물이 뿌리를 뻗듯이 자신의 손 옆으로 쑥쑥 뻗어나온 옛 기생들의 손이 남자의 좁은 등을 다독다독 같이 두드리고 있었다. 그러지 마, 내 손님이야. 손사래를 쳐 성가신 옛 기생들의 여러 손을 물리친 미스 민은 꼼꼼하게 땀이 밴 남자의 등을 오래오래 그러안았다. 별도 달도 뜨지 않은 밤. 실비가 내리는 밤. 뒷산 대숲에서 비에 젖은 부엉새가 높고 쉰 소리로 날카롭게 울었다.

5

비가 온 뒤 퍼붓는 햇살은 피부를 벗길 듯이 뜨겁다. 화단의 연못에는 아이의 오줌줄기처럼 가는 분수가 물을 뿜어대고, 하루살이떼가 새까맣게 뭉쳐 날아다닌다. 연못에 맥없이 떠 있는 연둣빛 물풀들과 금붕어 몇 마리. 간밤에 깔았던 요를 고무함지에 던지자 놀란 금붕어들이 물풀 속으로 빠르게 숨는다. 자잘한 꽃이 성글게 달린 천사초 무더기도 더위에 늘어져 있다. 미스 민은 진흙을 덮어쓴 것처럼 어두운 얼굴이 되어 연못가에 쪼그리고 앉는다.

"늦잠 잤네."

미스 주가 미스 민을 보고 눈을 찡긋거린다.

"어제 그 남자 맹추지? 소리만 요란했지 숫보기 맞지? 그 방면에 영 맹추디?"

"언닌 자보지 않고도 잘 아네."

"원래 그렇게 생긴 놈들이 전부 그래요. 속 좁은 놈이 일은 크게 내도 수습을 못 하는 것처럼. 그래도 본전이 생각나 잠도 안 재우고 몇 탕씩 뛰는 놈보단 낫다고 생각해라. 아무튼 수고했어. 자, 입맛대로 골라

마셔."

미스 주가 내민 쟁반에는 물방울이 송송 맺힌 캔녹차와 캔커피, 요구르트가 담겨 있다. 커피를 손에 쥐자 지나치게 오래 냉장고에 넣어둔 탓인지 캔이 손에 쩍 달라붙는다.

"아침은?"

"이따 먹으려고."

"그래라. 좀도둑처럼 살짝살짝 찌는 살은 기생의 심장을 파먹느니. 난 몸이나 풀어야겠다."

앞뒤가 툭 트인 대청마루에 서서 한삼을 끼는 미스 주. 그녀는 노력파다.

"춤 연습하게 노래 좀 깔아줄래?"

미스 주가 난초실에 대고 소리를 지르자 대기하고 있었던 것처럼 금방 애조 띤 노래가 문 밖으로 새어나온다.

나비야 청산 가자.

범나비야 너도 가자.

처음에는 목을 씻느라 깔깔하던 소리가 곧 자기 자리를 찾는다. 다른 기생의 청아한 소리가 먼저 소리에 얹힌다. 한 번 꺾어올리고 두 번 문지르다 떨어지는 두 소리가 하나로 합쳐지고, 소리를 밟고 선 미스 주의 몸이 움찔 곡을 타고 흐르기 시작한다. 싸목싸목 소리를 따라 흐르던 몸이 대청 그늘 속으로 스며들고 흰 한삼 자락만 높이 솟아 우뚝 떠오른다. 한삼 자락의 한 끝이 허공을 베어물면 세로로 면이 갈라지고 손끝으로 쳐서 띄운 다른 자락은 중동에 쏠린 힘으로 바람을 머금어 팽팽하게 펴진다. 면이 모였다가 흩어지면 선이 되고 힘을 주어 후리면 날개를 펼친 새 한 마리 후드득 날아오르는 형상이 된다. 엇나가게 내지른 두 자락의 한삼, 팽팽한 기운으로 잡아당기면 끝면만 탈싹 무너지다 어느새 하나의 꽃이 되어 난분분 떨어진다. 후리고 꽂고 치고 빠지는 손길을 바라보던 미스 민의 어깨가 저도 모르게 들썩인다. 속을 후비던 앞날에 대한 불안은 가뭇없이 스러지고 백척간두 외줄을 타느라 발씨 서투르던 그 발이 하늘을 날고 싶어 못내 간지럽다. 맥박이 빨라진 미스 민이 춤길에 합류하려고 막 일어서는데 "춤도 아당시리 춘다", 타박네가 산통을 깨며 마루로 올라온다.

"발꿈치 닳겠다. 어지간히 추고 여 와 앉아봐라. 하루코가 일본에서 이걸 보냈더라."

"네? 하루코 아줌마가요?"

귀가 번쩍 뜨인 미스 주는 춤이고 뭐고 다 팽개치고 한삼을 긴 채 쪼르륵 달려간다. 소리기생들도 노래를 하다 말고 난초실에서 나온다.

"접때 빈손으로 와가이고 미안하다꼬 하나씩 보낸 기라. 이기 구찐가 하는 지갑 맞제? 비쌀 긴데 머시라고 이런 걸 다 보내노. 느들 복 터졌다. 수양산 그늘이 강동 팔십 리를 간다카디 출세한 기생이 있응게 좋기는 하구마는."

난리났다. 각자 지갑을 하나씩 들고 이리 훑고 저리 뜯어보다 서로 바꾸기도 한다. 지갑을 가지고 부산을 떨던 미스 주, 눈꼬리를 여덟 팔자로 착 꼬부라지게 내리뜨고 한마디 한다.

"할매, 나도 이 다음에 서랍 많은 사람이 될래. 반드시 되고 말 거야. 발꿈치가 닳도록 춤을 추면 서랍 많은 사람이 될 수 있을까?"

"미스 주 니는 뭐가 될 똥 싶다가도 그 심술보 때메 틀렀다."

"하알매애!"

"용을 쓴다! 누가 없는 말 했더나. 따신 시월 만난 느들은 아무리 말 해도 모린다. 연예인 송출이 얼매나 무서운 말이었는지. 하루코가 금산 출신이거든. 툭하마 질질 짜서 우린 가를 금산 쩰쩰이라고 불렀다. 그 금산 쩰쩰이가 오늘날 금산과 고베 두 지방이 자매결연을 맺는 데 가교 역할을 할 중 누가 알았겠나. 그 애린 것이, 넘으 땅에 노비처럼 팔려가 넘으 물을 묵고살 제 여북 애 터지고 속 터졌을끄나. 말이나 통해야 어따 대고 하소연을 하제. 한 걸음 한 걸음 오늘날꺼정 걸어온 하루코의 뒤꿈치가 어떨 성싶냐? 부르트고 까져서 하루도 피 흐르지 않는 날이 없었을 것이다. 겉보기는 곱고 고와 보여도."

미스 주는 그때까지도 얌전히 끼고 있던 한삼을 찢어발길 듯이 확 벗어던진다.

"여성들에게 정조관념으로 족쇄를 채웠던 과거에는 기생이라는 이름만으로도 충분히 존재할 수가 있었어. 하지만 지금은 달라. 자유분방한 여성들로 넘치는 시대에 기생으로 살아남자면 우리에겐 색다른 무기가 필요해. 노래와 춤? 깔린 게 노래방인데 그거 못하는 여자들이 몇이나 있겠니, 안 그래?"

미스 주의 결기 찬 말에 소리기생 하나가 말을 덧붙인다.

"그러고 보면 절개로 유명한 조선의 명기들은 프로 정신이 없었어, 그치?"

"그런가?"

"기생에게 절개는 비단옷 입고 밤길 가는 거나 마찬가지지 뭐."

"자신들이야말로 진정한 기생 또는 신여성이라고 생각했겠지만 따지고 보면 직업관은 뚜렷하지 않았던 거잖아."

애기는 엉뚱한 곳으로 번지고 있다. 예나 지금이나 기생들의 선택은 여러 갈래요, 몫몫이 다를 것이다. 하루코와 오마담이 다르듯이 미스 민과 미스 주도 세월이 지나면 서로 다른 길에 서 있을 것이다.

"줄기와 잎이 빽빽이 들어찬 대숲은 밤새들이 몸을 숨기고 잠들기에 좋단다. 대숲에는 댓잎이 흔들리는 소리, 때까치 우는 소리가 끊이질 않으니 소리 공부를 하기에 더없이 좋지. 바람 속의 대를 본 적 있더냐. 가만한 바람에도 잎새는 흔들려. 는실난실 잎새를 따라 줄기도 기껍게 나부끼지. 거센 바람이라도 몰아칠 양이면 우는 듯 갈구하는 듯 나무 밑동까지 전신으로 흔들리지 않더냐. 어떤 춤사위에 비할까. 이렇듯 대숲은 공부도 되지만 지나가는 밤새조차 마다 않고 품는 넉넉함을 본받아 기방에 온 손도 그처럼 품으라고 옛부터 기방 뒤뜰에는 대를 즐겨 심었나니. 부용각에 대를 심은 이유도 큰 기생이 나기를 바라는 마음에 서 그랬나니."

예스러운 말로 또박또박 이르던 오마담. 미스 민은 그 말을 받들어 어제의 손도 정성을 다하여 품었다. 천민의 몸, 양반의 머리를 가진 기생이니, 정절의 의무가 없는 기생이니, 남색 스란치마 굽이굽이 펼쳐 말썽 많은 그 손을 받았다. 오마담을 만나면 꼭 물어보고야 말리라.

이리 하면 큰 기생이 되는지요.

큰 기생이 되고 나면 무엇을 얻는지요.

6

'서랍이 많은 사람'은 부용각의 기생들에겐 하나의 기호, 또는 꿈으로 인식되는 말이다. 서랍이 많은 사람이 되기 위해 누군가는 자신만의 생존전략을 짜고 누군가는 발가락이 구부러지도록 춤을 추는 것이다. 그래도 서랍 많은 사람이 될 수가 없다면, 어쩔 수 없이 단 하나의 서랍만 가져야 한다면, 기생마다 도저히 포기할 수 없는, 포기해서도 안 되는 서랍이 하나씩은 있게 마련인데, 그 서랍이 어떤 기생에게는 전남 벌교의 팔백 평짜리 짜디짠 땅이 될 수도 있고, 다른 기생에게는 온 가족이 모여 살 수 있는 아담한 집 한 채가 될 수도 있고, 또다른 기생에게는 일본 최고의 다도 전문가인 하루코처럼 되는 것일 수도 있었다. 작은 보퉁이를 머리에 이고 친척 아저씨의 손에 이끌려 기방으로 들어섰다던 하루코. 땟국에 전 옷을 갈아입고 교방에서 삼 년간 수업을 받았으나 가무도 뛰어나지 않고 인물도 평범해서 기생들 속에 섞이면 있는지 없는지도 모를 정도였다고 한다. 부르고 찾는 손님도 없어 기방의 한쪽 구석에서 겉장이 떨어진 무협지만 죽어라고 읽었다던 하루코.

"기방 음식이 좀 좋나. 때마동 그리 그다믹이도 얼굴이 뇌란 기, 잠 오는 상을 하고 있었다. 해가 떨어질 만하마 눈꼬리를 여덟 팔자로 착 꼬부리고 앉아 서쪽 하늘만 정신없이 바라보고 있는 거라."

날이면 날마다 정신 나간 사람처럼 왜 그러느냐고 타박네가 물으면 춘자는 예의 잠 오는 얼굴로 자기는 이 다음에 서랍 많은 사람이 될 거라고, 그러나 지금은 그 서랍에 뭘 넣어야 할지 모르겠어서 하늘만 보고 있다는 아리송한 말을 했다.

"입이라곤 통 안 띠던 아가 뜬금없이 서랍 많은 사램이 될 끼라카이, 우리는 고마 살모시 돌았는갑다고, 한창 좋은 나이에 여름 들판의 밀처럼 한번 패보도 몬 하고 날고 기는 기생들 틈에서 지만 처지다보이 셀째기 돌았는갑다고 그래 여깄다. 당시 춘자 얼굴을 보마 누구라도 그리 생각했을 끼구마는."

부용각의 살아 있는 전설 하루코를 미스 민은 올봄에 처음 만났다. 미스 주는 이번이 세번째 보는 거라고 했다. 다도 전문가가 된 하루코는 곱게 늙은 사람이었다. 서울에서 다도에 관련된 일을 보고 나면 부용각에 내려와 잠을 자고 가는, 자신이 한국의 기생이었다는 것을 숨기지 않는 하루코를 부용각의 기생들은 어려워하면서도 내심 좋아했다.

특히 미스 주는 유독 하루코를 따랐다. 하루코가 온 날이면 뒤채 오마담의 방에는 불이 꺼지지 않았다. 타박네와 셋이 누워 도란도란 얘기꽃을 피우며 밤을 새웠다. 그날만큼은 뒤채의 불빛도 여염의 불빛처럼 따뜻해 보였다. 올봄 하루코가 왔을 때 거기 끼어 자볼 속셈으로 뒤채로 들어간 미스 주. '자는 물인동 불인동 모리고 아무 데나 발부터 집어넣고 본다'며 타박네에게 베개로 늘씬하게 얻어맞고 쫓겨났다.

다음날 부용각의 식구들이 총동원되어 고군산열도 관광에 나섰다. 일 년에 한 번씩은 늘 있어온 행사였다. 마지막 주 월요일이 쉬는 날이어서 주로 그날과 다음날을 이용해 부용각의 식구 전원이 단합대회 겸 여행을 떠나곤 했다. 하루코와 밤을 새운 타박네가 피곤했던지 올해는 멀리 갈 것 없이 가까운 섬이나 돌아보고 오자고 했을 때, 매일 보는 게 군산 앞바다고 섬인데 지겹지도 않냐며 윤희네가 언성을 높였다. 하루코가 부용각의 식구들만 탈 수 있는 배를 한 척 빌리겠다고 하자 그제서야 입을 다물었다.

이른 아침, 하루코까지 가세한 부용각의 식구들이 승합차에 나눠타고 군산항으로 출발했다. 군산항에 도착하자 하루코는 일행의 뒤로 처지며 자꾸만 미적거렸다. 승선 시간이 다가오는데도 배에 탈 생각은 하지 않고 항구 거리에 우중충하게 서 있는 왜식 건물들을 하염없이 바라보았다.

"여긴 지금도 그대로구나. 내가 살던 일본 난고촌과 너무나 비슷해."

일제 강점기 때 왜인들이 쌀을 수탈해가던 관문 항구에 서서 하루코는 연방 눈물을 찍어냈다.

"난고촌은 가고 싶어도 못 간단다. 내가 난고촌 여장(旅莊)의 여급 출신이라는 걸 그이 집안에서는 숨기고 싶어하거든."

육십년대 후반부터 칠십년대, 한국은 기생관광을 하기 위해 몰려오는 일본인들로 붐볐다. 유흥업에 종사하는 여성들은 벼락치기로 일어를 배웠고 곳곳에 일본인 현지처가 생겨났다. 단순히 성만 사는 일에 물렸거나 좀더 고아한 취향을 가진 이들은 기방을 찾았다. 색다른 기방 문화는 이들을 사로잡기에 충분했고 한국 기생들의 춤과 노래를 보고 듣기 위해 기방 문턱이 닳도록 드나드는 일본인이 많았으니 부용각도 예외는 아니었다. 기방의 수효가 적어 감당이 되질 않자, 나중에는 거죽만 기방 꼴을 한 요정들이 속속 등장했다. 성의 풍속은 이들에 의해 개방적으로 변했고 한층 문란해졌다.

정부는 수출산업 일억 달러 달성을 목표로 잡고 전 국민에게 경제개발 5개년 계획에 동참해줄 것을 호소했다. 동네마다 새마을 노래가 귀따갑게 울려퍼졌고 기생들도 외화벌이에 동원됐다. 기생들의 구호는

잘살아보세가 아니라 잘 벌어보세였다. 수출산업 일억 달러 달성의 주역이 된 제품으로는 가발과 가짜 눈썹 말고도 홀치기가 있었다. 농촌의 마을마다 홀치기 공장이 들어섰다. 당장 밥을 굶어도 아들놈의 공부는 시키고 봐야 한다며, 농촌의 아녀자들은 너나없이 홀치기공장으로 몰려갔다. 그들은 아침부터 밤까지 꼬박 허리를 구부리고 앉아 코바늘로 홀치기를 했다. 홀치기는 수공 염색법으로 천의 군데군데를 조금씩 접어모아 물감이 스며들지 않게 실로 단단히 묶고 그 천을 염욕에 담가 직물에 채색무늬를 만드는 것이다. 이를 말린 뒤 묶인 부분을 풀면 변칙적인 원이나 점, 줄무늬가 나타난다. 이것을 다시 묶어 다른 색의 물감에 담그는 것을 되풀이하면 여러 색의 무늬를 만들 수가 있다. 홀치기는 인도와 인도네시아에서 널리 사용되던 염색법으로 지금은 기계식으로 바뀌었다.

그 시절, 농촌 아녀자들의 등골깨나 뽑았던 홀치기는 인기가 좋아서 전량 일본으로 수출되었다. 일본으로 팔려간 것은 비단 홀치기만이 아니었다. 한국의 처녀들도 연예인 송출이라는 명목하에 일본으로 불티나게 팔려나가기 시작했다. 말인즉슨 수출산업의 역군. 그들이 일본행을 결심하게 된 주된 이유도 오빠나 남동생의 학비 때문이었다. 한국보다 돈을 많이 벌 수 있다는 말만 믿고 그들은 의심 없이 일본으로 건너갔다.

"한국의 처녀들은 동해의 푸른 물살을 가르며 일본으로 일본으로 내달았다. 그래도 기생들은 사정이 나은 편이었어. 앞으로 무슨 일을 하게 될지 짐작도 하지 못하는, 순진한 얼굴을 가진 양가의 처녀들도 있었지. 그들은 부산에서 배를 타거나 김포에서 비행기를 타고 일본으로 날아갔어. 불 붙은 짚단처럼, 그렇게. 집어던지면 던져지는 대로 일본 땅 여기저기 떨어져서 제 몸을 고스란히 태우며 한줌 재로 사라져갔지. 간혹 타다가 불이 꺼져 논바닥이나 진창에 뒹굴어도 다시는 조국 땅을 밟지 못했어."

그때 부용각에서는 일본 손님이 오면 손님 상에 나갈 기생들에게 기모노를 입히기도 했다. 제 나라 제 옷이 아니어서 몸에 뜨고 불편했지만 기생들은 수중에 들어올 외화를 생각하며 꾹 참았다. 이상하게도 춘자가 기모노를 입으면 일본 여자들보다 잘 어울렸다. 둥근 어깨 선과 흰 깃을 댄 목 선이 어찌나 아름다운지 노란 얼굴로 시들부들하던 춘자가 아니었다. 기모노를 입은 그녀는 하루가 다르게 여름 들판의 밀처럼 패기 시작했다. 일본 손님들도 기방에 들어서면 하루코 하루코, 춘자만 찾았다. 일본 정부에서 발급한 연예인 관광비자로 한국 부녀자들의 일본 송출이 한창이었던 시절, 하루코를 자주 찾던 일본인 단골이 있었다. 좋은 곳에 취직시켜주겠다는 그의 말에 혹한 하루코는 장밋빛 꿈을 안고 일본으로 날아갔다. 가서 보니 자신 역시 팔려간 신세였다. 다행히 그녀가 자리를 잡은 곳은 유곽이 아니라 백제의 혼이 서린 난고촌이었다. 크고 작은 배들이 수평선에 줄지어 서 있는 서해 바다. 끊임없이 밀려와 뱃전에 부서지는 물결을 보며 하루코는 자신이 일본에서 살아온 이야기를 풀어내기 시작했다. 머리 위로는 갈매기들이 끼룩끼룩 우짖으며 편대를 지어 동쪽 방향으로 날아갔다.

"660년 나당 연합군에게 패망한 백제의 왕족과 무관들이 처자를 데리고 일본으로 흘러들어 둥지를 튼 곳이 미카도 난고촌이다. 휴가시(市) 역에서 내려 버스로 한 시간 반 정도 가면 미카도라는 곳이 나온

단다. 난 그 난고촌의 이치모리 여장에 팔려가 일을 하게 되었지. 이치모리는 난고촌을 찾는 관광객들에게 숙박을 제공하고 자라 요리와 맷돼지 요리, 냄비요리를 파는 곳이었다. 여관이라고 하지 않고 굳이 여장이라는 옥호를 내건 이치모리는 오카미상이라고 불리는 늙은 게이샤가 운영을 하고 있었다. 마이코로 수련중인 어린 소녀들을 데리고 있던 오카미상은 교토의 마쓰리에 참가하기도 했던 유명한 게이샤였다. 오카미상은 여급들에게 게이샤 수련을 혹독하게 시켰단다. 우리는 손님 앞에 나아가 샤미센을 타며 일본 민요를 불러야 했지. 납 중독이 될 정도로 뽀얗게 분을 바르는 것도, 일본 민요를 부르는 것도, 샤미센을 타는 것도 힘들지는 않았다. 기모노를 입고 다다미 바닥에 무릎을 꿇고 앉는 것이 그렇게 힘들더구나. 내가 가무에 뛰어나진 않았으나 가야금과 노래를 밥 먹듯이 타고 부르던 한국의 기생이었으니 샤미센을 타는 일쯤이야 식은 죽 먹기였고, 일본 민요는 그저 신곡을 배우는 정도나 다름없었다. 다른 이들에겐 혹독한 게이샤 수련이 한국 기생인 내겐 기방의 수업과 별반 차이가 없었던 거야. 헌데 무릎을 꿇고 앉는 일만은 좀체 몸에 익지가 않았어. 무릎에 굳은살이 박일 정도가 되어서야 자연스럽게 무릎을 꿇을 수가 있었다. 무릎을 꿇을 때마다 소매를 걷어 팔목에 새긴 먹점을 보았구나. 검은 먹점이 뜻하는 것, 그것은 오마담이 나의 양언니라는 사실보다 내가 한국의 기생이었다는 것을 일깨워주었다. 나는 한국 여자다, 조그맣게 중얼거리기도 했지. 서랍이 많은 사람이 되겠다고 다짐도 했단다. 내 비록 연예인 송출이라는 이름으로 팔려온 신세지만 언젠가는 서랍 많은 사람이 되어 일본 열도를 통째로 삼키겠다고 맹세를 했었지. 일엽초 홀씨처럼 남의 땅에 뚝 떨어지니 저절로 오진 맘을 먹게 되더라. 어수룩했던 부용각의 춘자가 말이다."

하루코의 모습 그 어디에서도 그 옛날 부용각 춘자의 흔적은 찾을 수가 없었다. 그런데 미스 민은 하루코의 팔목에서 씨앗처럼 파묻힌 한국의 어린 기생 춘자를 보았다.

"여자들끼리 모이면 팔에 먹점을 뜨는 게 유행처럼 퍼지던 시절이었다. 하루코가 일본으로 건너가기 전날 밤 우린 의자매를 맺은 표시로 팔에 먹점을 떴구나. 내 팔에 있는 것도 보겠니?"

불쑥 내민 오마담의 가녀린 팔목에도 하루코와 똑같은 먹점이 새겨져 있었다. 군산에서 뱃길로 백여 리, 선유도에 닿기까지 꼬박 두 시간 동안 하루코는 선상의 난간에 기대어 튀어오르는 물보라를 맞으며 미카도 신사와 고바루의 벚꽃에 대해서 말했다. 엔진 소리가 크게 울리거나 배가 흔들리면 하루코의 목소리도 커지거나 끊겼다.

"시간이 날 때마다 미카도 신사엘 갔었다. 대명신인 백제의 정가왕께 무릎을 꿇고 간절히 빌었구나. 서랍 많은 사람이 될 수 있게 힘을 주십사 하고. 어느 날 신사에서 한 남자를 만났다. 신사의 정문에는 우리나라 풀비 같은, 발이 짧고 숱이 많은 빗자루 세 개가 대롱거리며 새끼줄에 걸려 있었는데, 그 밑에 웬 남자가 멀뚱하니 서서 절하는 날 훔쳐보고 있지 뭐니. 그가 내 남편 나카무라 노부유키였다. 그때 알았다. 우리가 말하는 운명은 기대와 노력이 반이고 나머지 반은 우연하게 형성되는 거라고. 이해할 수 있겠니? 우리 같은 인간을 옴쭉달싹 못 하게 옭아매는 운명이라는 것이 실은 튼튼한 고리와 고리로 빈틈없이 연결되어 있는 것이 아니라 사소한 우연에 의해 이리저리 왔다갔다할 수 있게끔 느슨하게 되어 있다는 것을. 그와 눈이 마주친 후, 당황한 나는 신사를 빠져나와 고바루로 올라갔단다. 고바루는 신사 뒤편에 있는 공원인데, 벚꽃으로 유명한 곳이지. 가지가 휘어지게 핀 벚꽃 때문에, 튀긴 팝콘처럼 또랑또랑 매달린 꽃들 때문에 비를 뿌릴 듯 하늘이 침침해도 길만은 환하게 빛나는 그런 곳이었다, 고바루는. 벚꽃이 눈처럼 휘몰아쳐 날리는 길을 노란 기모노를 입은 내가 종종종 걸어가고 노부유키는 멀찌막이 떨어져서 뒤를 따라왔구나. 한참을 가다 돌아보니 그가 흔적도 없이 사라졌더라. 벚꽃들만 풀풀 날리는 텅 빈 길을 보고 있자니 세상에, 무를 날로 세 개나 깎아먹은 것처럼 속이 볶이지 뭐냐."

이듬해 가을 하루코는 이치모리로 들어서는 노부유키를 보았다. 잔디가 깔린 정원의 돌계단을 밟고 이치모리로 올라오는 그를 보고 하루코는 이층에서 살며시 덧창을 열었다. 주렴을 걷고 안으로 들어서던 노부유키가 고개를 빼고 하루코를 올려다보며 웃었다.

"어두운 골마루를 걸어 일층으로 내려갈 때 그 좁은 골마루가 그날따라 어쩜 그리도 길던지. 밖으로 난 수십 개의 덧창을 타고 들어온 햇빛이 골마루와 회칠한 벽에 닿아 금모래색으로 반짝이던 광경을 지금도 잊을 수가 없단다. 골마루에는 두부모처럼 잘린 햇빛이 덧창의 수만큼 칸칸이 들어와 있었다. 금모래색 햇빛들을 하나씩 밟고 그 빛 속을 지나가며 난 그이가 앞으로 가질 서랍들 중 하나라는 걸 알았단다."

난고촌은 그리 높지 않은 산들로 둘러싸인 오목한 마을이었다. 안개가 자주 끼긴 했지만 답답하지 않았고 치마폭에 감싸인 듯 오히려 아늑했다. 미카도 난고촌은 관광객을 유치하기 위해 계절마다 축제를 열었다. 노부유키가 이치모리에 도착하던 날, 미카도 신사에서는 가을 축제가 열렸다. 마을에서 뽑힌 두 명의 남자가 백제의 왕족으로 분장을 하면 난고촌 사람들이 길게 두 줄로 늘어서서 왕족 부자의 대면 현장을 지킨다. 이치모리 여장에서도 옥호가 적힌 검은 깃발을 들고 축제에 참가했다.

"나는 모닥불을 피운 신사의 마당에 주저앉고 말았어. 오카미상이 새로 산 게다를 신고 가라고 주었거든. 새 게다 끈이 닿을 때마다 엄지와 검지발가락 사이가 뚫리는 것처럼 아팠단다. 노부유키는 게다와 다비(게다 속에 신는 양말)를 벗기더니 부어오른 발을 자신의 무릎 위에 올리고 주무르기 시작했어. 다른 곳도 아니고 발을 말이야. 그때까지 발을 주물러준 사람은 아무도 없었다. 노부유키가 넓적한 손으로 발을 계속 만지작거리자 쓰라리던 발가락이 거짓말처럼 나았단다. 유키! 감격한 목소리로 그를 불렀더니, 그가 운이 도망간다며 쉿, 하고 자신의 엄지손가락을 내 입에 갖다댔어. 그때 무슨 신호처럼 우리들의 머리 위로 커다란 폭죽이 펑펑 터지기 시작했다. 그의 이마가 붉디붉게 빛나더구나. 붉은 이마를 가진 방랑무사. 내가 즐겨 읽던 무협지 속의 무사가 떠올랐어. 그 순간만은 내 신분도, 그의 신분도, 나의 국적도, 그의 국적도 아무런 문제가 되질 않았다. 나는 두 눈을 부릅뜬 채 고베로 가기로 결정했단다. 그는 해양조선소 고베 지사에 근무하고 있었거든."

그가 도쿄의 본사에 가고 없는 날마다 하루코는 이케바나라고 하는 일본 꽃꽂이와 다도를 배우기 시작했다. 서랍 많은 사람이 되기 위해서는 자신의 재능을 발견하는 것이 우선이라고 생각했다. 해양조선소 사장이던 노부유키의 아버지는 몹시 무뚝뚝한 사람이었다. 구두솔처럼 억센 눈썹이 정면으로 뻗친 듯 길게 자라서 가만히 있어도 골이 난 것처럼 보였다. 그런 그가 이상하게도 하루코에게만은 관대했다. 가끔 하루코를 자신의 집으로 불러들이기도 했다. 노부유키의 아버지는 일본 여자들도 입지 않는 기모노를 평상복처럼 입고 다다미 바닥에 꿇어앉아 행다를 펼치는 하루코를, 본래 입이 뜬데다가 일본말에 능숙하지 않아 말이 없을 수밖에 없는 하루코를, 말없는 타국의 여인이 예의를 갖춰 절도 있게 끓여내는 일본 차를 좋아했다. 하루코는 노부유키의 아버지 나카무라 상 때문에라도 다도에 정진해야만 했다. 필요에 의해 재능은 발견되었고 하루코는 점차 서랍의 수를 늘려갔다.

"형편이 펴지자 주위를 둘러볼 생각이 나더구나. 일본으로 같이 건너온 기생들을 수소문을 하기 시작했다. 혼자 난고촌에 떨어진 뒤로 그들의 소식을 알 길도 없었거니와 앞만 보고 달리느라 옆을 돌아볼 짬이 없었어. 흉한 소문이 들려오더구나. 유곽으로 팔려나간 기생들은 앞니가 꺼멓게 썩었다는 거야. 채찍을 맞으며 온종일 물을 길어나른다는 소문도 있고. 말이 통하지 않는, 가난한 나라에서 온 여인들이 일본 유곽에서 어떤 일을 했겠니? 그들은 유곽에서도 가장 밑바닥 생활을 했어. 수출산업의 역군? 기생의 역사에 있어서 그처럼 가혹한 시기는 없었다. 돌아보면 야만의 시대였지. 나는 그 모든 것을 잊지 않기 위해 여전히 두 눈을 부릅떠야만 했어."

배에서 내린 부용각의 식구들은 해안선을 따라 펼쳐진 모래밭을 일렬로 늘어서서 걸었다. 아름드리 소나무가 둘러쳐진 모래밭에서 신발 속의 모래를 털던 하루코가, 그러니까 이 발이 오늘의 나를 있게 한 셈이지, 농담을 하기도 했다. 방조제 둑에는 해당화가 막 꽃망울을 터뜨리고 있었다. 슬그머니 다가온 파도가 부드럽게 어르다 가는 해변에는 유리알처럼 고운 모래가 자그만치 십 리나 깔려 있었다. 절반도 가지

못하고 돌아오는 길에 하루코는 우람하게 솟은 망주봉 앞에서 움직이
지 않았다.

"다도에 전념할 때, 저 망주봉처럼 높은 봉우리에 오르는 꿈을 꾸기
도 했단다. 어떨 땐 이틀 연속으로 꾼 적도 있었어. 손발이 부르트고 무
릎이 까지도록 기어올라도 늘 제자리였어. 제자리걸음을 해본 사람은
그 심정을 알 거야. 앞으로 가야 하는데, 어깻죽지를 붙잡고 늘어지는
일본 다도인들을 뿌리치고 저만치 홀로 나아가야 하는데 가도 가도 제
자리라니. 그런 날 아침이면 입이 마르고 으슬으슬 추운 게 몸살이 찾
아오더라. 타박네가 끓인 얼큰한 선지해장국이 얼마나 먹고 싶던지. 빨
간 고추장 물이 빠져나간 내 몸에 노란 단무지 물이 밸까봐 그게 제일
무서웠다. 나를 키운 건 고추장의 매운 힘이거든."

7

언젠가 한 남자가 몹시 수줍어하며 친구들을 따라 기방으로 들어섰
다. 마침 한가한 때여서 손님을 서로 받으려고 기생들이 몰려들자 남자
는 어찌할 바를 모르고 쩔쩔매다가 집엘 가야 한다며 친구의 옆구리를
찔렀다. 그들은 이미 취해 있었다. 옆구리를 찌르는 손을 매정하게 털
어낸 친구가 남자를 향해 눈을 부라렸다.

"우리도 지킬 가정은 있어, 임마. 여기까지 와서도 티를 내요, 티를
내."

집으로 가겠다는 남자를 기어이 끌고 방으로 들어선 친구는 호기 있

게 외쳤다.

"어이! 오늘 제일 예쁜 애가 준구 옆에 앉는다. 니들 불만 없지? 제 마누라밖에 모르는 자식, 이 기회에 눈 좀 높여주자구."

준구라는 남자는 목이 닿는 부분만 칫솔로 문질러 빨아 안깃이 희게 바랜 와이셔츠를 입고 있었다. 그는 기방에서 봤던 다른 남자들과는 좀 달랐다. 허세가 쏙 빠진, 담백한 민낯의, 그래서 제 발로 기방에 들어섰으면서도 앉을 땐 엉덩이를 뒤로 잘쏙하게 빼고 앉아도 밉지 않은 남자였다.

"어? 이 속에 든 게 뭐죠?"

옆에 있던 기생이 무심코 남자의 엉덩이 뒤에서 종이백을 쑥 잡아빼어 교자상 위로 올려놓았다. 종이백 속에서 나온 건 검은 비닐봉지였다. 남자는 기생이 쥔 비닐봉지를 빼앗으려고 했고, 기생은 빼앗기지 않으려고 버텼다. 다른 기생이 잽싸게 건네받아 봉지를 풀어헤치자 뜻밖에도 그 속엔 작은 화분이 들어 있었다. 보라색의 자잘한 꽃을 피운 그 화분은 시장에서 삼, 사천원이면 살 수 있는 흔한 것이었다. 여지껏 기방에 꽃을 사들고 오는 남자는 없었다. 집에 가져갈 조기 꾸러미나 배, 사과 따위가 담긴 봉투를 뒤룽뒤룽 매달고 기방으로 들어서는 남자가 없듯이 비닐봉지에 아무렇게나 넣어주는 싸구려 화분을 들고 오는 남자도 없었다. 술집이나 식당에는 생활의 냄새가 폴폴 풍기는 물건들을 잘도 들고 다니면서 기방에 올 때는 일종의 묵계인 양 신분을 나타내는 사무용품 외엔 다른 아무것도 들고 오질 않았다.

새애끼, 남자들은 동시에 탄식을 내뱉었고 기생들은 단체로 아, 하고 입을 벌렸다. 하여간에 공처가 아니랄까봐, 남자들이 일제히 툴툴거리

기 시작했고, 화분의 주인은 집사람이 좋아하는 꽃이어서…… 뒷말을
얼버무렸다.

기생들은 약속을 한 듯이 입을 다물고 있었다. 숨소리조차 들리지 않
았다. 검은 비닐봉지 속에서 다른 것도 아니고 하필이면 자잘한 풀꽃
같은 보랏빛 꽃이 얼굴을 내미는 순간 기생들은 선연한 빛에 눈이 시었
고, 크기가 잘아 더욱 애잔해 보이는 보랏빛 꽃이 툭 던져주는 또다른
풍경을 봤던 것이다. 딱 저 꽃만큼 소박하고 정갈한 방 하나가 기생들
의 눈앞에 떠올랐던 것이다. 남자의 아내는 지금 저 꽃과 같은 잔꽃무
늬 식탁보를 깔고 남편을 기다릴 것이다. 순두부찌개나 고등어구이, 콩
나물무침 따위의 다정한 메뉴로 차린 저녁상 앞에서 남자를 기다리고
있을 것이다. 분수에 넘치는 꿈은 애초에 갖지도 않고 주어진 조건에
만족하며 살 여자. 밉지도 곱지도 않을 남자의 아내는 보랏빛 꽃이 핀
저 화분을 창틀에 모셔두고 오면가면 화분을 닦겠지. 분명히 뒤꿈치가
갈라졌을 남자의 아내는 삼, 사천원어치 행복에 잔뜩 겨워하며 꽃이 질
때까지 해종일 미소를 잃지 않겠지. 그래도 그 삼, 사천원을 기생들은
고작, 이라고 말하지는 않는다. 다른 남자에겐 고작, 일 수 있겠으나 저
남자에겐 어쩐지 고작, 이라고 함부로 말할 수가 없는 것이다. 남자의
희게 변한 와이셔츠 안깃이나 수줍은 태도, 술 몇 잔에 더할 나위 없이
붉어진 얼굴이 기생들을 그렇게 만든 것이다. 술잔이 한 순배 돌고 술
자리가 적당히 무르익자 그예 기생 하나가 눈을 살짝 감으며 신호를 보
냈다.

"나, 저 남자 꼬실 거야."

오늘 술 당기네, 남자들이 챙챙 술잔을 부딪치며 건배를 하는 사이

다른 기생이 속살거렸다.

"내가 먼저 찍었다."

미스 주가 이들의 말을 야멸스럽게 잘랐다.

"그냥 가게 둬! 곱게 보내주라구."

뒤이어 미스 주는 누가 담배 가진 것 좀 없냐며 꺼끌꺼끌한 목소리로 담배를 찾았다. 술을 마시던 남자의 친구가 거슴츠레한 눈으로 불 붙은 담배를 미스 주의 입에 물려주었다. 미스 주는 천천히 연기를 뱉어냈다. 남자가 종이백에 담아온 화분 때문에 보지 말았어야 할 풍경을 보고, 꾸어서는 안 되는 꿈을 기생들이 단체로 꾸었던 것이다. 기생에게 사랑은 사치다. 사랑에 패배할 운명을 지닌 줄 알고 있으면서도 아주 가끔 기생들은 한 남자를 위해 밥을 하고 상을 차리고 양말을 깁는 꿈을 꾼다. 물론 기생들도 알고 있다. 술자리에 나앉다보면 저절로 알게 되는 것이다. 이미 보고 겪은 것들이 너무 많아 절대로 그리 살 수 없다는 것을. 해마다 같은 꽃만 피는 꽃밭은 가꿀 마음이 없어진다는 것을. 하루코처럼 사는 기생은 가뭄에 콩 나듯 드물다는 것을. 부티로 조여 허리가 성할 날 없는, 베 짜는 여인처럼 될지언정 다시 술판에 나앉고 만다는 것을.

타박네는 말했다. 모시를 삼다 허리가 꼬부라질까봐 나이 열다섯에 섬마을에서 도망쳐나왔다고. 세상에서 제일 험하고 무서운 일이 모시 삼는 일이라고. 그래도 노래는 나온다고. 힘들면 악에 받치게 되고 거듭 악을 쓰다보면 기운이 빠져 몸이 맥없이 수그러들고 그 숙임의 언저리 어디에선가 탄식처럼 노랫가락이 묻어나온다고. 노래를 부르면 자기도 모르는 새 신명이 깃들고 그 신명으로 세상에서 가장 하기 힘든 일도 또 붙들게 된다고. 그렇게도 모진 노래가 베틀노래라고.

베틀에 올린 모시가 흔들리지 않도록 모시를 감은 말코를 부티로 옥죄면 여인의 허리와 아랫배가 움푹 들어간다. 용두머리는 삐거덕거리고 잉아가 오르락내리락 날실의 틈을 벌려 북길을 만들면 그 틈으로 꾸리를 담은 북을 가볍게 밀어넣는다. 두 손으로 번갈아 북을 던질 때마다 북은 날실을 타고 넘나든다. 씨실이 단단해지도록 바디를 앞으로 당겨 씨실을 친 다음 멀리 밀어놓는다. 용두머리 마찰음과 바디치는 소리가 장단을 맞추기 시작할 무렵이면 입에서는 다그랑 당당, 베틀노래가 흘러나온다. 땀으로 멱을 감으며 태모시를 쪼개던 일도 주섬주섬 모시를 먹던 일도 꿈결 같다. 모시올 한 가래를 전지에 걸쳐두고 모시 두 올을 뽑아 이을 때 세 가닥을 왼손으로 비비면서 무릎 위에 놓고 손바닥으로 위아래를 꼬면 두 올의 실은 감쪽같이 이어진다. 적당히 한 뭉치가 된 실은 노끈으로 묶는데, 이것이 모시 한 굿이다.

미스 민은 더도 덜도 말고 모시 한 굿 분량만큼만 쪼개지고 자아지고 싶다. 쪼개진데다가 물레에 자아지다보면 세상은 돌 것이다. 돌고 돌다 제자리를 찾을 수만 있다면. 어느 결에 욕망은 무화되고 송송 맺힌 땀은 쪼개진 모시올이 된다. 챙챙챙, 끝도 없이 부딪쳐오는 저 고난의 술잔들.

신기생뎐…

부용각

1

꽃이 진다. 오마담이 우뚝 걸음을 멈춘다. 꽃이 지고 있다. 오마담은 돌아보지 않는다. 눈을 감고 다만 등으로 듣는다. 보지 않아야 꽃 지는 소리가 들린다. '파' 음으로 떨어지는 꽃은 높은 가지에 핀 꽃이고 '레' 음으로 떨어지는 꽃은 낮은 가지에 핀 꽃이다. 봄꽃이나 가을꽃보다 여름꽃 지는 소리가 잘 들리고 아침이나 낮보다 해질녘에 잘 들린다. 바람이 눅고 습도가 높은 날 운이 좋으면 뒤란에서 계면조 음계로지는 꽃들을 만나기도 한다. 능소화처럼 크고 무게가 있는데다가 일시에 떨어지는 꽃이라야 '라도레미솔' 슬픈 계면조의 소리가 난다. 가지에서 금방 떨어진 꽃, 바람을 타고 날아와 비단 운혜의 코에 걸렸다가미끄러진다. 오마담이 허리를 구부려 가만히 꽃을 집는다.

어어허요오.

소리가 혀끝에 감긴다. 휘파람처럼 혀끝에서 놀던 소리가 목구멍을 휘어감고 들어가 뱃속에서 한 바퀴 뒹굴다 입 밖으로 터져나오려는 순간 꿀꺽 소리를 삼킨다. 이제는 아무 때고 소리가 혀에 붙어 놀지만 지금 소리는 예전 소리가 아니라는 걸 안다. 꽃 지는 소리를 들을 수 있는 것처럼, 오마담은 귀가 아니라 몸으로 자신이 내는 소리를 가늠할 수 있다. 몸이 하나의 통이 되어 후두와 배와 단전에서 울리는 몸 안의 소리를 듣는다. 입 밖으로 곧 나올 소리의 높낮이와 깊고 얕음, 소리의 경중이 미리 짚인다. 소리를 잘 들을 줄 알아야 좋은 소리를 한다지만 늙은 소리기생에겐 그런 재능도 비극이다. 소리가 절정에 달했을 무렵에는 기쁨과 희열로 온몸이 떨리기도 했지만 지금은 소리 한번 시원하게 내지를 수 없게 만든다.

재능도 과하면 독이 된다.

그걸 가르쳐주신 분은 진주 권번의 교방선생이었다. 교방선생은 조막만한 머리를 두드리고 또 두드렸다. 단단한 껍질에 싸인 머리는 여간한 자극에도 반응하지 않았다. 겨우 먹을 거나 탐하던 열두 살, 날뜨기 시절이었다. 기다리면 언젠가는 말랑한 머리가 두꺼운 껍질을 가르고 나올 거라는 걸 안 선생은 참을성 있게 기다렸다. 약지가 유난히 짧아 매정해 보이던 선생의 손.

"손이며 옷이 전부 꿀에 범벅이 됐구나. 어휴, 부엌 강아지가 따로 없어!"

선생의 손은 단호했고 번개처럼 빨랐다. 등덜미가 화끈거린다고 느끼는 순간 선생은 이미 채련의 손에서 빼앗은 화전그릇을 들고 서 계셨다. 채련도 어깻죽지를 맞았는지 한 손으로 오른쪽 어깨를 잡고 있었다.

"꿀은 기생이 가장 경계해야 할 물건이란다. 끈적하게 엉기는 것들은 돌아볼 것도 없이 단칼에 베고 나아가야 한다. 칼처럼 날카롭게 베고 벌처럼 쏘고 줄 없는 연처럼 자유롭게 날아야 하지. 그래야 남자를 감전시키지."

나른한 봄의 오후. 기생 수업은 지루하게 이어졌다. 남자를 감전시킨다는 게 무슨 말인지 도무지 알아들을 수가 없었지만 교방으로 흘러드는 고소한 냄새가 자신들을 유혹하고 있다는 것만은 명확히 알았다. 까치발을 들고 교방을 살금살금 빠져나온 오마담과 채련은 냄새를 따라 부엌으로 숨어들었다. 찹쌀전 위에 사뿐히 얹힌 진달래 꽃잎. 뒤집힌 솥뚜껑 위에서 찹쌀전은 오래도록 지져졌다. 적당히 지져지면 부엌어멈은 모가지가 싹독 잘린 진달래 꽃잎을 찹쌀전 위에 한 장씩 얹고는 엄지로 지장 찍듯 꽃잎을 꾹꾹 눌렀다. 돈을 세는 은행원보다 손이 빨랐다. 그 바람에 어떤 꽃잎은 엄지손가락이 너무 깊이 들어가서 앵, 하고 토라진 것처럼 보이는 것도 있었다. 다 지진 화전이 노리끼리한 꿀 종지 안으로 잠수를 할 때 채련의 목에서 침 넘어가는 소리가 들렸다. 오마담이 눈을 찡긋거렸고, 채련이 화전그릇을 집었고, 둘은 투다닥 뛰었다. 긴 앞치마를 두른 부엌어멈이 뒤집개로 허공을 두드리며 울상을 지었다. 저걸 어째! 손님 상에 올릴 건데.

연두와 초록으로 물들기 시작하는 뒷산 초입에서 오마담과 채련은 목에 가시가 걸린 것처럼 컥컥 웃었다. 채련의 얼굴에 길죽하게 묻은 거뭇한 꿀 자국을 보며 오마담은 끈적거리는 손가락 네 개를 활짝 벌렸다가 붙였다가 했다.

"기생으로 산다는 건, 이 화전과 많이 닮았다. 보기만 좋지 막상 먹어보면 별 맛이 없는 것도 그렇고. 찹쌀전 위에 꽃잎을 한 장씩 꾹꾹 찍듯 기생들은 자기 가슴을 펜촉같이 날카로운 것으로 꾹꾹 찍어야 할 때가 많아. 그래서 기생들의 가슴에서는 피가 흐르지 않아. 동글동글 맺혀 있을 뿐이지. 제 스스로 낸 제 가슴의 핏물을 내려다보고 사는 게 기생이야."

채련은 그때 교방선생의 가르침을 이해했을까. 손가락을 벌릴 때마다 손가락 사이에 달라붙어 실처럼 늘어나던 꿀을 오마담은 지금도 잊지 못한다. 꿀이 묻은 손가락 네 개를 떼었다 붙였다 하던 기억이 잊히지 않듯 새촘한 채련의 얼굴에 웃음이 번지기 시작하면 컥컥, 어금니 사이로 터져나오던 천진한 웃음소리가 잊히질 않았다. 어찌 잊을 수가 있겠는가. 채련과 더불어 영글던 날뜨기 시절을 송두리째 도려내지 않고서야.

"입 속에서 굴린 소리를 입천장까지 띄워보아라. 이번에는 입천장에 닿은 소리를 온 힘을 끌어모아 정수리까지 쏘아올리거라. 소리가 머리의 숫구멍을 뚫고 나오는 것을 느낄 수 있을 때, 공중으로 산산이 흩어지는 것을 느낄 때, 너의 몸은 더워질 것이다. 소리로 제 몸도 데우지 못하는 소리기생은 소리를 듣는 손의 몸도 달굴 수 없음을 알아야 해."

당신이 평생에 걸쳐 깨달은 것을 그냥 주워먹기에는 동기들의 나이가 어렸지만 교방선생은 조급했다. 알거나 모르거나 따질 형편이 아니었다. 늙은 선생에겐 시간이 얼마 없었다. 기방의 소리가 사양길로 접어들기 시작하면서 조바심도 컸을 것이다. 해방 이후 발족된 국악건설본부가 국악원으로 바뀌면서 창극운동에 힘을 쏟았다. 그 결과 창극단체들이 우후죽순 생겨났고 기방의 쓸 만한 소리기생들을 야금야금 빼

가기 시작했다. 공연의 레퍼토리가 정통 판소리에서 설화나 야사, 야화로 확대되면서 청취의 대상이었던 소리가 관람의 대상으로 변하자 소리와 춤 모두를 어우를 수 있는 미모의 기생이 필요했다. 당시 소리기생들이 주역이었던 국극사의 〈만리장성〉이나 김연수창극단의 〈단종과 사육신〉, 여성국악동호회의 〈햇님달님〉은 가는 곳마다 사람들의 발길로 미어터졌다. 답답한 기방보다는 넓은 무대에서 활개를 치고 싶어 내심 창극단에 뽑히기를 원하는 기생들도 적지 않았다.

그런 시절이었으니 기방과 교방에서 안달을 하지 않을 수가 없었다. 기방에서는 예기들을 단속하는 한편 교방에서는 동기들의 훈육에 모든 것을 걸었다. 특히 정신교육에 힘을 쏟아부었다. 지금의 타박네와 얼추 비슷한 나이였던 교방선생은 허리가 납신 굽어 있었는데도 회초리를 들 때면 손목에 힘이 꼿꼿하게 실렸고 목소리도 카랑카랑했다. 차가운 성정도 성정이지만, 요실금이 일찍 찾아왔던지 선생의 몸에 지린내가 체취처럼 연하게 배어 있어 동기들은 선생 가까이 가기를 꺼렸다. 선생은 소리의 대가인 동시에 기생으로서는 보기 드문 박색이었다. 그런 탓에 소리는 더욱 깊어졌을 것이다.

"모든 예술은 하나로 통한다. 소리가 그러하고 춤이 그러하다. 나뭇가지에서만 놀면 재가 승하게 되고, 재가 승하면 생명력이 길지가 않아. 나무의 가지만 보지 말고 몸통도 보아야 하느니. 그렇다고 뿌리까지 볼 생각은 아예 하지도 마라. 많고 적음은 곧 하나거든. 뿌리까지 봐버린 예인들은 단순하게 변하고 말아. 단순하다는 건 초월의 의미도 있지만 물기 없이 쪼그라들었다는 뜻이기도 해."

선생은 채련이 지나치게 총명하고 재기가 많아 그게 걸린다고 말씀

하셨다. 늦되는 것이 도리어 빠르다는 말을 입에 달고 사는 선생이니 당연한 염려였다.

"선생님, 가슴이 천 갈래 만 갈래 찢어진다는 것이 무슨 뜻인가요."

채련은 머뭇머뭇 선생에게 물었다.

"뭐라? 천 갈래 만 갈래? 그 말은 어디서 들었느냐. 책에서 읽었니?"

"하여간 궁금해서요. 진주 남강에 꽁꽁 언 얼음을 밟으면 발밑에서 얼음이 갈라지듯 그렇게 가슴이 말갛고…… 빠르게 갈라진다는 말인가요. 말린 육포를 찢을 때처럼 윗겹이 먼저 찢어지고 아랫겹은 고기의 결과 결이 서로를 밀어내면서…… 서서히 찢어지는 것처럼 가슴이 여러 갈래로 둔탁하게 찢어진다는 말인지요."

채련은 이 기회에 궁금증을 풀어볼 생각인지 포플린 블라우스에 달린 단추를 열고 가슴을 풀어헤쳤다. 그러고는 일일이 예를 들어 보이며 선생에게 질문했다.

"요망한 것!"

채련의 달아오른 얼굴이 휘청 흔들렸다. 채련은 감히 묻고 있었다. 열두 살짜리 아이가 슬픔의 속도와 깊이에 대해 선생에게 조리 있게 캐묻고 있었다. 채련의 검정 몽당치마 위로 분별력을 잃은 선생의 회초리가 날아들었다. 가슴이 천 갈래 만 갈래 찢어진다는 따위의 감상적인 문구는 창극 대사에나 나오는 말이다. 그걸 알고 있던 선생은 회초리를 머리 위로 도리깨처럼 마구 휘둘렀다. 오마담은 혹시나 채련이 야반도주라도 해서 창극단에 들어갈까봐 선생이 미리 잡도리를 하는 거라고, 그렇지 않고서야 크게 문제될 것도 없는 말에 그렇게 길길이 날뛸 리가 없다고 생각했다.

"뭐가 어쩌고 어째! 사람이 지 나이만큼 살아야지 뭐가 급하다고 앞질러 가, 앞질러 가길! 기생이면 누구나 이가 갈리도록, 신물이 나게, 알고 싶지 않아도 알게 되는 게 그 말이다. 가슴이 어떻게 찢어지는지 한번 당해봐라. 요 시건방진 년!"

진주에 들어온 창극을 몰래 가서 본 게 문제였다. 천막을 치려고 장터에 말뚝을 박을 때부터 오마담의 가슴이 벌렁거렸다. 사람들을 끌어모으기 위해 골목골목을 돌아다니며 부는 극단의 꽹과리 소리는 기방에서 듣던 음악과는 사뭇 달랐다. 전체적으로 꾸민 듯 가볍고 자발스러웠으나 그 점이 오히려 마음을 달뜨게 했다. 창극 배우들은 가부키 배우처럼 희게 분칠한 얼굴에 검은 아이라인으로 과장되게 눈을 그려서 멀리서 보면 얼굴에 눈만 둥둥 떠 있는 것처럼 보였다. 위로 한껏 뻗쳐서 진하게 그린 눈의 꼬리 부분이 눈썹에 닿을락 말락 했는데 꼭 홰를 켠 용의 눈 같았다. 주연을 맡은 창극 배우의 흉내를 낸 건 오마담이었다.

"소녀의 가슴이 천 갈래 만 갈래 찢어지는 것 같사옵니다."

천막 무대에서 두 시간 동안 이어진 공연 가운데 다른 건 아무것도 생각나질 않고 주연 배우가 했던 그 신파조의 대사만 오마담의 머릿속에서 맴돌았다. 신파를 의심하지 않을 때, 다량의 청승과 통속, 눈치 보지 않고 끝까지 밀어붙이는 촌스러움조차 순수하게 흡수할 때 신파가 갖는 역량은 무한대로 커지고 파장은 극대화된다. 한 번의 관람으로 신파에 푹 빠진 오마담은 목소리 톤을 높여 그 대사를 앵무새처럼 외우고 다녔다. 같은 방을 썼던 채련은 귀에 못이 박였을 것이다. 특히 천 갈래 만 갈래, 하는 대목에서는 한 옥타브 끌어올린 목소리를 파르르 떨다가 눈을 지그시 감는 것으로 끝부분을 마무리했다. 그래야만 애달파 보였다. 오마담이 이따위 실없는 장난에 열을 올리고 있을 때 채련은 그 대사가 뜻하는 것, 즉 슬픔에 깊이 빠져들었던 것이다. 채련이 단소잡이와의 사랑을 이루기 위해 목포 앞바다에 뛰어든 일도, 죽음을 향해 자신을 몰아간 것도 어쩌면 이 장난과 무관하지 않을 것이다. 자신이 천 갈래 만 갈래, 를 그토록 방정맞게 외치고 다니지만 않았어도 채련은 슬픔을, 슬픔의 속도를, 슬픔의 깊이를 속속들이 알고 싶지도 않았을 것이고 일찍부터 죽음을 친근하게 느끼지도 않았을 것이다. 생각이 거기에 미치면 오마담의 가슴은 압착기에 끼인 듯 옥죄였다. 채련의 주검을 수습한 후 뒤늦게 교방선생에게 부음을 전했다. 팔십 고령이었던 선생은 모로 누워 찌질찌질 길게도 울었다.

"그것이…… 검정콩처럼 반질반질한 눈으로 내게 슬픔을 묻던 그것이 결국은 스스로 목숨을 거두고 말았구나. 일찍 빛나는 것들은 제 빛에 가려 일찍 지고 말아. 안 그러면 그 빛보다 더 많은 어둠을 끌어안고 살거나…… 총명과 재기를 그처럼 경계했건만…… 그랬건만…… 그 오진 것…… 아깝고 아까워서 어찌 보낼꺼나…… 어허이…… 어이."

교방선생은 돌아가시는 날까지 소리가 닿을 수 있는 마지막 고지, 절대적인 소리는 가르쳐주지 않았다. 기교가 정점에 다다르면 그 기교조차 부질없어지고 매운 재만 남은 벌판에 저 홀로 아득히 높은 소리를 이루다가 홀연 자연의 담박함을 닮는 게 소리의 길이니라, 이르고는 그뿐, 시종 침묵으로 일관했다. 자신의 소리를 한 치만 뛰어넘을 수 있었으면, 한 치가 모자라는 소리는 세 치가 모자라는 소리와 다를 바 없으니 많이도 말고 부디 한 치만 뛰어넘을 수 있다면. 어찌어찌 길을 내어

가다가 돌부리에 걸려 넘어지면 오마담은 터덜터덜 선생을 찾곤 했다. 퇴락한 기방의 뒤채에 누운 선생은 해가 거듭될수록 잘못 말린 생선에서 나는 냄새 같은 지린내와 고린내를 풍겼다. 그래도 구형 전축에서 송만갑이나 이화중선의 판소리가 쉼없이 흘러나와 안심이 되기도 했다. 낡은 레코드판이 긁히는 소리 사이사이로 들리는 선생의 목소리는 변함이 없었다.

"뭐 하러 또 왔어."

"선생님."

"왜."

"선생님……"

"앞뒤 문이 막혔느냐."

"네."

"썩을 년."

그 말뿐이었다. 더러 자신이 갈고 닦은 소리를 들려드리면 두어 대목만 듣고는 그만, 하고 고개를 외로 꼬았다. 그러고는 빛과 색이 사위어 옥색 단추처럼 변한 눈을 치켜뜨고, '아따, 고년. 얼룩말처럼 팔다리가 길죽길죽 힘이 좋게도 생겼구나' 또는 '오얏꽃처럼 얼굴이 함초롬히 피었구나', 딴청만 했다. 오마담은 정해진 순서처럼 따뜻한 물을 받아 선생의 몸을 씻기고는 그날로 자신이 있던 기방으로 돌아왔다. 유별난 선생은 오마담이 묵어가는 걸 하룻밤도 허락하지 않았다.

"선생님, 꽃이…… 꽃이…… 져요."

수증기가 피어오르는 목욕탕 문 밖으로 목련이 지고 있었다. 다사로운 봄볕에 목련이 퇴락한 기방의 뜨락으로 힘없이 떨어지고 있었다. 오마담은 선생의 몸을 닦던 때수건으로 자꾸만 흐려지는 유리문을 연거푸 문질렀다. 마른 먼지가 이는 가슴으로 빗방울이 듣는 것만 같았다. 때 아닌 빗방울에 놀라 풀썩 일어난 마른 먼지가 목욕탕 안까지 날아온 듯 코끝이 매캐했다.

"육갑허네. 지지 않는 것은 꽃도 아니여. 질 줄 알아야 꽃인 게지."

오마담은 선생을 부축해서 붉은 고무통 속에 들어가게 했다. 뼈와 가죽만 남은 선생의 몸을 따뜻한 물로 씻어내렸다. 기름기가 빠져 그런지 몸을 움직일 때마다 관절이 삐걱거리는 소리가 들렸다. 다음에 올 때는 사골이라도 고아드려야겠다는 생각을 하고 있는데 별안간 선생이 고무통 밖으로 손을 내밀어 오마담의 아랫배를 툭 쳤다.

"배에 물렁살이 올랐구나. 연습을 소홀히 했어."

돌아앉은 오마담의 등을 앙상한 손으로 자분자분 만지기도 했다. 등을 만져주는 것, 그것이 선생의 유일한 사랑의 표시였다.

"등이 굽으면 안 된다. 등은 소리를 받쳐주는 중요한 부위란다. 소리는 등에서 마무리가 되는 법이거든. 한복을 벗으면 등부터 활짝 펴는 습관을 들이도록 해라."

그것이 선생의 마지막 가르침이었고, 선생과의 마지막 만남이었다. 선생은 오마담이 소리에 빠져 기생의 본분을 저버릴까봐 우려했던 것이다. 소리기생이라는 낱말에는 소리가 기생의 앞에 붙지만 현실에서는 기생이 먼저고 소리는 그 뒤라고 몇 번이나 강조하신 것도 그런 뜻이었을 것이다. 오마담은 소리로 소리를 뛰어넘었고, 기생으로 마지막까지 남았고, 마침내 고음을 잃어버렸다. 많고 적음은 곧 하나라던 선생의 가르침은 옳았다. 뭐니뭐니 해도 늙은 말이 길을 아는 법이다.

2

　"얌통머리 없는 놈."

　타박네는 오도독 이를 갈아붙인다. 살쾡이 눈을 해가지고 풀방구리
에 쥐새끼 드나들듯 부용각을 들락거릴 때부터 알아봤어야 했다. 오마
담의 아파트 전세금까지 홀라당 뽑아먹은 놈을 곁불이나 쬐라고 엉덩
이를 옴죽거려 자리까지 내준 걸 생각하면 내 발등 내가 찍은 꼴이다.
그래도 인간인데 설마, 했다. 김사장을 보자마자 대뜸 오마담이 감기
걸린 고양이 시늉을 하며 양양거릴 때 놈을 여지없이 잘랐어야 했다.
오장이라곤 쏙 빼버린 오징어 같은 오마담이 또 그놈의 사랑타령을 늘
어놓았을 때, 이젠 지긋지긋하다 못해 넌더리를 내면서도 오냐 그래 가
는 데까지 가봐라 하는 심정으로 놈을 그냥 봐넘긴 게 문제였다. 목에
걸린 가시는 그때그때 제거해야 하는 것을.

　"넘볼 걸 넘봐야지 어딜 감히……"

　아금받은 말과는 다르게 타박네의 오목가슴 새가슴이 와들와들 떨린
다. 영준이 앞으로 등기하길 잘했지 하마터면 부용각이 놈의 손에 떨어
질 뻔했다. 세상에, 이 집이 어떤 집인데. 지붕의 하중을 받아내기 좋을
만큼 적당히 구부러진 대들보와 곧고 단단한 기둥은 장춘옥 시절 그대
로지만 마루와 문짝은 울진까지 내려가 고르고 고른 금강송으로 다시
짠 것이다. 금강송은 나무를 켠 뒤에도 굽거나 트지 않고 썩지도 않으
며 솔향기가 오래가 예로부터 소나무 중에 으뜸으로 쳤다. 부용각으로
옥호를 바꿔달면서 타박네는 제대로 된 나무를 쓰고 싶었다. 천년이 지
나도 변함이 없을 나무. 그런 올곧은 나무로 목포 부용각과 꼭 닮은 부

용각을 군산에 복원하고 싶었다. 수많은 세월이 흘러도 부용각만은 제 형태를 보존한 채 어디에서든 존재해야 했다. 찾아올 사람이 있어서, 그를 기다려야 하기 때문에, 타박네나 오마담이 세상을 뜬 뒤 그가 찾아오면 부용각이라도 남아서 다소곳하게 맞이해야 한다. 그래서 부용각은 무너져서도 쓰러져서도 안 되었다.

뭐에 씌인 사람처럼 금강송이 군락을 이룬다는 울진으로 무작정 내려가 일대를 샅샅이 훑고 다녔다. 영주, 봉화, 태백으로 이어지는 철도가 놓이면서 금강송이 마구잡이로 벌채가 되는 바람에 적당한 나무가 눈에 띄질 않았다. 뒤꿈치에 물집이 잡히도록 돌아다닌 끝에 손톱도 들어가지 않을 정도로 단단하게 생긴 팔십 년생 춘양목을 만났을 때, 그 기분이란. 집 한 채는 너끈히 지을 수 있을 정도로 우람한 나무였다. 이참에 장춘옥을 허물고 부용각을 새로 짓고 싶었지만 경비도 만만찮았고 그럴 시간도 없었다. 이 년여 비바람을 맞히며 춘양목을 자연건조시킨 후 부용각의 마루를 짜고 남은 목재로는 문과 창, 마루의 난간을 해 달았다. 눈꼽쟁이창, 머름창, 팔각창, 불발기문, 소슬모란무늬문, 격자문, 꽃살문 등 안채와 별채, 뒤채의 문과 창은 용도에 따라 다양한 이름의 아름다운 창호 문양으로 탄생했다. 부용각의 마루와 창은 칠을 하지 않아도 늘 붉고 누런 빛을 띠었으며 솔향이 그윽하게 감돌았다. 사람도 그렇지만 집 또한 정성을 들인 만큼 그 값을 한다. 부용각이 유명해진 이유도 이 집에 있음을 타박네는 안다. 눈 번히 뜨고 도둑맞을 뻔한 집을 다시금 보는 타박네의 가슴에 끝간 데 없는 정한이 파문을 일으키고, 한 점 이슬이 옴팡눈에 비치는가 했더니 금방 시퍼런 서슬이 뚝뚝 묻어난다.

"김사장 그놈을 다시 들이면 난 사람도 아니여."

허리끈을 볼끈 잡아맨 타박네는 다리를 재게 놀려 부엌으로 들어간다. 평상에 앉아 있던 김천댁이 부리나케 일어서고 뚱땡이는 돌아선 채 꿈지럭거리고 있다. 뚱땡이의 등이 웬만한 가정집 장항아리보다도 넓어 뵌다.

"아직도 멀었어?"

타박네는 솟구치는 울화도 삭이고 입도 헹굴 겸 찬물을 벌컥벌컥 들이켠다.

"다 되얏구먼요."

뚱땡이가 가져온 자기그릇에 너비아니가 얌전히도 담겨 있다. 저것 손끝이 언제 이리 야무졌던가. 솔솔 뿌린 잣가루도 잣가루려니와 고기 옆에 곁들인, 신선초와 양상추를 섞어 만든 샐러드가 제법이다. 타박네가 나무젓가락으로 너비아니를 되작거리자 뚱땡이의 얼굴이 하얗게 질린다. 이번 평가를 앞두고 제 딴엔 애를 태운 모양이다. 고기의 결을 살려 납작납작 썬 것하며 질긴 신선초와 부드러운 양상추의 조화는 저 둔한 머리로 어떻게 생각했는지. 고기는 제쳐두고 양상추와 신선초를 한 잎씩 맛보자 뚱땡이보다 김천댁이 더 긴장하는 눈치다. 왜 아니 그렇겠는가. 미우니 고우니 해도 수족처럼 부리던 시다를 잃게 생겼는데. 엇, 애 좀 봐라. 샐러드에 넣은 소금, 식초, 마늘의 분량이 알맞아 혀에 착 붙는다. 전라도 사투리로 '게미'가 있다는 말이다. 무엇보다 마무리로 친 고춧가루 때문에 샐러드를 씹을 때마다 잇몸이 상쾌하다.

"너 이거 실수한 것 아이가."

"네?"

"실수로 잘못 맹근 거 아니냐고."

"왜, 맛이 없어요?"

김이 확 새는 얼굴이다.

"감탄에 절탄이 절로 나온다."

타박네가 빈정대는 걸로 여긴 뚱땡이, 입이 닷 발은 나온다. 소갈딱지라곤 맹문이 콧구멍만도 못한 년. 그래도 저게 헛밥만 먹은 건 아닌 모양이다. 이 정도면 다른 건 더 볼 필요도 없다. 뜸을 들이고 자시고 할 것도 없이 오늘 당장에 중간으로 올려줘도 무방하겠다. 물론 뚱땡이는 중간이 된 그날로 단봇짐을 쌀 것이다. 딴은 시다로 있을 만큼 있었다. 음식 솜씨도 어지간히 익힌 터에 김천댁 뒤치다꺼리나 하며 뭉개고 있을 뚱땡이가 아니다. 저것과 같이한 세월이 얼만가. 다소 심통은 있어도 입 무겁고 뒷힘이 좋아, 볼 적마다 고기 들어간 뱃속처럼 든든했는데. 단봇짐 속에 뚱땡이와 같이한 시간도 넣어보내면 좋으련만. 어석버석 버성기며 허술하게 지낸 것 같아도 정작 보낸다 생각하니 타박네의 가슴 가장자리가 찌르르 저려온다. 이리 보낼 줄 알았으면 좀더 잘해줄 것을. 저것이 입만 빼물지 않았어도 그처럼 별쭝나게 굴진 않았을 텐데. 말끝마다 쥐어박듯 본데없이 대한 게 되우 마음에 걸린다. 타고나길 쩟쩟하게 타고난 성정머리인데 뉘를 탓하랴. 타박네의 옴팡눈이 전 같지 않다. 서릿발처럼 매운 눈이 서서히 풀리고 있다. 얼라리? 오래 살고 볼 일이네. 김천댁이 놀란 눈으로 타박네를 쳐다본다.

3

소리를 오래 듣고 있으면 내장이 꼬인다는 사람이 있었다. 광주의 어느 사학재단에서 행정 일을 본다고 했다. 같이 온 귀명창의 말투로 보아 그 사학재단의 집안 사람 같았다. 안경을 낀 남자였는데 별일 아닌 일로 이죽거리며 오마담의 비위를 살살 건드렸다. 요즈음이면 몰라도 당시는 오마담의 소리가 한창 무르익던 무렵이었다. 아침에는 소금물을 목젖까지 넘겨 가글을 하고 밤이면 명주수건을 목에 감고 잤다. 소리 하는 사람은 소리에 따라 몸이 처지기도 하고 개운해지기도 한다. 첫목을 단번에 틔운 날은 숙취로 전 몸도 가뿐하게 깨어나곤 했다. 손님의 부름을 받아 이 방에서 저 방으로 종횡무진 바빴던 오마담은 한 방에서 한 시간을 넘기지 못했다. 하룻밤에 버선 세 켤레를 갈아신고 뛰던 시절이었다. 버선을 갈아신을 시간도 없었지만 타박네가 어찌나 눈을 반들거리며 버선발 단속을 심하게 했던지 그것만은 피해갈 수가 없었다. 기생들의 버선발이 꺼메지면 그날로 기방 문을 닫는다는 속설을 고스란히 믿은 탓이다. 교자상을 방방이 들이고 나면 타박네는 밴드부 악장처럼 부지깽이를 옆구리에 척, 하니 끼고서 안채와 별채를 휘저으며 돌아다녔다. 방과 방 사이 어간마루나 대청께에 지키고 섰다가 치맛단으로 마루를 쓸며 오가는 기생들을 쩨려보았다. 타박네는 색색의 고운 치맛단 밑에 숨은 기생들의 버선발을 예의주시했다. 단 한 번도 어설피 지나간 적이 없었다. 타박네의 옴팡눈에 걸리면 천하 없는 오마담이라도 재깍 주저앉아 마루의 난간 틈으로 버선발을 내밀어야만 했다. 높은 마루 위, 다리를 뻗고 앉은 기생들의 발바닥을 치기에는 타박네의 작달막한 키가 맞춤했다.

"낯바대기에 내동 잘 붙어 있던 눈이 갑작시리 전근이라도 갔더나. 여 함 봐라. 이러고도 니가 기생이라 칼 수 있나. 이 더러운 버선발로 감히 손님 받을 생각을 했단 말이제에?"

발바닥을 맞으면 옥문을 조이는 힘이 커진다는 방중술을 철석같이 믿었던 기생들은 타박네의 회초리를 굳이 피하려 들지 않았다. 그래도 아픈 건 아픈 것이다. 또 손님들의 눈에 띄기라도 하면 그 난감함을 어찌 말로 형용할 수가 있겠는가. 그러니 오마담은 찍소리도 못 하고 촌음을 아껴 버선을 갈아신으며 안채와 별채를 달음박질하다시피 동동거리고 다녔다.

오마담은 시간을 아끼기 위해 방 앞에 도착하면 먼저 큰숨을 들이쉬고는 방문을 여는 것과 동시에 쥘부채를 펴들고 소리를 하며 그 방의 문턱을 넘었다. 방 안에서 기다리던 고수가 얼쑤, 북장단으로 소리를 받을 때에도 오마담의 얼굴은 쥘부채에 가려 보이질 않는다. 마침내 방으로 들어선 오마담이 쥘부채를 소리나게 접어 해사한 얼굴을 내어보인 다음 소리를 주르륵 펼치면, 오마담이 문턱을 넘어올 때부터 몸을 움츠리던 손님들은 그 얼굴을 보곤 짤끔, 오줌 지린 아이의 표정이 되어 홀린 듯 소리에 빠져들게 마련이다.

그날은 사학재단에서 행정 일을 본다는 남자가 중요한 대목에서 잇새를 빨며 신소리를 해 좌중의 흥을 깨버렸다. 머쓱해진 오마담은 소리를 접고 술상에 껴들었는데 남자는 계속 깐족거리며 오마담의 비위를 살살 건드렸다. 진작 안면을 튼 귀명창의 청도 있고 남자의 수작도 피할 속셈으로 판소리 다섯 마당 중 〈적벽가〉 한 대목을 구성지게 뽑았다. 생긴 건 쩨쩨하게 생겼어도 귀가 아주 막힌 사람은 아니었다. 몸으로 장단을 먹어줄 줄 아는 걸 보면 귀명창까지는 아니더라도 소리를 자주 접한 사람이 분명했다. 왼새끼 꼬듯 남의 말꼬리를 잡고 늘어지는 품이 얄밉고 행동도 경박했지만 이상하게 밉상이 아니었다. 그렇다고 곱상도 아니었다. 소리를 듣고 있으면 내장이 꼬이는 사람을 소리꾼이 곱게 볼 턱이 있겠는가.

다른 방으로 건너갔다가 지나는 길에 잠깐 들렀더니 남자는 얼큰하게 취해 있었다. 같이 온 손님들은 가고 없고 귀명창만 남아 남자와 대작을 하는 중이었다. 어쩐 일로 귀명창이 남자의 눈치를 자주 봤다.

"왔구나. 천하명기 오연분이 웬일로 다시 왔어. 네가 고뿔에 걸려 앓아누우면 이 군산바닥은 말할 것도 없고 전주와 광주, 서울까지 들썩거린다는 기생이 아니더냐. 그런 네가 이 방에 다시 온 걸 보면 내가 마음에 없지는 않았던 모양이군 그래."

말본새가 본래 저런 사람인가. 기생 후리는 데 이력이 난 사람인가. 오마담은 말없이 남자의 붉은 눈밑만 쳐다봤다.

"이 밤이 다하도록 놀아보자꾸나. 설마 날 내쫓지야 않겠지. 니가 아무리 잘났다 하나 넌 일개 기생에 불과할 뿐이야. 노류장화 기생이 손님과의 동침을 거절하면 안 되지. 아암, 안 되고말고."

오마담의 인기가 하늘 높은 줄 모르고 치솟던 시기였다. 서울의 고관대작들도 오마담의 얼굴을 보려면 적어도 육 개월 전에 예약을 해야만 했다. 남자를 가리지 않는 오마담이라고는 해도 밀려드는 손님을 다 받을 수는 없었다. 손님을 받고 말고는 타박네가 중간에 들어 결정을 해주었다. 이를테면 매니저 노릇을 한 것이다. 한정없이 무른 오마담으로서도 그게 편했다. 그런데 그날은 타박네를 통하지 않고 즉석에서 고개를 끄떡였다. 귀명창이 알겠다는 은근한 눈짓을 보내왔다. 나머지 방을 돌고 왔을 때, 정원의 수은등이 하나 둘씩 꺼지고 있었다. 바깥대문의 홍사등롱은 벌써 내려진 시간이었고 침모로 있던 김씨네가 이부자리 수발을 마치고 막 그 방을 나오던 참이었다.

"손은?"

"주무실 차비하고 계시누만요. 들어가보세요."

별채의 담을 돌아가는 김씨네의 발짝 소리가 점점 멀어지는데도 방 안에서는 아무런 기척이 없었다.

"손님."

오마담이 방에 대고 자신이 온 것을 알렸다. 김씨네가 담 너머로 흘 긋 이쪽을 봤다.

"으응……"

분명히 남자의 대답이 들렸는데도 방문은 열리지 않았다. 오마담은 마루 앞에 부동자세로 선 채 그 밤을 보내고 새벽을 맞았다. 늦가을 밤 추위는 겨울에 댈 게 아니었다. 시간이 지날수록 코끝이 시리고 손가락 이 안으로 곱아들었다. 양손을 엇갈리게 해서 소매 안으로 집어넣었지 만 사정없이 떨리는 등은 주체할 수가 없었다. 오마담은 자꾸만 앞으로 굽는 등을 곧추세우느라 안간힘을 썼다. 혹, 그 밤 별이라도 떴던가. 하 마 저 방문이 열릴까, 굳게 닫힌 저 방문이 꿈처럼 활짝 열릴까. 안타까 운 마음에 꽃비가 내리고 눈보라가 휘몰아치고 뇌성폭우가 지나갔다. 새벽녘에는 다리의 감각조차 없어져버렸다. 머릿속을 어지럽히던 수다 한 잡념은 사라진 지 오래였고 오로지 고꾸라져서는 안 된다는 생각뿐이었다. 흰 고무신의 코에 밤이슬이 눈물처럼 송송 맺혀 있었다.

"……너! ……넌?"

아침에 방문을 열고 나오던 남자가 귀신을 본 듯한 표정으로 마루에 주저앉았다.

"여기서…… 마루 앞에 서서…… 밤을 꼬박 새웠단 말이냐."

이슬에 젖은 머리카락이 오마담의 이마를 가리고 저고리 고름은 바람에 풀려 너울거렸다. 칼로 저민 듯한 무수한 실금이 얼굴을 덮었고 입술은 하얗게 타들어가고 있었다. 오마담은 하룻밤 새 백년을 살아낸 것 같았다. 남자가 두 팔을 벌리고 허청허청 다가오자 그만 눈앞이 까무룩 무너져내렸다. 캄캄한 가운데 누르스름한 빛줄기가 솟구치더니 휘장처럼 변해 일렁거렸다. 숨통이 조이고 삽시간에 다리의 힘이 풀렸다. 오줌을 쌀 것 같은 기분이었다. 그 자리에 마른 짚단처럼 쓰러진 후에도 오마담의 귀에는 남자의 목소리가 들려왔다.

"그런 줄도 모르고 나는 술에 취해 잠만 잤구나! 세상 모르고 잠만 잤어!"

남자가 자신을 안고 방으로 들어설 때 오마담은 정신을 놓아버렸다. 혹독한 추위와 사방을 덮쳐오던 어둠. 흐르지 않는 시간처럼 무서운 게 또 있을까. 오마담은 다음날이 영영 오지 않을 줄 알았다. 그 밤의 일이 선명하게 떠오르는 걸 보면 시간은, 세월은 물 밀리듯 가고 오는 게 분명했다. 흘러간 일은 떠올리는 게 아니다. 기쁨은 반으로 줄고 슬픔은 곱이 되어 돌아온다. 밀물처럼, 파도처럼. 기방만 맴돌며 살았어도 그 손이 그 손이 아니듯 그날은 또 그날이 아니었다.

"그러구러 사흘을 앓았단다."

"지금 그걸 자랑이라고 하세요. 도대체 왜, 무슨 생각으로 그러셨어요?"

미스 민은 기막혀 죽겠다는 얼굴로 대들었다. 문병차 건너와서는 어떻게 하면 큰 기생이 되느냐고 치받듯 따져묻는 미스 민에게 괜한 얘기를 꺼냈다 싶었다. 평소의 미스 민이 아니었다. 성난 암고양이처럼 앞발을 들이대고 오마담을 할퀴려 들었다.

"약속을 했으니께. 내 손이었으니께."

"정을 준 사람도 아니면서. 손님을 한 손아귀에 쥐고 흔들어도 모자랄 판에 그러고 싶어요?"

"이것이다, 저것이다 생각지 않고 내 마음 가는 대로 살았다. 그래야 몸도 맘도 편했으니께. 사흘 동안 끙끙 앓고 났더니 기분이 상쾌한 게 좋기만 하더구나."

"퍽도 좋았겠어요. 그 남잔 그걸로 그만이었나요."

"왜애? 부용각의 단골이 됐지."

"그 사람과도 잤나요?"

"아니, 그가 몇 번이나 청했지만 동침을 하지 않았어. 내 맘이었지. 훗날 그가 집을 한 채 사주더구나. 여러 말 않고 넙죽 받았다. 그것도 내 맘이었지."

"그 집은요?"

"윤사장인가, 이사장인가…… 오래되어 성이 가물가물하다만, 대전 중앙시장에서 옷 도매상을 하던 이였어. 그 사람에게 주었다."

"정확히 말하자면, 뼁쳐서 뜯어갔겠죠."

"무슨 소릴, 내가 주었어. 남자에게 받은 것 필요한 남자에게 주자,

하고."

"아후! 말을 말자."

미스 민의 목소리가 싸늘해졌다. 그러더니 울컥해서 덤볐다.

"난 그러고는 못 살아요! 마담엄마처럼은 안 살아요!"

"내가 바보 같아 보이냐."

"천치 같아요."

"누구든 아름다이 목 축이고 갈 수 있다면 그걸로 기뻤지. 족했어."

"이상향이라도 꿈꿨나요? 하! 다른 곳도 아니고 이 기방에서? 사람들이 웃어요."

"어쨌든, 그랬다."

"그러니까, 결국, 아무것도 없이, 골병만 들어, 뒤채에서 이러고 있잖아요!"

"괜찮다. 왜냐면 나는…… 기생이니께. 내가 손님에게 멱살이 잡혀 마당에 내동댕이쳐진 것도 잊고, 니가 받고 싶지 않은 손님을 대신 받은 일도 잊어버려라. 넌 그걸 수모로 생각하고 내게 대드는 모양이다만, 그건 수모가 아니야. 기생의 인생이 심심할까봐 덤으로 열리는 이벤트라고 생각하렴."

미스 민의 얼굴에 더운 눈물이 흘러넘쳤다. 펑펑 울고 있었다. 미스 민은 눈물바람을 하는 아이가 아니었다. 맹랑하고 암상스러운 구석이 있어서 여간해 울지 않았다. 평상시 하던 대로 '아이고, 마담엄마에게 무슨 말을 해', 앙팡이 얼굴을 하고 제 가슴이나 칠 것이지, 울긴. 오마담은 측은해져서, 미스 민의 등을 한참 토닥거려주었다.

"옛날엔 기생이라고 하면 이마에 불도장을 찍은 것이나 다름없었다.

문화적 매력을 당당하게 발산하며 살았던 조선의 명기들도 그 불도장만은 피할 수가 없었어. 그 시절엔 기생에게 주는 팁을 '젓가락돈'이라고 했단다. 선비들이 돈을 손으로 주지 않고 젓가락으로 집어주어서 생긴 말이지. 얼마나 비참했으면 기생 노릇이 액운이라고 그랬겠냐. 그 말은 내 말이 아니고 김일련이라고 하는 명월관 기생이 한 말이다. 기생과 기생 아닌 것이 경계가 없어진 지금, 기방의 고임상과 한정식집 교자상의 경계가 없어진 지금, 옛 기생들이 보면 뛸 듯이 기뻐했겠지. 허나 한편으론 경계가 없어진 것이 서럽기도 하구나. 좋기만 한 게 아니라 저으기 불안해. 눈엣가시였던 경계가 없어지고 나니 어쩐지 허전하다 그 말이다. 경계를 뚜렷이 세우는 일, 앞으로 그 일은 미스 민 네가 해야 되지 싶다. 경계를 없애는 것이 옛 기생들의 꿈이었는데…… 그랬는데…… 지금 경계를 다시 세우자고 말해야 한다니, 그런 시절이 도래했다니, 세월이 무섭구나. 시대가 무섭구나. 하늘과 땅, 흐르는 바람이 실로 무섭구나."

그것이 이틀 전의 일이다. 그길로 미스 민은 웃고 떠들고 아무 일도 없는 양 손님 상에 나갔다. 오마담은 그게 더 아프다. 채련이가 살아 있었으면 힘이 되었을 텐데. 교방선생이 내게 그런 것처럼 채련이는 너에게 큰 힘이 되고도 남았을 텐데. 춤은 오죽이나 잘 가르쳤겠니. 오마담의 손아귀에서 여름꽃이 이지러지고 있다. 또다른 꽃, 후르르 날아와 오마담의 발밑에 떨어진다. 오마담은 여전히 돌아보지 않는다. 눈을 감고 다만 등으로 듣는다. 보지 않아야 꽃 지는 소리가 들린다.

4

어야, 햇빛 참 달다. 뒷담 아래 흐벅진 호박잎 하나 똑딱 꺾어 얼굴을 가린 오마담, 자박자박 안채 마당으로 나온다. 걷는 태 여직 고웁다. 핏속까지 기생 물이 들어 행여 얼굴에 기미 앉을세라 기를 쓰고 그늘을 찾는 그녀지만 오늘따라 볕이 유독 살갑고나. 살갑기가 평양 나막신보다 더하고나. 속저고리 바람으로는 변소 출입도 하지 않는 일패기생답게 꽃무늬 화사한 주름치마에 샌들까지 구색 갖춰 신고 치맛자락을 위로 살짝 치킨 듯이 잡은 왼손은 물일을 모르고 살아 여태도 섬섬옥수다. 빨랫바구니를 들고 나오던 타박네, 홀린 듯 오마담의 자태를 보고 있다. 젊어도 골고루 젊어야 쓰고 늙어도 골고루 늙어야 쓸 꺼인디. 감자나 고구마도 골고루 익지 않으면 설컹거리는 법인디 항차 사람이야. 멀리서 봐도 오마담의 몸 가운데 희고 고운 손만 도드라져 보인다. 복장 지르기가 주특기인 타박네, 입을 비죽거린다.

"니가 기생은 기생이다. 타고난 기생 말다. 살쾡이 그놈이 봤으마 또 눈이 디비졌을 기다."

"김사장 말은 듣기도 싫소."

"미워서 안 카나. 생각만 해도 소름이 쪽쪽 끼치는 인사라."

"성한테 소름 안 끼치는 남자가 있었소. 내 맘이 흔들린다 싶으면 사이를 갈라놓지 못해 안달을 했으면서."

"옳은 놈이 한 놈이라도 있었으면야."

"성 눈에 차는 남자는 이 세상에 없을 끼요."

"왜 없나. 저어기, 저."

안중문 너머 바깥마당에서 모래를 고르는 인부가 보인다. 무너진 담장을 보수하려고 박기사가 부른 모양이다. 남자가 체를 흔들어 모래를 고를 때마다 먼지가 뿌옇게 일어난다. 백주에 웃통을 벗어젖힌 남자는 가슴 털이 감숭하게 드러난다는 것도, 삽질을 할 때면 팔뚝의 근육이 기세 좋게 꿈틀거린다는 사실도, 이곳이 여자들만 바글거리는 기방이라는 것도 모르고 일에만 열중하고 있다. 바깥대문으로 들어오던 기생, 눈을 동그랗게 뜨고 볼 건 죄 본 연후에 옴마야, 호들갑스럽게 별채로 뛰어간다. 그제서야 남자는 일손을 놓고 서둘러 러닝셔츠를 꿰어입는다. 어깨걸이 러닝은 입으나마나다.

　　"김천댁에게 새참이나 단다이 준비하라고 일러야겠구먼."

　　"성은 저런 남정네가 좋소?"

　　"잔머리 굴리는 놈보다야 안 낫나."

　　"몸으로 때우는 사람이라고 잔머리 굴리지 않는다는 보장은 없소."

　　"하긴, 김사장도 잔머리깨나 굴리게 생겼는데 하는 걸 보마 멍청해도 그래 멍청할 수가 없다. 그 머리로 우예 이 집을 들어묵겠다고 나대는동. 영준이가 니 자식인 줄 알고 갔으니 그놈이 엄청시리 볶아댈 긴데 우짤래?"

　　"그러고 갔으니 쉽게 오든 못 할 끼요."

　　"다리몽댕이가 분질러질 각오를 하고 와도 와야 될 낀게."

　　"성, 영준 아버지 말이요. 그 사람은 사랑했었소? 눈에 차더냐 그 말이요."

　　"사라앙? 거 무신 개코 겉은 소리를. 나랑 산 지가 얼만데 아직도 그래 날 모리나."

"영준 아버지 일만은 통 모르겠소."

"백줴 날 찔러보는 건 아이제."

"이맘때만 되마 젖투정을 하던 영준이가 눈에 선하요. 보고 잦아서…… 보고 잦아도 너무 보고 잦은께…… 성한텐 뭔 소리도 못 하고…… 혼자서 일없이 영준이 이름을 불러쌓고 그라요. 날이 가면 잊힐 줄 알았는데 새록새록 생각만 더 나고. 모질다 모질다 성처럼 모진 사람은 처음이요. 하늘 끝과 땅의 귀퉁이 천애지각 멀리 떨어져 있는 것도 아닌데. 나라면 벌써……"

오마담은 끝말을 잇지 못했다. 타박네가 들고 있던 빨래를 오마담의 얼굴에 대고 활활 털었기 때문이다. 덜 짠 빨래에서 흐르던 물이 오마담의 얼굴로 사정없이 튄다.

"문디, 어렵사리 한의사를 모셔다놨으면 뜸뜰 준비를 해야제. 여서 천양시리 얘기판이나 벌이고 있으면 떡이 나오나, 밥이 나오나 으이! 퍼뜩 안 일어서나!"

오마담은 치마로 얼굴의 물기를 닦으며 마지못해 일어선다. 빨래를 털던 타박네, 영선네를 보곤 버럭 고함을 지른다.

"부엌에 가서 일꾼 새참 내오라고 일러라. 아이다. 내가 가야겠다. 영선네 니는 이 빨래 마저 널어뿌고 온나. 알겄제?"

지나가다 애꿎게 걸린 영선네, 영문을 모르겠다는 표정이다. 타박네는 부엌으로 가다 말고 정원석에 올라앉아 담배를 앙가슴 깊숙이 빨아들인다. 나도 명색이 어미인데 한시인들 내 새끼를 잊은 적이 있었겠나. 타박네의 눈두덩이 시나브로 붉어진다. 새끼 떼어놓고 사는 어미 심정을 오마담 지가 우찌 알 끼라고. 담배를 비벼끈 타박네는 북어처럼 바싹 마른 두 다리를 새가슴에 착 붙인다. 저런 포즈로 나오면 한 시간이든 두 시간이든 요지부동 움직이지 않는다는 걸 익히 아는 영선네, 불똥이 자신에게 튈까봐 대명전 대들보에 명매기 걸음으로 오사바사 움직인다.

"인연도 나름이고 남자 복도 각각이제. 줄줄이 아롱다롱 인연이 흔해터져 처분키 어려운 년도 있고, 개시하자마자 마감하는 궁한 년도 있고."

여름의 막바지. 할딱거리며 혀를 빼물게 하는 불볕더위건만 타박네는 더위를 느끼지 못한다. 몸의 중요 부위를 수술실에서 예고도 없이 잘라낸 것처럼 춥다. 축 늘어진 정원의 나뭇잎들과 안중문의 좌우로 둘러쳐진 낮은 꽃담을 서름하게 보던 타박네의 눈길이 꽃담보다 두 배는 높아 보이는 바깥담의 끄트머리에 걸린 채 한참을 머무른다. 잘 닦인 거울에 먼지가 끼고 녹이 슬 듯이 시간이 지나면 인간의 기억은 퇴색한다. 그러나 지독하게 선명해서 세월도 어쩌지 못하는 기억도 있는 것이다. 생각하는 것만으로도 낙뢰에 맞은 것처럼 정신이 아뜩해지고 생살이 찢기는 아픔 때문에 비명을 질러야 하는 기억도 있는 것이다. 어떤 병마나 장애가 온다고 해도, 치매나 뇌졸중이 온다 한들 널 잊을까. 다섯 해 동안 살다 간 부용각을 넌 잊고 있는 게 아닐까.

폭풍의 중심에 타박네의 세모진 눈이 있다. 그 모든 것을 보려고 움푹한 눈은 더욱 깊어지고, 해안을 삼킨 거센 풍랑이 부용각으로 회오리치며 밀려오는 것을 본다. 바깥담에 원추형 모양으로 뚫린 출입구가 무너지고, 장수와 복을 비는 여러 무늬와 글자가 새겨진 꽃담도 무너지고, 서른세 개의 높은 안채 계단으로 단번에 붉은 물이 차오른다. 평평한 정원석에 올라앉은 타박네, 넘실거리는 붉은 물에 한쪽 발을 담근다.

목포 부용각…… 부용각의 부엌…… 그 부뚜막…… 그것은 사랑도 무엇도 아니었다고 타박네는 단정한다. 이를 깨물고 사랑도 뭣도 아니라고 부인을 해도 남자의 뜨거운 체온과 살의 촉감은 그날 머리맡에서 훅 끼치던 생선 비린내만큼이나 생생하게 느껴진다. 내가 미쳤고나. 검버섯이 돋은 손으로 조글조글한 턱을 쓸어내리던 타박네, 돌연 그 밤의 열기로 얼굴이 홧홧해진다.

목포 부용각은 오마담의 소리와 타박네의 홍어 삼합으로 이름이 나 있었다. 오연분의 소리를 듣지 않고 타박네의 삼합을 먹어보지 못했다면 목포를 다녀온 게 아니라는 말이 돌 때였다. 당연히 부용각의 교자상에는 빠짐없이 삼합이 올랐다. 어느 날 별실에서 홍어 삼합을 만든 부엌어멈을 찾는다고 했다. 오늘은 무슨 일이 있어도 홍어 삼합을 만든 사람을 만나고 가야겠다며, 손님이 별실에서 버티고 있다고 했다. 서울에서 내려온 손이라고 하는데도 타박네는 별실로 가지 않았다. 가지가지로 못생긴 용모도 용모려니와 오기도 변죽도 없던 시절이었다. 와라, 못 간다, 실랑이 끝에 기생도 아닌 터에 손님 상에 나가 턱 받치고 앉아 있으면 뭐 할 거냐며 일찌감치 이불을 쓰고 누워버렸다. 중간과 시다도 가고 없는 부엌방. 타박네는 마음놓고 잠들 수가 없었다. 밤을 새워 고고 끓여야 하는 육수가 있었다. 이따금 부엌에 나가 국물이 얼마나 졸았나 확인해야 되기 때문에 자는 듯 마는 듯 눈을 감고 있었다. 선잠이 들었던가. 양재기 구르는 소리가 고막을 찢었다. 조심성 없는 발소리와 부스럭거리는 소리도 함께 들렸다. 누가 이리 성가시게 한다냐. 더러 기생들이 밤중에 물을 찾아 부엌에 오기도 했다. 잠결에 방문을 열고 더듬더듬 부엌으로 나갔다.

"삼합을 만든 이가 너냐? 너였어?"

불을 켜기도 전에 한 남자가 다가와 타박네의 앞을 가로막았다.

"삼합은 우리 어머니가 생전에 즐겨 해주시던 음식이었다."

"와, 와 이라요!"

"이 작은 손으로 그걸 만들었단 말이지. 용케도 그 음식을. 삼합을 한입 베어물면 매운 추억이 생각났고 한입 더 베어물면 슬픈 기억이 떠올랐지. 그래서 난 홍어삼합을 먹지 않았다. 그런데 네가 만든 삼합은 냄새부터가 달랐어. 오래 전부터 알고 있던, 어쩐지 친숙하게 느껴지는 냄새였어. 저절로 젓가락이 가더구나. 어머니가 해주시던 삼합과 같은 맛이었어. 어떻게 그럴 수가 있지? 어떻게?"

부엌의 이쪽과 저쪽 솥에서 무엇인가 끊임없이 끓고 있었다. 저쪽 솥에 안쳐진 것은 솥뚜껑을 들썩이며 맹렬한 기세로 끓어오르고 있는 중이었다. 아궁이 두 곳에 불기가 있었다고는 하나 연탄 아궁이는 가스레인지나 석유곤로, 장작불과는 달라 주위를 밝히는 불빛이 되질 못했다. 부엌은 지척을 분간할 수 없을 정도로 어두웠고 열기와 습기로 후끈 달구어져 있었다. 그 어둠과 습기와 열기의 한가운데서 남자가 타박네의 손을 날쌔게 잡아끌었다. 손을 뿌리칠 틈도 없었다. 워낙 못생겼기 때문에 어떤 남자도 타박네에게 음심을 품은 적이 없었다. 그래서 그런 쪽으로는 전혀 상상도 하지 못했던 타박네였다. 남자가 어리둥절한 채로 서 있는 타박네를 부뚜막 위로 덥석 들어올렸다. 놀란 타박네가 거세게 저항했지만 때는 이미 늦어버렸다.

이쪽 솥에 든 것은 돼지고기였고, 저쪽 솥에서 솥뚜껑을 들썩이며 끓고 있는 것은 생선 뼈다귀였다. 솥뚜껑 틈새로 급하게 새어나오는 김으로 인해 흰 타일을 붙인 부뚜막은 엉덩이가 델 듯이 뜨겁고 번들거렸으며 부엌 안에 꽉 찬 돼지고기 냄새와 생선 비린내로 후각이 마비될 지경이었다. 남자가 성급하게 몸을 움직일 때마다 타박네는 이쪽 저쪽으로 미끄러지다가 부뚜막에 놓인 그릇들과 부딪혔다. 미끄러진 타박네를 끌어당기려는 찰나, 선반에 겹겹이 포개진 양푼과 함지들이 요란한 소리를 내며 남자의 등으로 떨어져내리기도 했다. 전쟁을 방불케 하는 난장판 속에서도 남자는 계속 몸을 움직였고, 생선 뼈다귀는 아우성치며 끓어올랐고, 돼지고기는 은은한 중불에서 푹 삶기고 있었다. 술 취한 남자에겐 이런 난장판쯤이야 아무 상관도 없는 것 같았다.

"씹을수록 달큰한 수육의 맛이며 쩽하게 맵고 쫀득쫀득한 홍어와 오래 숙성이 되어 혀뿌리를 알알하게 자극하는 김치가 정녕 너의 솜씨란 말이냐…… 너는 모든 것이…… 작고도 작구나…… 이리도 작아."

미끄러운 부뚜막에서 떨어질까봐, 돼지고기를 삶는 솥에 엉덩이 살이 델까봐, 타박네는 팔과 다리로 남자의 어깨와 허리를 잔뜩 휘어감고 있었다. 생선의 배를 따고 가르다가 물을 바가지로 퍼서 확확 뿌려대는 질척한 어선의 밑바닥에서 가랑이를 벌리고 누운 기분이었다. 부엌 천장에 맺힌 물방울이 얼굴로 떨어져 눈을 뜰 수조차 없었다. 방향을 잃고 미끄러지다가 어딘가에 부딪힌 몸의 여기저기에는 보랏빛 멍들이 수도 없이 생겨났다. 그럼에도 작은 어선은 쉴새없이 출렁거리며 타박네를 머나먼 곳으로 실어날랐다. 아득하게 느껴지던 한순간, 머리맡으로 등 푸른 고등어와 삼치와 꽁치 떼가 지느러미를 흔들며 바리바리 모여들었다. 그물을 차고 수면으로 튀어오르는 물고기들의 힘찬 몸놀림,

저 푸른 등고선, 수천 수만의 겹을 이루며 은빛으로 눈부시게 반짝이는 비늘, 비늘들. 어느덧 파도에 밀려 해안에 닿았을 때 타박네는 한바탕 꿈을 꾸었다고 생각했다. 그만큼 느닷없었고 순간적이었으며 꿈을 깬 후 멍한 상태가 지속되는 점이 같았다. 그리고 정말 꿈처럼 아이가 몸에 실렸다.

타박네는 아이 아버지가 누군지 찾을 생각도 하지 못했다. 아이를 지키는 게 우선이었다. 기방에서는 기생들의 수태를 엄격하게 막고 있었다. 임신으로 인한 몸의 변화도 기생이 활동하는 데 걸림돌이 되지만, 모성성을 획득하는 순간 많은 여자들이 자신의 여성성을 헌신짝처럼 팽개치기 때문에 기생에게 수태는 죽음과 다름없었다. 피임기구가 전무하던 시절, 기방의 기생어미들은 기생들의 달거리 유무를 확인하는 게 가장 중요한 일과 중 하나였다. 각기 다른 기생들의 달거리 날짜를 무슨 수로 확인했을까? 그런 염려는 하지 않아도 된다. 여자들끼리 단체생활을 하면 처음에는 날짜가 달라도 일정기간이 지나면 한꺼번에 묶어서 달거리를 하게 마련이다. 기방의 뒤뜰 은밀한 곳에 널린 기저귀 중 누구의 것이 없는지 가려내는 것은 일도 아니었고, 뱃속에 들어선 아이를 감쪽같이 떼는 방법 또한 기생어미가 되면 누구나 달인의 경지에 도달하게끔 되어 있었다.

타박네는 기생이 아니고 부엌어멈이어서 임신 초기에는 기생어미의 눈을 쉽게 피했지만 오 개월로 접어들자 부른 배를 감출 수가 없었다. 타박네는 기방의 규율대로 굵게 꼰 새끼줄에 묶여 안채의 뜰로 끌려나갔다. 아이를 밴 다른 기생들이 그랬던 것처럼 타박네는 부용각을 나갈 각오가 되어 있었다. 목포 부용각의 기생어미는 영리한 여자였다. 기방 안에서 아이를 낳으라 했다. 이례적인 일이었다. 타박네를 잃으면 목포 삼합도 잃는 것이고 오마담도 같이 잃는 것이 된다. 타박네와 오마담이 없는 부용각은 더이상 부용각이 아니었다. 타박네의 음식 솜씨가 타박네를 살리고 아이를 살렸다. 실력은 곧 힘이었다.

기방에서 아이가 태어난다는 사실만으로도 흥분한 기생들은 각자 아름다운 색실로 배냇저고리를 만들기 시작했다. 열 달하고도 닷새를 더 채운 후 타박네는 건강한 사내아이를 낳았다. 부용각에 웃음소리 드높았다. 타박네는 영준이를 무릎에 앉힐 새도 없었다. 이 기생이 안고 있나 싶으면 어느새 저 기생의 품에 가 있고, 기생들이 손님 상에 나간 밤이면 오마담이나 기생어미의 방에서 곤하게 잠들어 있었다. 서너 살이되자 영준이는 작은 움직임만으로도 오색의 영롱한 빛을 뿜었다. 까르르 깔깔, 부용각에 선물처럼 온 아이의 웃음소리에 기생들은 잔지러졌다. 젖투정을 하고 잣알 같은 앞니 두 개가 솟고 이유식을 하는 등 모든 육아과정을 함께 겪은 부용각의 기생들은 너나없이 영준이 엄마였다. 영준이가 엄마를 부르면 기생들 대여섯 명이 동시에 고개를 돌렸다. 공개적으로 아이를 키우는 만큼 타박네의 근심은 날로 커졌다. 두 여자가 부용각에 들어선 것은 지금처럼 무더운 늦여름이었다. 세련된 입성으로 보아 가세 넉넉한 집안의 안방마님들 같았다. 그네들은 영준이에게서 시선을 떼지 못했다. 영준의 나이, 한창 예쁜 여섯 살이었다.

"지 애비를 그대로 빼박았구나. 저 아이의 에미가 누구요?"

나이 지긋한 여자가 묻자 기생들이 앞다투어 자신이 엄마라고 나섰다. 영준이를 데려간다면 두 여자의 머리털을 남김없이 뽑아놓을 기세였다. 두 여자 중 나이가 지긋한 쪽은 남자의 새어머니였고, 젊은 여자는 남자의 아내였다. 타박네의 눈이 남자의 아내에게 가 박혔다. 얼굴 선이 고운데다가 어디 한구석 맺힌 데 없이 둥글었고 애동애동 어려 보이기까지 했다. 난생처음 타박네는 자신을 낳아준 부모를 원망했다. 얼굴이 어지간하게만 생겼어도 그러진 않았을 것이다. 이건 첩이 본처 같고 본처가 첩같이 생겼으니. 이 얼굴을 들고 저들 앞에 어떻게 나서나. 할 수만 있다면 흔적도 없이 땅 속으로 꺼지고 싶었다.

"아비 없이 기방에서 자라는 아이의 앞날을 생각해보신 적이 있소? 민적에도 오르지 못한 사내아이의 장래가 어떨 것 같소. 내 며느린 포태가 불가한 몸이요. 저 아이의 뿌리를 찾아줄 생각은 없으시오?"

타박네는 들고 있던 오미자 화채를 땅바닥에 떨어뜨렸다. 영준이가 누군가. 못난 자신에겐 너무나 과분한 자식, 바라보기도 아까운 존재였다. 타박네는 영준이로 말미암아 자신의 몸이 숭고하다는 걸 처음으로 알게 되었다. 영준이를 보듬고 젖을 물릴 때 모유뿐만 아니라 타박네의 배와 가슴, 몸을 이루는 뼈와 영혼까지도 즙이 되어 영준이의 입 속으로 흘러드는 것만 같았다. 젖이 홀쭉해질수록 가슴속이 시원했다. 내어주는 기쁨이 그토록 큰 것일 줄이야. 통통 불었던 젖이 비워지고 다시 채워지는 과정들이 말할 수 없이 신비하게 느껴지고 몸의 한 기관에 불과하다고 여겼던 자신의 가슴과 자궁을 찬찬히 돌아보는 계기가 되었다. 그런데…… 산산조각이 난 유리그릇에서 반사된 빛이 눈을 아프게 찔렀다.

"네가 이 아이의 에미냐?"

남자의 새어머니가 무릎을 굽히고 유리조각을 줍는 타박네를 찬찬히 뜯어보기 시작했다.

"인물은 없다만 명민하고 강하게는 생겼구나. 눈앞의 욕심 때문에 자식 망칠 상은 아니야. 아이를 찾지 않겠다는 약속을 해줄 수가 있느냐. 죽어 땅 속에 들어가더라도 에미라고 나서지 않을 각오가 되어 있다면 아이를 데려가마. 오씨 집안의 장손으로 반듯하게 키울 것이야."

남자의 새어머니는 핸드백 속에서 작은 비단주머니를 꺼내 타박네에게 주었다. 영준 아버지가 정표로 주는 것이라 했다. 해와 달이 목걸이 줄에 같이 붙어 있는 닷 돈짜리 금목걸이. 김사장이 대구 자갈마당에서 쌔빈 그 목걸이었다. 달이 나오면 해가 숨고 해가 나오면 달이 숨어야 하는, 해와 달은 서로 만나고 싶어도 영원히 만날 수 없는 운명이 아니던가. 타박네는 목걸이를 꽉 움켜쥐었다. 말이 필요없었다. 손바닥이 패는 것처럼 아팠다.

두 여자는 가지 않겠다고 뻗대는 영준이를 끌다시피 해서 부용각을 나섰다. 엄마! 엄마! 엄마! 양손을 붙들린 채 끌려가던 영준이가 뒤를 돌아보며 엄마, 하고 울부짖을 때마다 영준이와 눈이 마주친 기생들은 바닥에 푹푹 주저앉았다. 흡사 매스게임을 하는 것 같았다. 오매 내 새끼, 어째야 쓰까이. 기생어미의 입에서 탄식이 터져나오는 걸 시작으로 기생들의 속울음이 길고긴 곡성으로 변했다. 오마담은 울다 울다 목이 쉬어버렸다. 울지 않고 영준이를 보낸 이는 타박네, 한 사람뿐이었다.

이 지붕, 이 마루, 이 기둥…… 영준이 넌 기억할 것이다. 부용각의 안뜰과 바깥뜰에서 철마다 피고 지던 꽃들을, 별채와 뒤채의 낮은 꽃담을, 안중문과 바깥대문의 당당한 위용을. 유년기의 기억이 사라졌다 해도 해거름이 되면 마루를 쓸며 바쁘게 오가던 기생 엄마들의 치맛자락과 향긋한 지분 냄새를 아주 잊지는 못할 게다. 이 어미에게서 나던 새

우젓 냄새와 양파 냄새, 마늘 냄새를 말끔히 지우지는 못할 게다. 저 깊은 곳에 복병처럼 도사리고 있다가 어느 날 왈칵 밀고 올라와 적나라하게 펼쳐지는 게 우리네 추억이고 기억이지 않더냐. 부용각에 손님이 들면 영준이 네가 아닐까, 보고 또 돌아보는 마음. 나중에는 부용각에 오는 모든 손들이 영준이 너로 보이더라. 젊은 영준이, 약간 늙은 영준이, 마른 영준이, 살찐 영준이. 많고도 많은 영준이들이 웃고 떠드는 것 같은데 내 어찌 영준이들에게 먹일 음식에 정성을 들이지 않겠느냐. 혼신의 힘을 다해 마련하지 않겠느냐. 제 새끼 입에 밥 들어가는 것처럼 흐뭇한 일이 세상 어디에 있으랴.

나이가 들어도 타박네의 손맛이 변함없는 비결은 거기에 있었다. 군산으로 부용각을 옮긴 후 영준의 본가에서 호적 등본을 한 통 보내왔다. 약속대로 영준이를 찾지 않은 게 고마워서 보냈는지, 아니면 보다시피 영준이는 오씨 집안 사람으로 잘 자라고 있으니 앞으로도 찾을 생각은 하지 않는 게 좋다는 엄포용으로 보냈는지는 모르지만 호적 등본을 받아든 타박네는 무조건 고맙고 고마웠다. 영준이를 본 듯해서였다. 얼마 지나지 않아 타박네는 부용각의 소유권을 영준이 앞으로 이전했다. 그러고 나니 부용각은 그냥 부용각이 아니었다. 부용각이 영준이였고 영준이가 곧 부용각이었다.

만에 하나, 혹시, 혹시라도…… 영준이가 제 앞가림을 하지 못할 정도로 형편이 어려우면 부용각으로 찾아올 거라는 마음. 영준이의 본가에서도 군산 부용각을 알고 있으니 어쩔 수 없이 보낼 거라는 마음. 오라 하는 마음 반, 오지 마라 하는 마음 반, 그래도 보고 싶다는 마음 반, 보면 안 된다 하는 마음 반. 마음이 갈팡질팡할 때마다 타박네는 소매를 걷어붙이고 음식을 끓이고 볶고 지졌다.

　널 기다리고 기다리다 지쳐 내가 죽고 오마담이 죽고 미스 민이 죽더라도 또다른 미스 민이 부용각에 남아 널 맞이할 것이다. 영준이 네가 생전에 오지 못한다면 너의 아이, 너의 손자, 너의 증손자가 찾아오는 그날까지 부용각은 무너지지도 사라지지도 않고 건재하게 남아 있을 것이다. 오후 여섯시. 빛과 어둠이 섞일 무렵이면 비로소 깨어나는 부용각. 여기저기서 재깔거리는 소리, 소리들. 적어도 폐허에 한줌 재로 변해 부용각을 돌아보는 너의 발길 쓸쓸하게 만들지는 않을 것이다. 잡초 무성한 유적지 같은 곳에서 한때 번성했던 부용각을 떠올리게 하지는 않을 것이다. 내 반드시 그럴 것이다. 시름없이 내뿜는 담배연기가 부용각의 안뜰로 구물구물 풀어지고 타박네의 옴팡눈엔 살금 눈물이 돈다.

　"니가 날 닮았으면 호랭이지 고양이가 되지는 않았을 꺼이다. 호랭이 새끼는 누가 뭐래도 호랭이가 아니더냐, 암만."

　　　　　　　　　5

　이보오, 박기사. 오늘은, 오늘만은 그리 바쁘게 돌아서지 마오. 지난 이십 년 동안 꿀물 대접을 들고 내게로 오는 당신의 발소리를 들었소. 한 발 한 발이 꽃살무늬 방문으로 조심스레 다가오는 당신의 발소리를 나는 귀를 열고 듣고만 있었소. 한 발을 뗄 적마다 이리저리 흩어질 당신의 어지러운 마음과 한 발을 디딜 적에 오롯이 맺힐 아픈 마음도 환히 알고 있었소. 그럼에도 나는 자는 척 누워 있었소. 당신이 그림처럼 몸을 움직이며 소리도 없이 방문 앞에 꿀물 대접을 놓고 돌아설 때에 내 여러 마음들이 가만히 모이는 것. 모인 마음이 조금씩 움직이려 하는 기미를 나는 모르는 척 애써 눌러두었소. 아침 햇살이 꽃살문을 적시며 방으로 밀고 들어오기 시작할 무렵이면 어김없이 들리던 당신의 기척을 부러 듣지 않으려고 이불을 덮어쓴 적도 많았소. 내가 당신을 모른 체한 것, 끝내 당신이 내게로 오지 못한 것. 당신은 그것 때문에 평생을 아팠겠지만 그 또한 사랑의 한 형태요. 내 사랑의 마지막 자존심이라 생각해주오.

살이 타는 고통 속에서 오마담은 까무러치듯 박기사를 부른다. 오마담은 아랫도리를 벗은 채 이불 위에 누워 있다. 정상위 포즈를 취한 것처럼 두 다리를 들어올린 기묘한 자세로 누워 신음소리마저 흘리고 있다. 양손이 묶이고 입은 재갈을 물린 상태다. 다섯 장의 크고 작은 꽃잎에 싸인 오마담의 성기는 부끄러움도 잊고 만천하에 얼굴을 내밀고 있다. 젊은 한의사가 오마담의 성기에 머리를 박고 있다. 말린 살구처럼 입을 꼭 다문 항문과 성기의 중간 지점인 회음부에 새로운 뜸을 한 장 올린다. 회음부에 얹힌 뜸에 불을 붙이자 처음에는 사향내가 그리고 쑥 향이, 마지막엔 살이 타는 노린내가 방 안 가득 퍼진다. 머리맡에서 오마담의 묶인 손을 잡고 있던 타박네의 이마에 땀이 샘솟듯 한다.

인간의 신체 중 가장 예민한 부위 회음혈에 사향뜸을 뜨고 있는 것이다. 보통 뜸의 열여섯 배 정도 되는 큰 것으로 직접뜸을 뜬다. 살이 타고 근육이 오그라붙고 뼈가 녹는다. 오마담은 움찔움찔 몸을 떨며 그 모든 고통을 묵묵히 견디고 있다. 수많은 남자를 받아낸 오마담의 성기가 고스란히 드러나 있는데도 전혀 외설스럽지 않다. 그것은 보면 볼수록 겸손하기 이를 데 없는 한 송이 붉은 꽃에 가까웠고 성기 밑에서 흰 연기를 내며 타는 뜸은 고통의 다디단 열매로 보인다. 잃어버린 고음을 찾을 수만 있다면. 소리의 마지막 고지, 절대적인 소리를 얻을 수만 있다면 오마담은 팔한지옥 천길 벼랑도 겁날 게 없다.

그간 오마담이 기방 도처에서 보아온 것은 죽음이었다. 술과 음악, 춤과 쾌락의 끝에는 반드시 죽음이 도사리고 있었으므로 오마담은 사람일 때보다는 사람 같지 않을 때가 더 많았다. 살아는 있으되 진작 죽은 사람이었다. 극단적인 고통, 더는 감내할 수 없는, 기절 직전이라고 생각되는 시점에서 오마담의 뇌리에 까뭇까뭇 떠오른 사람이 뜻밖에도 박기사였다. 혼몽한 가운데 오마담은 부르튼 입술을 열어 절규하듯 박기사의 이름을 짧게 끊어 부르고, 문 밖에서 주먹을 부르쥐고 서 있던 박기사의 얼굴은 점점 흙빛으로 변한다.

여덟 살 어린 나이에 권번에 입문하여 이 기방 저 기방 전전하며 육십 평생을 보냈으니 참으로 난 오랜 시간을 기생으로 살았소. 손으로 꼽으면 아득한 세월인데 돌아보면 잠깐이니 그건 또 어인 까닭인지 모르겠소. 기생으로 살아가는 방법은 저마다 다르겠지요. 내가 잘한 게 있다면 몸 담은 물을 한 번도 거슬러오르려고 하지 않았다는 것이고 주어진 직분에 맞게 까짓것, 양껏 살아냈다는 것이오. 허무니 절대고독이니 운운하는 이들은 아직 제대로 살아보지 못한 사람들입니다. 머리나 신념에 기대지 않고 몸으로 사람과 자연에 가까워지면, 오직 몸으로 말을, 사랑을, 삶을 익히면 그것들은 자연스럽게 몸을 타고 내면으로 스며들어 영혼 속에 새겨집니다. 그래서 나는 정신보다는 몸을 신뢰합니다. 몸으로 사는 이 땅의 모든 것들을 신뢰합니다. 내 손으로 배추 한 포기 키우지 못했으니, 여무는 것들의 속내를 일일이 들여다보질 못했으니, 표 내어 밝힐 도리는 없으나 동물이나 식물이나 인간이나 간에 자라는 것들은 모두 같을 것이라는 게 나의 생각입니다. 불에 그을려야만 싹이 트는 식물도 있고, 얼굴에 총 구멍이 숭숭 난 것 같은 연밥은 천 년 동안이나 흙 속에 묻어두어도 썩지 않는다고 합니다. 무려 천이백 년 만에 싹을 틔우는 연밥도 있다고 하니 우리가 그 몸이 되어보질 않고서야 오묘한 자연의 이치를 어찌 알겠습니까. 그것이 머리로 헤아려지겠습니까? 세상에는 허구많은 직업이 있는데 왜 하필이면 기생으로 나왔나, 난 이제 그런 자문은 하지 않는답니다. 단지 소원이 있다면 소리기생으로서 다다를 수 있는 끝을 내 눈으로 기어이 보고 말겠다는 생각밖에 없답니다. 오로지 몸으로 그 끝을 느끼고 싶다는 생각뿐이에요.

박기사, 당신에겐 정말 뭐라 할말이 없소. 당신의 마음이 하는 말을 내 마음이 몰랐다 생각지는 마오. 그러니 너무 헛헛해 말아요. 천지간의 사내란 사내는 모두 품을 수가 있으나 당신에게만은 그리 하지 못하는 걸 난들 어떡하오. 그런 삶도 있으려니, 그런 사랑도 있으려니 하면 그뿐. 도덕이나 규범도 규정짓기 나름이고 사랑도 규정하기 나름 아니겠소. 당신도 채련이의 이야기를 들었을 것이오. 칠석날이 다가오면 두 사람의 제사에 쓸 제물 준비를 손수 하는 사람이니 모를 리가 없겠지요. 채련이가 왜 스스로 목숨을 끊었는 줄 아시오. 사랑하는 사내 앞에서 머리를 올릴 수가 없었기 때문이오. 사랑하는 사내가 부는 시나위 가락에 맞춰 전라의 춤을 출 수가 없었기 때문이오. 사랑하는 사내가 불어주는 시나위 가락을 베고 누워 딴 사내와 교합을 할 수가 없었기 때문이오. 그래서 미련없이 목포 앞바다로 뛰어들었소. 내 동무 채련이는 사랑의 도리는 알았으나 기생의 도리는 영 잊었던 게지요. 허나 난 달라요. 왜 하필이면 이 세상에 기생으로 나왔나, 내가 내게 묻지 않듯이 난 한시도 기생이 아닌 적이 없었소. 이런 날 박기사 당신만은 이해해주리라 믿소.

오마담이 입술을 달싹여 무슨 말을 하려고 했으나 그 말은 끝내 입 밖으로 새어나오지 못한다. 쫌만 참거래이. 타박네가 웅얼거리는 소리만 박기사의 귀에 들릴 뿐이다. 오마담의 살이 타는 지독한 노린내와 은은한 사향내와 쑥향이 부드럽게 섞이어 안뜰과 바깥뜰로 고루 퍼져나가고 대숲에서 불어온 바람, 바싹 잘린 뒤란의 풀들을 문질러 비비듯 휩쓸고 지나간다. 한때는 기생이었으나 역사 속으로 숨었던 옛 기생들이 그 바람을 타고 내려와 머리에 쓰고 있던 흰 베일을 벗어 부용각의 청기와 지붕 위로 일제히 던진다. 멀찌막이 떨어져 모든 것을 지켜보던 미스 민의 눈이 한순간 활짝 열렸다가 서서히 닫힌다. 팔작지붕 기왓골에 흰 꽃이 피어난 듯 흰 눈이 나린 듯, 부용각이 순결한 빛에 감싸인 때는 음력 칠월 초닷새 미시. 부용각의 대표 기녀 미스 민이 몸을 돌려 걷기 시작한다. 한 발 한 발 또 한 발…… 곱고 단아한 얼굴이나, 기백이 서려 있다.

소멸의 운명을 견디는 소리와 춤

고명철
(문학평론가 , 광운대 교양학부 교수)

철판에 붉은 피 흐르고 가슴에 심장이 살아 뛰는 사람으로서
사람의 대접을 받지 못하고 짐승으로 더불어 변하게 되는 때에
어찌 탄식인들 없으며 눈물인들 없으오리마는
탄식과 눈물만으로는 모든 것이 해결되지 못하나니라.
때로 흐르는도다. 벗이여 한숨을 거두라. 눈물을 씻으라.
눈물과 한숨을 익히고 서서
우리는 우리의 밟은 길을 돌아보는 동시에
우리의 존재를 찾아야 할 것이요.
—「영춘사(迎春辭)」(기생 잡지『장한(長恨)』창간호, 1927. 1. 10) 중에서

1. 근대의 표상으로 덧씌운 기생 담론을 벗겨내며

지금 내 책상에는 일제 식민통치의 일환으로 제작되어 유포된 엽서
를 설명하고 있는 한 권의 책이 놓여 있다. 그 엽서는 기생을 모델로 한
것으로, 일제는 다종다양한 기생 엽서를 발행하여 식민통치의 용도로
유효적절히 활용하였다고 한다. 그러면서 저자는 매우 의미심장한 점
을 다음과 같이 언급한다.

기생은 없다. 표상의 시대에 살고 있는 우리에게 단지 기생에 대한 이미지와 담론만이 있을 뿐이다. 그리고 그 재현의 경연장에서 살아남은 이미지와 담론들이 우리에게 현재화되어 있는 것이다. 우리가 알고 있는 기생은 기생의 표상일 뿐 기생 그 자체가 아니며, 한국 근대기의 어느 지점(일제강점기)에서 창출된 것이며 그것을 기생으로 '만든' 수많은 담론들이 오늘에 미치고 있는 것이다.(이경민, 『기생은 어떻게 만들어졌는가』, 사진아카이브연구소, 2005, 13쪽)

기생의 실체는 휘발된 채, 기생의 이미지와 기생에 대한 온갖 풍문들로 만들어진 기생 담론들만이 존재하고 있다는 이같은 지적은, 기생에 대해 우리가 얼마나 많이 왜곡된 정보를 지니고 있는지를 반성케 한다. 기생은 일제에 의해 교묘히 그리고 철저히 식민지 남성에 의해 배제된 타자로서, 또한 식민지 근대화에서 배격해야 할 전근대적 유산인 타자로서 한갓 성적 욕망의 대상으로만 인식되었다. 말하자면 기생은 식민지에서 남성과 근대라는, 이중의 억압을 받는 존재로 전락되었다. 그러면서 자연스레 기생은 식민통치에 의해 숱한 이미지와 담론들로 대체되었다. 그리고 이렇게 '만들어진' 기생은 현재까지 우리의 무의식 깊숙이 똬리를 틀고 있으며, 기생과 연루된 부정적 이미지와 담론들은 서서히 굳어지고 있다. 하기야 지금, 이곳에서 기생을 좀처럼 만날 수 없으니, 기생에 대한 통념들이 기정사실화되는 것도 별스런 일은 아닐 터이다.

그런데 작가 이현수는 이러한 우리들의 통념을 보란 듯이 뒤집는다. 이현수는 장편 『신 기생뎐』을 통해 우리가 망각하고 있었던, 혹은 우리가 잘못 이해하고 있었던 기생에서 벗어나, 기생의 삶의 갈피에 오롯이 자리하고 있는 그 무엇을 섬세히 매만지고 있다. 아니, 그는 『신 기생 뎐』에서 기생과 더불어 기생의 삶을 살고 있다. 하여 우리의 삶 바깥으로 밀려나 있던 기생의 삶을 감싸안는다. 이현수에게 기생은 더이상 사회로부터 천시받고 냉대받는 비천한 존재가 아니다. 근대의 정상질서를 오염시키는, 하여 근대의 일상으로부터 제거되어야 할 병균과 같은 존재가 아니다. 이현수에게 기생은 기생의 이미지와 담론들로 덧씌운 존재가 아니라, 기생의 실체로서 새롭게 인식되는 존재다. 근대의 표상으로 존재하는 기생이 아니라 실제 우리들 삶 속에서 뿌리내린 채 살고 있는 실체로서의 기생을, 작가 이현수는 서사로써 보증해낸다.

2. 기생의 '재귀적 욕망'과 기생의 사랑의 형식

기생의 삶은 술이 곁들인 흥겨운 가무(歌舞)가 전부인 것 같지만, 그래서 삶의 고통과 절연된 낙(樂)의 세계에 젖어 있는 것 같지만, 그 삶을 조금만 들여다보면, 결코 그렇지 않다는 것을 알 수 있다. 술과 가무, 그리고 성애(性愛)가 늘 기생의 삶 안팎을 감싸고 있는 듯하지만, 그들 삶의 그루터기에는 기생이 홀로 감내하기에는 벅찬 삶의 상처가 옹이져 있다. 그 상처를 치유하기 위해 기생은 자신의 욕망을 통해 욕망을 넘어서는 삶을 살아간다. 욕망을 넘어선 순간, 이내 기생은 욕망의 덫에 또다시 걸려든다. 그것이 바로 기생의 욕망의 생리다. 하여 기생의 상처가 아문 그 순간, 또다시 상처는 벌어지고, 그 상처를 치유하기 위해 기생은 욕망의 그물에 기꺼이 나포된다. 기생의 욕망은 타자를 향하되, 타자와 관계를 맺는 욕망이 아니라, 기생에게 돌아올 수밖에 없는 '재귀적(再歸的) 욕망'의 속성을 갖고 있기에 기생을 그 욕망의 울타리 안에 가둬놓는다.

『신 기생뎐』에서 우리가 마주치는 기생들은 이러한 삶을 견디며 살고 있다. 오마담은 그 대표적 인물이다. 과부 집안의 인연의 사슬을 끊고자 오마담의 어머니는 여덟 살짜리 그녀를 진주권번에 맡긴다. 그로부터 오마담은 기생 수업을 받으며 기생으로서의 곡절 많은 삶을 살아간다. "줄과부 떼과부 등천하는 집구석일랑 싹 잊어버리고 너만이라도 훨훨 새처럼 자유롭게 한세상 살다 가거라"(42쪽)라는, 어머니의 마지막 말을 뒤로 한 채 오 마담은 그렇게 기생의 삶을 시작한 것이다. 그런데 이 땅에서 기방이 사라지는 것과 동시에 기생 역시 그 자취 만을 남길 뿐, 이제 소리기생으로서의 오마담의 존재와 그 가치는 소멸의 운명에 처해 있다. 높은 음을 마음껏 내지 못하는 오마담은 소리기생으로서의 존재 가치를 확보할 수 없게 된다. 오랜 세월 동안 기방에서 기생의 삶을 살아간 오마담에게 소리기생으로서의 존재 가치가 소멸해가고 있는 것처럼 끔찍한 일은 없다. 하지만 오마담은 기생의 독특한 '재귀적 욕망'을 통해 기생의 삶의 진정성을 발견해낸다. 가령, 오마담이 제자뻘되는 소리기생에게 하는 다음과 같은 말 속에 녹아들어 있는 진실이야말로 기생으로서의 삶이 갖는 진정성의 한 측면이라 할 수 있다.

"기생은 마음에 굳은살이 배겨 송판처럼 딱딱해져야 온전한 기생으로 완성이 된단다. 송판처럼 딱딱해진 다음에야 몸도 마음도 물처럼 부드럽

게 열릴 수가 있는 법이거든. 정을 둔 곳이 있고 없고는 나중 일이다. 나
는…… 남자를 믿지 않았다."

(……)

"남자를 믿은 적이 없으니 그들이 날 버려도 배반을 해도 난 언제나 모
든 걸 내줄 수가 있었다. 남자를 부정하고 나니 모든 남자를 받아들일 수
있는 너른 품이 생기더라. 이게 내 사랑의 방식이었느니. 느들 보기엔 내
사랑이 물 위에 뜬 거품처럼 부질없어 보였는지 몰라도."

"……"

"뜬금없이 들리겠다만, 철새들이 한 철 머물다 가는 철새도래지라고 있
지 않냐? 사계절 먹이가 풍부하고 추운 겨울에도 물이 얼지 않아서 철새들
의 쉼터나 잠자리가 되어주는 을숙도나 주남저수지 같은 곳 말이다. 나는,
내 무릎이 남정네들에게 철새도래지 같은 그런 도래지가 되었으면 싶었구
나."(68~69쪽)

오마담은 기생으로서 자신을 찾는 남성들에게 쉼터를 제공해줄 뿐,
그들을 사랑이란 이름으로 구속하지 않는다. 그렇다고 오마담이 자신
을 찾는 남성을 사랑하지 않았느냐 하면, 그렇지도 않다. 오마담은 기
생살이를 하면서 여러 남성들을 사랑하였으며, 사랑한 그 남성들로부
터 배신을 당한다. 하지만 그녀는 자신을 헌신짝처럼 내팽개친 그들을
미워하지 않는다. 오마담이 사랑한 누군가가 떠나면, 오마담은 텅 빈
욕망을 채우기 위해 또 누군가를 사랑하게 되고, 또다시 그 사람이 떠
나고 나면, 다른 누군가와 사랑을 나눈다. 말하자면 오마담은 기생의
사랑, 그 형식을 통해 사랑을 한다. 이 사랑은 타자를 향하되, 타자와

관계를 맺지 않으면서, 타자를 구속하지 않는 사랑의 형식을 취한다. 이 사랑의 형식을 통해 기생은 기생으로서의 신산스러운 삶을 견디는 것이다. 오마담의 또다른 얘기에 귀기울여보자.

"기생으로 산다는 건, 이 화전과 많이 닮았다. 보기만 좋지 막상 먹어보면 별 맛이 없는 것도 그렇고. 찹쌀전 위에 꽃잎을 한 장씩 꾹꾹 찍듯 기생들은 자기 가슴을 펜촉같이 날카로운 것으로 꾹꾹 찍어야 할 때가 많아. 그래서 기생들의 가슴에서는 피가 흐르지 않아. 동글동글 맺혀 있을 뿐이지. 제 스스로 낸 제 가슴의 핏물을 내려다보고 사는 게 기생이야."(201~202쪽)

모양새가 이쁘지만 별다른 맛이 없는 화전을 기생에 빗댄다. 화전을 치장하는 꽃처럼 기생의 가슴에 핏물이 맺힌 채 그 핏물을 내려다보고 사는 게 바로 기생의 거부할 수 없는 운명이다. 기생의 앙가슴에는 삶의 아물지 않는 상처가 화전 위의 꽃처럼 맺혀 있다. 기생은 이 꽃을 화려하게 피워낸다. 눈물로 꽃을 피워낸다. 누구도 기생의 흐르는 눈물을 닦을 수 없다. 누구도 눈물을 흘리는 기생을 따뜻하게 위무할 수 없다. 기생 스스로 자신의 운명을 감내해야 하며, 흐르는 눈물을 억지로 닦지 않는다. 눈물을 흘리되, 눈물이 저절로 마를 때까지 하염없이 눈물을 흘릴 따름이다. 그것이 바로 기생으로서의 삶을 온전히 살아가는 것이며, 기생으로서의 삶을 사랑하는 방식이다.

기생의 사랑이 이렇기에, 오마담은 자신을 먼 발치에서 흠모하는 박기사를 향해 기생으로서의 사랑을 간직할 뿐이다. 사실 박기사야말로 군산의 기생집인 부용각과의 인연 때문에, 특히 오마담의 소리에 이끌려 전 인생을 부용각의 집사로 내맡긴바, 오마담을 향한 사랑의 진실을 간직하고 있다는 것을 그녀는 진작부터 알고 있다. 하지만 그녀는 박기사의 순정한 사랑을 기방을 찾는 여느 남성들처럼 대하고 싶지는 않았다. 어쩌면 그녀를 향한 박기사의 사랑을 다른 남성들의 사랑과 구별지음으로써 박기사를 향한 그녀의 사랑을 소중히 간직하고 싶어서인지 모른다. 물론 박기사를 향한 그녀의 사랑이 겉으로 드러나지는 않았으나, 이십 년 동안 박기사를 향한 사랑의 순정을 그녀는 품고 있었다. 기생으로서의 사랑의 형식을 통해.

　이보오, 박기사. 오늘은, 오늘만은 그리 바쁘게 돌아서지 마오. 지난 이십 년 동안 꿀물 대접을 들고 내게로 오는 당신의 발소리를 들었소. 한 발 한 발 이 꽃살무늬 방문으로 조심스레 다가오는 당신의 발소리를 나는 귀를 열고 듣고만 있었소. 한 발을 뗄 적마다 이리저리 흩어질 당신의 어지러운 마음과 한 발을 디딜 적에 오롯이 맺힐 아픈 마음도 환히 알고 있었소. 그럼에도 나는 자는 척 누워 있었소. 당신이 그림처럼 몸을 움직이며 소리도 없이 방문 앞에 꿀물 대접을 놓고 돌아설 때에 내 여러 마음들이 가만히 모이는 것, 모인 마음이 조금씩 움직이려 하는 기미를 나는 모르는 척 애써 눌러두었소. 아침 햇살이 꽃살문을 적시며 방으로 밀고 들어오기 시작할 무렵이면 어김없이 들리던 당신의 기척을 부러 듣지 않으려고 이불을 덮어쓴 적도 많았소. 내가 당신을 모른 체한 것, 끝내 당신이 내게로 오지 못한 것. 당신은 그것 때문에 평생을 아팠겠지만 그 또한 사랑의 한 형태요. 내 사랑의 마지막 자존심이라 생각해주오.(233~234쪽)

3. 기생의 비원(悲願)이 배어 있는 소리와 춤

　이렇듯 우리는 작가 이현수의 『신 기생뎐』을 통해 기생의 삶과 욕망의 실체를 정직하게 맞대면한다. 기생은 여성으로서 욕망을 자연스럽게 표출하지 못한다. 뿐만 아니라 기생은 예인(藝人)으로서 소리와 춤의 예술적 능력을 사회로부터 공식적으로 인정받지도 못한다. 여기에 기생으로서의 비원(悲願)이 서려 있기 마련이다.

　오마담의 대를 이어 부용각의 마지막 기생이 될지도 모르는 미스 민은 국악원에서 중요무형문화재의 전수자가 되는 것을 포기하고 부용각의 춤기생으로 입문한다. 철롯가에서 유년을 보낸 미스 민은 억척스럽게 살고 있는 언니들의 도움으로 국악고등학교에 다니게 되었지만, 그녀는 예술적 능력을 사회로부터 공인받는 길을 포기하고, 당장 눈앞에 닥친 경제적 문제를 해결하기 위해 부용각의 춤기생의 길을 선택한다. 아들 없는 집의 온갖 설움을 안고, 빈곤을 이겨내며, 막내에게 미래의 꿈을 발견하고 싶은 세 언니들의 희망을 접은 채 그녀는 나끝순이라는 이름 대신, 미스 민이라는 춤기생으로 다시 태어나려고 한다. 미스 민이 기생의 길에 들어선 이유와 오마담이 기생에 들어선 이유는 서로 다르지만, 그들은 여성으로서의 욕망을 드러내지 못하고, 예인으로서의 예술적 능력을 공인받지 못하는 '기생'으로서의 숙명적 삶을 공유한다.

　그들의 이 숙명적 삶에는 기생으로서의 비원이 자리하고 있다. 하여 그들의 노래와 춤에는 기생의 비원이 자연스레 배어 있다. 예인의 예술적 능력으로만 그들의 노래와 춤을 판단할 수 없는 것은 바로 이러한 연유에서이다. 미스 민이 기생으로서 화초머리를 올리기 위해 박사장

앞에서 추는 살풀이춤의 몇 대목을 잠시 감상해보자.

　밝음의 춤. 연못에 던진 돌의 파문이 동심원을 그리며 그윽하게 물결쳐
번지는 것같이, 흐르긴 흐르되 흘러서 넘치지 않는, 집중된 동작만이 가질
수 있는 고요한 역동성. 겉으로는 동작이 거의 없는 듯한데 실상은 그 속
에 잠겨 흐르다가 우쭐, 어깻짓이나 고개놀림만으로 장단을 먹어주는 허
튼춤. (……)

　손을 공중에서 무상하게 떨구어 가을 낙엽 지듯 꺾는 춤사위를 '낙엽사
위'라고 한다. 낙엽사위는 가슴속의 시름을 쓰다듬어 울게 하는 손짓이어
야 한다. 무겁고, 애통하게. 독하게 맺힌 기운을 풀어주는 춤. 사랑이 그리
워서 쫓아가 잡고, 잡을 듯 말 듯 잡지 못하고 아프게 돌아설 때 춤에 무게
가 실린다. 한의 무게, 생의 무게를 몸에 실어서 추는 춤이 살풀이다. 살풀
이는 교태나 모양만으로 출 수 있는 춤이 아니다. 미스 민은 살풀이를 추
기에는 생물학적 나이가 아직 어린지도 모른다. 손만 들어도 춤이 되는,
연륜으로 '쩔어서' 무르녹은 춤은 아니다. (……) 풀어내도 풀 길 없는 유
년기와 청소년기의 응어리가 춤으로 이어져 흐른다. 응어리가 깊을수록
신명은 고조된다. 고단한 세 언니들의 꿈을 실어, 중요 무형문화재 이수자
로 끝까지 살아남지 못한 자책감과 앞으로 가야 할 길의 불안함을 실어,
미스 민의 춤은 절정을 향해 가파르게 치닫는다. (……) 홑치마로 간신히
몸을 가린 미스 민, 숨을 고르는가 싶더니 대뜸 느린 살풀이에서 자진 살
풀이로 옮아간다. 무릎을 꿇고 두 팔로 바닥을 쓸 제 젖무덤이 훤히 드러
나고 겨드랑 사위로 감았다 뿌릴 제는 다리와 허리의 선은 물론이요 거웃
까지 거뭇거뭇 비친다. 몸을 외로 틀 때, 허리를 숙일 때, 한 발을 살짝 들

고 돌 때, 얇고 부드러운 홑겹의 생비단 치마는 미스 민의 알몸에 서슴없이 흐르고 감겨들며 나부낀다.(103~105쪽)

기생으로서 화초머리를 올리는 날 박사장 앞에서 추는 살풀이춤의 장면이다. 미스 민이 추는 살풀이춤은 유년기와 청소년기의 응어리진 한을 풀어내는 춤이다. 기생의 길을 선택한 그녀의 삶에 대한 제의적 춤이다. 뿐만 아니라 그녀의 미래에 꿈을 실었던 그녀 언니들의 응어리진 한을 풀어내는 춤이다. 그녀의 춤에는 한 여성으로서, 혹은 한 예인으로서의 욕망보다 기생으로서의 숙명적 삶을 살아가야 하는 비원이 배어 있다.

여기서 간과할 수 없는 것은 작중 인물 미스 민이 춤을 추고 있지만, 작가 이현수도 미스 민과 더불어 춤의 신명에 흠뻑 빠져 있다는 점이다. 기생의 비원이 감도는 춤의 신명이 작가의 언어에 의해 북돋워지고 있다. 우리들 곁에서 명멸해가고 있는 기생의 춤이 작가 이현수의 마술적 언어에 의해 되살아나고 있는 것이다.

우리가 『신 기생뎐』에 주목하는 것은 바로 이와 같은 기생의 춤이 작가의 심미안에 의해 섬세히 포착되고 있다는 점이다. 기생이 춤을 추고 있지만, 작가의 언어 역시 춤을 추고 있다. 물론 춤만 추고 있는 것은 아니다. 기생의 춤 못지않게 귀기울여 들어야 할 것은 기생의 노래다. 기생의 춤이 이럴진대, 기생의 노래야 두말하면 잔소리가 아니겠는가, 말이다.

소리기생인 오마담은 이제 소리기생으로서의 절정기를 지났다. 더이상 높은 소리를 낼 수 없다. 소리가 떠난 소리기생은 소리기생이 아닌 것이다. 소리기생으로서 오마담의 삶은 서서히 종언을 고하고 있다. 그렇다고 오마담의 소리기생으로서의 삶이 허망한 것은 결코 아니다. 그녀는 소리의 어떤 지경에 도달했으며, 그 지경을 이제 넘어서 있다.

꿈이로다. 꿈이로다. 모두가 꿈이로다.

오마담의 시김새 소리 좀 들어보게나. 특정음에서 특정음으로 곧장 가지 않고 한 음의 주변을 맴돌며 잘게 떨리는 소리. 음가를 짧게 쪼개어 때로는 끌어올리고 때로는 미끄러져내려 본래의 음높이마저 흐리는 저 소리. 나는 꿈속에서도 오마담의 소리만은 가려내네. 오마담의 소리에 따라 붙는 시김새처럼 사는 게 평생의 소원이었으니 내 어찌 그 소리를 모르겠나. 잠깐 눈을 붙인 사이 꿈을 꾸었다네. 오마담이 풀밭 위를 맨발로 걷고 있었어. 한없이 자유로워 보였다네. 내가 물었네. 이제 그 벌판을 지나왔는가, 그리도 고대하던 평원에 당도했는가. 오마담은 싱긋이 웃을 뿐 아무런 말이 없었다네. 참으로 편안한 얼굴이어서 꿈속에서도 마음이 놓였네. (156~157쪽)

오마담을 남몰래 흠모하던 박기사는 그녀의 시김새 소리를 듣는다. 그는 그녀의 시김새 소리를 들으며, 그 시김새 소리처럼 살고 싶어한다. 맺힐 듯 풀려 있고, 풀려 있는 듯 맺혀 있는 잘게 떨리는 소리와 같은 삶을 살고 싶어한다. 오마담의 응어리진 그 무엇을 풀어내는 소리를 들으며, 오마담과 더불어 자유의 삶을 살고 싶다. 그는 꿈을 꾼다. 오마담은 시김새 소리 속에서 자유로워 보인다. 그녀가 그토록 이르고 싶어하던 소리의 어떤 지경에 도달했는지, 웃음을 짓고 있다.

그런데 소리의 이러한 지경에 이르기 위해서는 소리를 잘 들을 수 있어야 한다. 하여 작가 이현수가 주목하고 있는 것은 소리를 듣는 또다른 지경이다. 좋은 소리를 내기 위해서는 좋은 소리를 들을 수 있어야 하듯, 영육을 울려주는 소리를 내기 위해서는 마찬가지로 영육을 울리는 소리를 섬세히 감별할 수 있어야 한다.

소리가 혀끝에 감긴다. 휘파람처럼 혀끝에서 놀던 소리가 목구멍을 휘어 감고 들어가 뱃속에서 한 바퀴 뒹굴다 입 밖으로 터져나오려는 순간 꿀꺽 소리를 삼킨다. 이제는 아무 때고 소리가 혀에 붙어 놀지만 지금 소리는 예전 소리가 아니라는 걸 안다. 꽃 지는 소리를 들을 수 있는 것처럼, 오마담은 귀가 아니라 몸으로 자신이 내는 소리를 가늠할 수 있다. 몸이 하나의 통이 되어 후두와 배와 단전에서 울리는 몸 안의 소리를 듣는다. 입 밖으로 곧 나올 소리의 높낮이와 깊고 얇음, 소리의 경중이 미리 짚인다. 소리를 잘 들을 줄 알아야 좋은 소리를 한다지만 늙은 소리기생에겐 그런 재능도 비극이다. 소리가 절정에 달했을 무렵에는 기쁨과 희열로 온몸이 떨리기도 했지만 지금은 소리 한번 시원하게 내지를 수 없게 만든다.(200쪽)

비록 예전처럼 소리기생으로서 절정기는 아니지만, 이미 소리의 한 지경에 도달한 그녀는 귀로 소리를 듣지 않고 온몸으로 소리를 듣는 또 다른 지경에 이른다. 그녀는 소리의 고저·장단·경중, 그 미세한 차이를 감지해낼 수 있다. 다시 말해 "소리로 소리를 뛰어넘었고, 기생으로 마지막까지 남"(208쪽)은 오마담은 높은 소리를 절묘히 내지르지 못하지만, 좋은 소리를 가려서 들을 수 있는 재능마저 퇴화된 것은 아니다.

귀가 아닌 온몸으로 좋은 소리를 구별함으로써 그녀는 이 땅에서 소리
기생으로서의 자신의 삶을 마감하고 있다. 그녀는 잘 알고 있다. 높은
소리를 내기 위해, 주독(酒毒)을 해독하기 위해 회음혈에 사향뜸을 뜨
지만, 이미 자신에게 떠나간 소리를 돌이킬 수 없다는 것을. 이 땅에서
기생이 하나둘 가뭇없이 스러져가듯이 소리기생의 운명도 서서히 종언
을 고하고 있음을.

4. 역사의 풍경 속으로 사라질 부용각과 기생

그런데 정작 우리가 『신 기생뎐』에서 기생의 이모저모를 만날 수 있
는 것은 기생이 살고 있는 기생집이 있기 때문에 가능하다. 말하자면
기생을 기생답게 하는, 기생의 존재에 삶터를 제공해주는 물적 토대가
있기에 가능하다. 『신 기생뎐』의 주요 공간인 부용각은 그래서 더욱 중
요하다.

부용각의 겹처마 팔작지붕이 어둠에 휩싸이면 손님이 든 방마다 도도한
흥취 살아나고, 낮 동안 고요 속에 갇혀 있던 안뜰 바깥뜰 할 것 없이 부용
각의 모든 부속물들이 덩달아 수런거리며 깨어나 기방의 정취에 한 부조
하는 게 보통이었다.(52쪽)

부용각은 기생의 존재에 육체성을 보증해준다. 부용각의 아우라는
기생의 문화를 유지시켜주는 데 한몫을 다하고 있다. 물론 기생의 생

활공간인 부용각은 기생의 전통이 퇴색되듯, 옛 풍경과 정취를 고스란히 간직하고 있지는 않다. 세월의 부침에 따라 부용각 역시 기생의 운명과 궤를 같이 하고 있다. 하지만 부용각은 마지막 기생을 길러내고 있듯이 기생의 전통을 쉽게 휘발시키고 있지는 않다. 부용각은 부엌어멈인 타박네가 기생의 전통을 이어가고 있기 때문이다. "부르는 노래는 현대요, 가르치는 방식은 옛 방식"(66쪽)인 데서 짐작할 수 있는 것처럼 부용각은 "과거와 현재가 분리되지 않고 뒤죽박죽 섞인 채로 공존하"(66쪽)고 있는 곳이다. 근대와 전근대가 동거하고 있는 부용각은 이렇게 오늘도 신기생과 함께 사그라드는 생명의 불길을 지피고 있다.

다시 강조하건대, 부용각이 기생의 전통을 유지하는 것은 어디까지나 타박네의 고집스러움 때문이다. "기방 부엌돌림으로만 반백년 가까이 살아"(10쪽)오면서, "기방의 마지막 부엌어멈"(13쪽)인 타박네는 기방 음식을 장만하는 것은 물론, 부용각의 자질구레한 모든 것을 관장하는, 부용각의 실질적 주인이다. 타박네는 기생은 아니지만, 부용각 기생의 든든한 후원자이자, 보호자로서의 역할을 다하고 있다. 한 평생을 기생들과 함께 살았으니, 비록 기생의 신분은 아니지만, 기생 못지않은 기생의 삶을 살고 있다 해도 과언이 아닐 터이다.

타박네와 부용각, 그리고 부용각의 기생. 어찌 보면, 세월의 급물살 속에서 위태롭게 자리를 지키고 있다. 근대를 넘어 탈근대로 옮아가는 지금, 이곳에서 타박네의 부용각은 역사의 풍경 속으로 사라질 운명이다. 이즈음에서 나는 생각을 가다듬어본다. 최첨단의 문명감각으로 살아갈 우리의 삶의 관심 밖으로 이미 멀찌감치 밀려난 기생의 삶에 관심을 갖는 작가의 의도는 어디에 있을까. 그것도 전통적인 기생의 삶에 주목하는 게 아니라, 말 그대로 과거와 현재가 뒤섞인 '신기생'의 삶에 관심을 쏟는 이유는 무엇일까. 작가는 마담, 미스 민을 비롯한 신기생을 통해 여성의 근대적 주체로서의 삶을 말하고 있지는 않다. 근래 유행하는 젠더적 시각을 통해 여성의 삶을 새롭게 인식하는 데 서사의 초점이 맞추어져 있지도 않다. 그렇다고 사라지는 기생의 전통을 발견함으로써 근대의 이면에 자리하고 있는 전근대의 문화적 생산성을 새롭게 주목하는 데 있지도 않다.

그렇다면 무엇일까. 혹 우리에게 덧씌워진 기생의 표상이 아니라, 기생의 삶에 눅진하게 배어 있는 그들의 삶의 애환을 기생 특유의 '재귀적 욕망'을 통해 어루만지려는 것은 아닐까. 하여 우리가 미처 관심 갖지 않았던 기생의 사랑의 형식과, 그 비원이 배어 있는 가무를 통해 기생의 숙명적 삶을 넘어서고자 하는, 그들의 삶의 진정성에 작가가 주목하는 것은 아닐까. 혹 언젠가 기생이 이 땅에서 소멸해갈 운명이라면, 작가는 그 운명의 과정을 회피하지 않는 마지막 기생의 삶의 존재 가치와 그 엄숙함을 지켜보고 싶은 것은 아닐까. 혹 자신의 욕망에 솔직하되, 그 욕망에 구속되지 않는 기생의 삶을 통해 우리가 미처 놓치고 있는 삶의 소중한 그 무엇을 성찰하고 싶은 것은 아닐까. 작가 이현수의 『신 기생뎐』은 우리에게 자칫 소홀히 여기기 십상인 삶의 문제들을 곰곰이 되묻게 한다.

작가의 말

이 소설은 소재가 작가를 선택했다.

기생들이 불현듯 나를 불렀고, 나는 그들이 불러주는 말을 받아적었다. 아주 느리게, 세 손가락만 사용하는 독수리 타법으로. 급할 것이 없었다. 나, 생의 한복판을 살고 있으므로, 쓴 날보다는 써야 할 날이 많으므로 급할 것도 서두를 일도 없었다. 그럼에도, 어머니를 선영에 묻고 온 날에도 나는 썼다. 쓰는 걸 멈출 수가 없는 날이 많았다. 쓰지 않는 날에는 25층 창가에서 먼산바라기를 했다. 아파트 단지 입구에 서있는 아름드리 버드나무와 오동나무를 쳐다보며 붉게 충혈된 눈을 비비곤 했다. 소설을 쓰는 내내, 기생들이 꿈속에 자주 출몰했다. 그들은 하나같이 맨발이었고, 밤새 들판을 헤매고 다녔다. 할 수 없이 책상 앞에 붙여놓은 활옷 입은 기생의 전면 사진을 떼어냈다. 대신 서울 옥션 특별전에서 구입한 돌아앉은 기생의 뒷모습이 담긴 사진을 책상머리에 붙였더니 그제서야 꿈 없는 깊은 잠을 잘 수가 있었다.

지난 4월, 기생 부용의 산소를 찾았다. 봉분의 잔디가 하도 푸르러 눈이 아팠다. 나는 묏등에 가만히 손을 갖다대었다. 그대가 잃어버린 신발을 찾아주겠노라고, 그대들이 하고 싶은 말을 놓치지 않고 쓰겠노라고, 상상이 아닌 짐작으로. 나, 적지 않은 날들을 살아왔으니 이제 짐작하지 못할 일은 없다고.

　이 땅에서 이름 없이 살다 간 많은 기생들에게, 그들의 빈손에, 그들의 맨발 위에 이 소설을 바친다.

2005년 9월
이현수

문학동네 장편소설

신기생뎐

ⓒ 이현수 2005

1판 1쇄 | 2005년 9월 21일
1판 2쇄 | 2005년 10월 24일

지 은 이 | 이현수
펴 낸 이 | 강병선
책임편집 | 조연주 이상술
펴 낸 곳 | (주)문학동네
출판등록 | 1993년 10월 22일 제406-2003-000045호

주   소 | 413-756 경기도 파주시 교하읍 문발리 파주출판도시 513-8
전자우편 | editor@munhak.com
전화번호 | 031) 955-8888
팩   스 | 031) 955-8855

ISBN 89-546-0041-7 03810

＊ 이 책은 한국문화예술진흥원의 문예진흥기금을 받아 출간되었습니다.
＊ 이 책의 판권은 지은이와 문학동네에 있습니다.
  이 책 내용의 전부 또는 일부를 재사용하려면 반드시 양측의 서면 동의를 받아야 합니다.
＊ 이 도서의 국립중앙도서관 출판시도서목록(CIP)은 e-CIP홈페이지(http://www.nl.go.kr/cip.php)에서
  이용하실 수 있습니다. (CIP제어번호 : CIP2005001862)

www.munhak.com